Daniel Izquierdo-Hänni

MÖRDERISCHE HITZE

Daniel Izquierdo-Hänni

MÖRDERISCHE HITZE

Alapont ermittelt in Valencia

GMEINER

Immer informiert

Spannung pur – mit unserem Newsletter informieren wir Sie regelmäßig über Wissenswertes aus unserer Bücherwelt.

Gefällt mir!

Facebook: @Gmeiner.Verlag
Instagram: @gmeinerverlag
Twitter: @GmeinerVerlag

MIX
Papier | Fördert gute Waldnutzung
FSC® C083411
FSC www.fsc.org

Besuchen Sie uns im Internet:
www.gmeiner-verlag.de

Im Ehnried 5, 88605 Meßkirch
Telefon 07575/2095-0
info@gmeiner-verlag.de

1. Auflage 2022

Lektorat: Claudia Senghaas, Kirchardt
Herstellung: Mirjam Hecht
Umschlaggestaltung: U.O.R.G. Lutz Eberle, Stuttgart
unter Verwendung eines Fotos von: © rh2010 / AdobeStock
Druck: CPI books GmbH, Leck
Printed in Germany
ISBN 978-3-8392-0287-6

Personen und Handlung sind frei erfunden.
Ähnlichkeiten mit lebenden oder toten Personen
sind rein zufällig und nicht beabsichtigt.

-1-

43 Grad markiert die Temperaturanzeige, die hoch oben auf einem Werbepfosten über dem Straßenverkehr im Zentrum von Valencia thront. Wo sich normalerweise Linienbusse, Lieferwagen, Pkws, Taxis, Motorräder über die dreispurige Avenida im Herzen der Stadt drängen und die Fußgänger die Bürgersteige bevölkern, sind an diesem Hitzetag nur ein paar wenige unterwegs – und zwar jene Unglücklichen, denen nichts anderes übrig bleibt. Alle anderen versuchen, den Extremtemperaturen zu entfliehen: Sie sind entweder draußen am Strand, in der Hoffnung, im Mittelmeer etwas Abkühlung zu finden, oder sie haben sich zu Hause oder im Büro verschanzt. Egal wo, Hauptsache, die Klimaanlage funktioniert. »Wie, um Himmels willen, kommt man auf die abstruse Idee, unsere Stadt im August zu besuchen?«, hat sich Vicente Alapont gefragt, als er ein junges Pärchen aus den Niederlanden vom Flughafen zum Hotel nahe des Rathausplatzes gefahren hat. Valencia hat als Reisedestination zweifellos einiges zu bieten, aber doch nicht während der Sommermonate, wo man schon bei normalen Temperaturen erst so ab 19 oder 20 Uhr abends auf die Straße kann, ohne einen Hitzeschlag zu bekommen.

Als Valenciano mag er die mediterranen Temperaturen seiner Heimatstadt, und auch im Juli oder August machen ihm 32 oder 34 Grad nichts aus, aber alles hat seine Grenzen! Die Aircondition in seinem Wagen hat er voll aufgedreht, auch wenn man vom lauten Rauschen des Gebläses die Musik aus dem Autoradio kaum vernehmen kann, aber wie sonst würde er diese Extremtemperaturen aushalten. Drei oder vier Mal während des Sommers kommt es zu diesem Wetterphänomen, bei dem der heiße, trockene Wüstenwind aus Afrika übers Mittelmeer rüber zur spanischen Halbinsel weht. Während einer *Ponentà* fällt die für Valencia übliche hohe Luftfeuchtigkeit, die einem die verschwitzten Kleider am Körper kleben lässt, dank der Saharawinde innert kürzester Zeit steil nach unten. Im Gegenzug klettert das Quecksilber jeweils auf über 40 Grad, sodass man sich im wahrsten Sinne des Wortes vorkommt wie in einem Heißluftbackofen. Dann ist es so trocken und heiß, dass die Schweißperlen verdampfen, bevor sie sich überhaupt bilden können.

Vicente Alapont, den außer seiner Familie und ein paar engen Freunden alle einfach bei seinem Familiennamen rufen, steuert sein Taxi über den flimmernden Asphalt der *Calle Colón,* auf welchem man zweifelsohne Spiegeleier braten könnte. Obwohl es nicht einmal Mittag ist, fühlt er sich müde, irgendwie schlapp und schläfrig. Auch dies ist eine Konsequenz der *Ponentà,* zumal es sogar nachts nicht richtig abkühlt. Bei 28 Grad um 3 Uhr in der Früh ist an einen erholsamen Schlaf nicht zu denken.

Selbstverständlich hat auch er eine Klimaanlage zu Hause, doch für die Nachtruhe ist die künstlich-kalte Luft nicht gerade das Gesündeste. Schon mehr als einmal hat er sich eine Erkältung eingefangen, nur weil er das Gerät schlecht ausgerichtet hatte und es genau auf das Kopfende seines Bettes blies. Als ihn ein Motorroller wie ein wilder Kamikaze überholt, ihm dabei den Weg abschneidet und er voll auf die Bremse treten muss, platzt dem sonst ausgeglichenen Vicente Alapont der Kragen. »Warum, zum Teufel, kurve ich an einem solchen Tag durch die Gegend, wenn doch keine Seele unterwegs ist?« Gerade mal drei Fahrten hat er diesen Vormittag gemacht, und nur jene des holländischen Paares hat etwas Geld in die Fahrtenkasse gespült. Denn im Gegensatz zu den Einheimischen sind die Touristen wesentlich großzügiger in Sachen Trinkgeld, schließlich sind fünf oder zehn Euro für viele Ausländer beinahe Kleingeld. Rasch überschlägt er die Tageseinnahmen, keine lausigen 40 Euro! Immer noch verärgert vom Beinahe-Zusammenstoß mit dem Zweirad, tippt er, etwas zu energisch, auf den Off-Schalter seines Taxameters, sodass das grüne Lämpchen als Freizeichen auf dem Dach seines weißen Toyota erlischt. Es reicht, genug für heute! *¡Ya basta!*

Doch, was tun mit einem solchen angebrochenen Hitzetag? Obwohl, die Antwort liegt auf der Hand: Nichts, denn alles andere wäre Wahnsinn. Also ab nach Hause, die Klimaanlage starten und richtig ausrichten, und dann eine schöne, lange Siesta auf dem Sofa machen, und zwar so lange, bis die Sonne untergeht und man sich wieder rauswagen kann. Doch vorher möchte er, wenn auch nicht groß, etwas zum Mittag essen, und da sich seine alte Stammkneipe auf halbem Weg zu seinem Zuhause befindet, ist es für Alapont klar, dass er dort einkehren wird.

Die wenigen Schritte bis zur *Taberna de Pablo* kommen ihm so vor, als würde er die Sahara bei prallster Mittagssonne durchqueren. Sein Taxi hat er kurzerhand am Straßenrand abgestellt. Dies ist zwar nicht ganz korrekt, aber erstens ist bei dieser Hitze niemand unterwegs, der Parkbußen schreiben würde, und zweitens ist die weiß markierte Spur, auf welcher er seinen Wagen stationiert hat, den Linienbussen und Taxen vorbehalten. Und zu dieser Gilde gehört er ja, seitdem er seinen Job als Inspektor bei der *Policía Nacional* an den Nagel gehängt und die Taxilizenz seines Schwagers übernommen hat. Das ist vor etwas mehr als einem Jahr gewesen, seither verdient Alapont als Taxi-Quereinsteiger seine Brötchen.

Gerade an *Ponentà*-Tagen läuft die etwas altersschwache Klimaanlage in Pablos Taverne gefährlich nahe am Kollaps, daher lässt der Besitzer die Metallstoren vor den Fenstern seines Ecklokals unten, und somit die heiße Sonne draußen. Lediglich halb hochgezogen ist der Rollladen vor dem Eingang, sodass die etwas größer gewachsenen Gäste nicht selten ihren Kopf anschlagen. Im Verlauf der Jahre hat Alapont diese Lektion gelernt und bückt sich automatisch, um so reinzuhuschen. Von draußen, vom gleißenden Sonnenlicht kommend, müssen sich seine Pupillen erst an die gedämpfte Beleuchtung im Lokal gewöhnen. Als Erstes erkennt er Pablo, wie er hinter seiner Theke steht und dabei ist, einen Standventilator zusammenzuschrauben, den er gleich ums Eck bei Hao-Fo in dessen China-Billigladen gekauft hat. Das Zusammenstecken des Gerätes ist zwar nicht wirklich eine körperlich anstrengende Arbeit, doch dem Wirt, der ein paar Kilo zu viel auf den Rippen hat, läuft der Schweiß in Strömen von der Stirn. Für alle gut hörbar wettert er vor sich hin, während er den Tresen als Werkbank benutzt.

»Glaubst du wirklich, dass ein solches Ding bei dieser Bullenhitze etwas nutzen wird?«, ruft Alapont beim Reinkommen dem Kneipenbesitzer scherzhaft zu. Dieser verdreht die Augen und zuckt mit den Schultern. Offensichtlich noch einer, dem die heißen Saharawinde zu schaffen machen. »Ich weiß nicht, ob ich an die globale Klimaerwärmung glauben soll, so wie dies dauernd im Fernsehen gesagt wird, aber dies ist schon die zweite *Ponentà* in vier Wochen. Ich glaube, ich wandere nach Schweden oder Alaska aus«, schimpft Pablo, während er den Ventilator ans Stromnetz anschließt. Anstatt zu kühlen, wirbelt das doofe Ding lediglich die abgestandene Luft etwas durcheinander, doch wirklich stören tut dies niemanden. Denn die *Taberna de Pablo* gehört zu jenen unzähligen Kneipen in Spanien, in denen sich die immer gleichen Gäste treffen und denen es nichts ausmacht, dass der Tresen seit der Eröffnung vor 20 oder 30 Jahren der gleiche ist und dass die eingerahmten Fotos an den Wänden – Fußballmannschaften, heimatliche Landschaften und Gruppenfotos fröhlich zusammensitzender Menschen – längst vergilbt sind. Wirklich gemütlich und behaglich im klassischen Sinne ist es nicht in Pablos Kneipe, dafür ist es besonders informell und entspannt. Sozusagen das pure Gegenteil zur gegenüberliegenden Polizeizentrale, von wo die meisten Stammgäste stammen. Muss drüben salutiert werden, spielen bei Pablo die Dienstgrade keine Rolle. Entscheidend jedoch ist: Bei Pablo gibt es guten Kaffee, immer frisch zubereitete Tapas und reichhaltige Mittagsmenüs, abgesehen davon, dass man immer jemanden zum Plaudern trifft. Und darauf kommt es schließlich an! Und wenn es, wie an einem Hitzetag wie heute, in der Taverne üppig heiß ist, so nimmt man dies gerne in Kauf.

»Was willst du essen?«, fragt der Wirt, während er mit einem feuchten Tuch die Tresen sauber wischt.

»Ich brauche zuerst einen Kaffee, habe miserabel geschlafen. Gib mir doch ein *cortado del tiempo.*«

Laut zischend lässt Pablo an der großen Espressomaschine einen Kaffee ein, mischt ihn mit Milch – fifty-fifty – und stellt diesen, zusammen mit einem Glas voller Eiswürfel, vor seinen Gast auf die Theke. Behutsam, um ja keinen Tropfen des leckeren Lebenselixiers zu verschütten, gießt Alapont den Milchkaffee über die Eiswürfel, bis das Glas voll und die Tasse leer ist. Warum wohl muss er in diesem Moment an die schmelzenden Eisberge am Nordpol denken? Und gleich schießt ihm ein zweiter Gedanke durch den Kopf: In Grönland gibt es sicher keine *Ponentà*! Dort sollte man jetzt sein …

»¡Vicente-Luis Alapont de Pablos!«

Wer zum Henker ruft da seinen vollständigen Namen durchs Lokal? Als er sich umdreht, erkennt er hinter sich, an einem kleinen Tisch nahe der ratternden Klimaanlage, einen ehemaligen Kollegen, der ihm mit seinem Glas zuwinkt. Es ist der Gefreite Sánchez, ausgerechnet … Der kleine Kerl ist zwar ein netter Typ, aber er ist die Klatschbase der *Policía Nacional.* Eigentlich sollte doch ein altgedienter Gesetzeshüter wie er etwas von Diskretion verstehen, doch wenn man Sánchez etwas anvertraut, so weiß es am nächsten Tag jeder in der *Jefatura Superior de Policía Nacional* von Valencia. Trotzdem schnappt sich Alapont seinen Eiskaffee und geht rüber. Nach einem Vormittag am Steuer und Fahrgästen, die entweder schwiegen wie ein Grab oder kein Spanisch konnten, ist er froh um etwas Konversation. Doch mehr als ein trockenes »¡Hola Sánchez!« kommt ihm als Begrüßung nicht über die Lippen, während er einen Stuhl vom Nachbartisch herüberzieht und sich hinsetzt.

»Was machst du an einem *Ponentà*-Tag auf der Straße? Wir haben Dienstpläne, an die wir uns halten müssen, aber du? Bist ja jetzt dein eigener Chef«, kommentiert Sánchez etwas ironisch und zeigt auf die zwei Uniformierten, die mit ihm am Tisch sitzen.

»Das sind Rocío Heredia und Aitor Zabaleta, beide erst seit Kurzem in Valencia im Dienst. Sie kommt aus Sevilla, er aus dem Baskenland.«

Die beiden grüßen, indem sie ihre halb leeren Biergläser heben. Alapont tut das Gleiche mit seinem Kaffee, in welchem die Eiswürfel beinahe schon geschmolzen sind. Dabei nimmt er die jungen Beamten ins Visier. Der Typ, Zabaleta, entspricht voll und ganz der landesweiten Vorstellung eines Basken: ein großer, kräftiger Kerl, beinahe schon ein Hüne. Sie hingegen entspricht mit ihren blauen Augen und den blonden Haaren, die zu einem Rossschwanz zusammengebunden sind, überhaupt nicht dem Klischeebild einer Andalusierin. Jedenfalls nicht so, wie sie Georges Bizet in seiner Oper *Carmen* beschrieben hat.

»Kollegen, dies ist Alapont, einer der besten Inspektoren, die wir in Valencia je gehabt haben, bis er seine Freistellung beantragt und den Job an den Nagel gehängt hat. Jetzt macht er als Taxifahrer die Straßen unserer Stadt unsicher.«

Dieser Spruch geht ihm mittlerweile gehörig auf die Nerven. Jedes Mal, wenn er Sánchez trifft, lässt dieser den immer gleichen Kommentar vom Stapel. Zu Beginn war es ja noch lustig, mittlerweile wirkt es nur noch abgedroschen. Aber es ist zu heiß, um sich aufzuregen, denkt sich Alapont, und leert in einem schnellen Zug das, was noch von seinem Eiskaffee übrig ist. »Freut mich, euch kennenzulernen. Dienstschluss?«

»Ja endlich, bei dieser Hitze hält man es drüben in der *Jefatura* kaum aus, jedes zweite Klimagerät ist ausgestiegen.« Der junge Polizeibeamte hebt zum Beweis seinen Arm und zeigt allen am Tisch seine Schweißflecken in der Achselhöhle.

»Aitor, du bist ein Ferkel! Musst du wirklich deine Ausdünstungen unter meine Nase halten?«

Aha, die junge Polizeibeamtin sieht zwar nicht aus wie eine Andalusierin, aber ihr starker Akzent beweist das Gegenteil. Und den typisch südspanischen Charakter besitzt sie offensichtlich auch, hält sie sich doch theatralisch die Nase zu, während sie den anderen Ellbogen ihrem Kollegen in die Rippen rempelt. Kaum merklich kaut sie auf ihrer Unterlippe herum, während sie Alapont anvisiert. »Dann bist du also jener Inspektor, der seinen Dienst geschmissen hat, nachdem …«

Alapont hat keinen Bock, alte Geschichten aufzuwärmen, und fällt ihr daher ins Wort. »Vergiss es Heredia, das ist Schnee von gestern.«

Wie ein Schutzengel, der ihn davor bewahrt, von der Vergangenheit erzählen zu müssen, erscheint Inspektor Fernando García in der Türe. Da er etwas kleiner und gedrungener ist, läuft er nicht Gefahr, sich den Kopf am nur halb hochgezogenen Rollladen zu stoßen. Auch er bleibt im Türrahmen stehen, auch seine Augen müssen sich erst an das schummrige Licht gewöhnen.

»Fernando, schließ' die Tür, die Hitze kommt sonst rein!« Irgendjemand am Nachbarstisch schreit quer durch das Lokal. In der *Taberna de Pablo* kennt schließlich jeder jeden, ist das Lokal doch die inoffizielle Kantine der Polizeizentrale, gleich auf der gegenüberliegenden Straßenseite der *Gran Via Fernando el Católico*. Und obwohl Alapont keinen Dienstausweis mehr besitzt, gilt er immer noch als einer von ihnen.

Alapont und García umarmen sich freundschaftlich, schließlich kennen sie sich, seit sie in jungen Jahren gemeinsam auf Streife gewesen sind. Und bis zu Alaponts Freistellung waren sie als Ermittler ein perfekt eingespieltes Team. Zusammen setzen sie sich an den letzten, noch freien Tisch. Mal schauen, was Pablos Köchin Adelaida Leckeres als Mittagsmenü zubereitet hat.

-2-

An klaren Tagen ist Marokko zum Greifen nah, schließlich trennen keine 15 Kilometer die andalusische Küste und somit die europäische Landmasse von Afrika. Über diese Meerenge kamen einst die Mauren auf die Iberische Halbinsel, wo sie für 700 Jahre das Kalifat *al Andalus* errichteten und so die spanische Kultur bis in die heutigen Tage prägen. Allein die spanische Sprache ist gespickt mit arabischen Ausdrücken, bestes Beispiel hierfür ist der Name dieser Südregion, die sogar auf Deutsch nahe an der ursprünglichen Bezeichnung ist: Andalusien. Und auch heute noch beeinflusst die Nähe zum afrikanischen Kontinent das Leben im einstigen *al Andalus,* allen voran in den beiden Hafenstädten Algeciras und Tarifa. Ununterbrochen wechseln die Fährschiffe über von Spanien nach Marokko und zurück, und mit ihnen Menschen und Waren – legale wie auch illegale. Den Schmuggel als selbstverständliche Erwerbstätigkeit zu bezeichnen, mag zwar nicht gerecht sein all jenen gegenüber, die ihrer geregelten Arbeit nachgehen und brav ihre Steuern bezahlen, aber trotzdem … Die Drogenschieber, die mit ihren 350 PS-starken Schnellbooten gerade mal 15 Minuten brauchen, um die Meerenge zu überqueren und Tonnen an Haschisch und Marihuana an der Grenzpolizei vorbeischmuggeln, gehören hier zum Alltag. Ebenso wie die einen oder anderen der etwas über 9.000 Arbeitnehmer, die tagtäglich die EU-Außengrenze überschreiten, um in der britischen Enklave Gibraltar ihren Jobs nachzugehen, und die auf dem Rückweg nach Feierabend ein, zwei Stangen zollfreie Zigaretten dabeihaben. Dieser Tabak lässt sich bestens unter Hand an Freunde und Bekannte verkaufen – ein kleiner Zustupf für die Haushaltskasse.

So gesehen ist Antonio-Jesús Salama ein eher kleiner, unbedeutender Fisch in einem großen Teich voller Haie und Barrakudas. Aufgewachsen in der Altstadt von Tarifa, welche von den einfachen Häusern und den engen Gassen her durchaus irgendwo in Marokko oder Algerien liegen könnte, ist Toni, wie ihn alle nennen, früh von der Schule abgegangen. Warum mit Grammatik und Algebra Zeit verlieren, wenn man mit dem Verkauf von Gras an die vielen Surfer und Hippies aus Mittel- und Nordeuropa, die seinen Heimatort für sich entdeckt haben, Geld machen kann? Und zwar mehr, als etwa ein Hafenarbeiter oder ein Hotelgärtner im Monat verdient. Für jemanden aus einfachen Verhältnissen wie Toni, mit einem arabischen Familiennamen wie Salama und einem ebensolchen Äußeren – dunkler Teint, dichtes, schwarzes Haar – bilden solche einfachen Jobs die Perspektive im Leben. Dann doch lieber die Gelegenheit nutzen und versuchen, ein Stück des Kuchens für sich selbst abzuschneiden. Und so verdient er seit bald zehn Jahren ein Taschengeld, das es ihm erlaubt, seinen Eltern etwas Geld abzugeben und sich sogar ein Auto zu leisten. Es handelt sich dabei zwar um einen Gebrauchtwagen, dafür hat er aber dem Autoverkäufer die 3.500 Euro bar in die Hand gedrückt. Über die Jahre ist der hoch gewachsene Emigrantensohn innerhalb der Organisation aufgestiegen und ist jetzt, wie sie in den amerikanischen Mafiafilmen sagen würden, ein Soldat. Doch Antonio-Jesús »Toni« Salama ist der Meinung, dass er längst eine Beförderung verdient hat, schließlich will er mehr als nur ein einfacher Fußsoldat sein. Nicht nur, um sich einen richtigen, schönen und vor allem neuen Wagen leisten zu können, sondern auch um von den jungen Frauen in seinem Quartier mit Respekt angeschaut zu werden.

Ziemlich genau auf halber Strecke zwischen Tarifa und Algeciras, in den Hügeln über der Meerenge, befindet sich ein bekannter Aussichtspunkt, zu welchem Hobby-Ornithologen aus halb Europa pilgern. Ihre Aufmerksamkeit gilt Zugvögeln wie dem Weißstorch, dem Schwarzmilan oder dem Schlangenadler, die in den Winden der Straße von Gibraltar ihre Kreise ziehen. Auf diesem Parkplatz stehen aber auch immer irgendwelche Wohnmobile von Touristen herum, welche die Fernsicht rüber nach Afrika genießen wollen. Doch weder die Vögel noch den Ausblick interessieren Toni, kennt er doch beides seit seinen Kindheitstagen. Gelangweilt lehnt er an der Motorhaube seines grauen Renault Mégane, spielt auf seinem Handy *Candy Crush* und raucht eine Zigarette nach der anderen. Irgendwo dort drüber hält er sich versteckt, denkt er sich und meint damit seinen obersten Boss. Obwohl, niemand weiß wirklich, wo der Chef des Drogenschmugglerrings untergetaucht ist. Über Jahre hinweg hatte Luis-Miguel Hidalgo eine perfekt organisierte Struktur an Haschischlieferanten, Schnellbootkapitänen, Lastenträgern und Fahrern zwischen Marokko und Spanien aufgezogen und so, möchte man den Medien glauben, ein Vermögen von über 30 Millionen Euro angehäuft. Dies, bis vor etwa zwei Jahren die Polizei in einer groß angelegten Razzia seine Hacienda stürmte. Damals ist *el Luismi,* wie ihn alle respektvoll, zum Teil auch schon ehrfürchtig nennen, in letzter Minute in seinem Helikopter entkommen und ist seither angeblich in Marokko untergetaucht. Gesehen hat den Drogenboss seit dessen Flucht niemand, trotzdem bekommt Toni immer wieder Anweisungen und Aufgaben, die, so stellt er sich vor, aufgrund der klaren Hierarchien innerhalb der Organisation letztendlich von *el Luismi* selbst stammen müssen. Ob dem so ist, weiß Toni nicht, doch er möchte es glauben, denn nur dann kann er wirklich Karriere innerhalb der Bande machen.

Mit etwas zu hohem Tempo fährt ein blauer Geländewagen von der Landstraße auf den ungeteerten Parkplatz ab, gerät auf dem Erdreich und den Kieselsteinen etwas ins Schlingern und kommt knapp neben dem grauen Renault zum Stehen. Von Diskretion hält der Fahrer nicht viel, drehen sich doch alle anwesenden Touristen erschrocken um. Doch Toni kennt den Typen schon zu lange, um sich zu wundern, also schnippt er die soeben angezündete *Ducados*-Zigarette weg und geht um den Four-Wheel-Nissan herum. Obwohl der Fahrer des Offroaders wie er selbst Andalusier mit maurischen Wurzeln ist, könnte er problemlos als einer jener hochgewachsenen Nordlichter durchgehen, die am Strand von Tarifa im Wind surfen – Holländer, Deutsche oder Schweden. Aufgrund seiner blonden Haare und seiner blauen Augen wird Jesús Bennasar, arabischer könnte ein Familienname nicht sein, von allen kurz und einfach *el Rubio* genannt. Doch für Toni ist der Blonde hingegen einfach *el jefe*, der Chef, von dem er seine Anweisungen entgegennimmt.

»*Chico*, du hast bewiesen, dass man dir vertrauen kann. Das hat sogar der Chef dort drüber mitbekommen.« El Rubio bleibt in seinem Wagen sitzen, während er mit Antonio spricht und mit dem Kopf nach Marokko rüber nickt. »*El Luismi* will, dass du so rasch wie möglich nach Valencia fährst und dort ein Problem löst.«

»Klar, kein Problem!« Also doch, der Big Boss weiß also, wer er, Antonio-Jesús Salama, ist. Und, wer weiß, vielleicht ist dies der Auftrag, der ihm die langersehnte Beförderung bringen könnte. So oder so ist es ein guter Grund, auf sich selbst stolz zu sein.

»Einer unserer Transporteure dort oben macht Probleme, die halten sich nicht an unsere Abmachungen. Die Polizei schnüffelt dort schon rum, wir müssen sichergehen, dass die von der Bodega los Monteros kein Wort sagen, keinen Fehler machen.«

»Bodega los Monteros ist der Name?«, fragt Toni, um sicherzugehen, seine Anweisungen richtig entgegenzunehmen.

El Rubio nickt, zieht sein Mobiltelefon aus der Brusttasche seines verknitterten Hemdes und hält es dem jungen Kerl, der an seinem Wagen steht, hin. »Da schau, merke dir diese Gesichter. Dieser ältere Mann da heißt Luis Montero, er ist der Vater und gibt den Ton an.«

Mit einem Fingerwisch geht er die Fotogalerie durch. »Dies ist die Tochter, deren Name fällt mir jetzt gerade nicht ein, sie ist aber auch nicht wichtig. Vor allem merken musst du dir jedoch diesen Typen, Roberto Montero, den Sohn. Er schmeißt den Laden in Valencia.«

Dann greift el Rubio nach einer Kartonschachtel, die auf dem Beifahrersitz liegt, und reicht sie durchs Autofenster. Toni erkennt das orange-blaue Logo sofort, schließlich ist es nicht das erste Mal, dass er ein solches Prepaid-Handy ausgehändigt bekommt. *Maroc Telecom* steht in blauen Lettern auf der Packung.

»Ruf mich an, wenn du an Alicante vorbei bist, und ich gebe dir dann weitere Anweisungen. Jetzt kannst du beweisen, was du wirklich draufhast! Mir, und *el Luismi.*« Ohne einen weiteren Kommentar startet Jesús Bennasar den Motor und braust mit seinem Geländewagen ebenso schnell davon, wie er gekommen ist. Zufrieden mit dem ungewöhnlichen Auftrag zündet sich Toni eine neue Zigarette an und macht ein paar Schritte hin zum Abgrund – tatsächlich hat man von hier eine großartige Sicht. Als Kind ist er oft mit seinem Onkel hierhergekommen, um die Frachtschiffe, Öltanker und Containerriesen zu zählen, die tagtäglich die Meerenge von Gibraltar durchqueren und am Horizont entschwinden. Doch jetzt ist nicht der Moment für Sentimentalitäten, seine Zukunft in der Organisation steht auf dem Spiel. Also, hoch nach Valencia!

- 3 -

Es gibt nur noch wenige Lokale in Valencia, in denen die Paella auf dem offenen Feuer zubereitet wird – zu zeitaufwendig, zu umständlich und, besonders seit ein paar Jahren, zu streng die behördlichen Hygienevorschriften in der Gastronomie. Alapont kennt allerdings einen jener Orte, an welchem man sich noch die Mühe und die Zeit nimmt Feuer anzufachen, um so das traditionelle Reisgericht so zuzubereiten, wie es die Tradition verlangt. Also fährt er nicht etwa ans Meer, wo sich die Touristenkneipen befinden, sondern hoch in die Hügel der *Sierra Calderona.* Besonders gut gelaunt ist Alapont nicht nur, weil er sich auf ein leckeres Mittagsmahl freut, sondern weil er sich in bester Begleitung befindet. Denn mit Fernando García verbinden ihn nicht nur die Jahre, in welchen sie als Inspektoren bei der *Policía Nacional* miteinander den Verbrechern das Handwerk legten, sondern ein ganzes, gemeinsames Berufsleben. Beide entstammen der gleichen Kadetten-Promotion, waren damals schon mehr als nur Dienstkollegen und sind seither Freunde, und zwar jene Kategorie, die beinahe schon zur eigenen Familie gehört. Alapont war es, der Fernando einst eine Freundin seiner Schwester vorgestellt hatte, mit dem Resultat, dass er zwei Jahre später Trauzeuge auf deren Hochzeit gewesen ist. Dafür ist Fernando der Patenonkel von Alaponts Tochter Lucía.

»Der 30. Mai ist schon über zwei Monate her, seither stehe ich in deiner Schuld. Und gleich wie Spielschulden sind Essenseinladungen Ehrensache!«

In Spanien wird der Namenstag gefeiert, als würde es sich um einen Geburtstag handeln, und unter den beiden Freunden ist es zur Tradition geworden, dass der eine den anderen zu dessen *santo* zum Essen einlädt. *San Fernando* ist jeweils Ende Mai, also liegt es jetzt an Alapont, die Zeche zu übernehmen.

Es ist nicht viel los auf der sechsspurigen Schnellstraße, die von Valencia aus zu den Bergen der *Sierra Calderona* im Westen führt, man merkt, dass August und somit Ferienzeit ist. Wo sich normalerweise zur Rushhour lange Blechlawinen bilden, ist heute freie Fahrt angesagt. Nach etwa zehn Minuten fährt Alapont von der Autobahn ab und folgt der CV-310 in Richtung des Naturschutzgebietes mit seinen 600 und 900 Meter hohen Gipfeln, den spektakulären Felswänden und den immergrünen Pinienwäldern. Obwohl er diese Ausflugsgegend bestens kennt, faszinieren ihn von Neuem die alten, herrschaftlichen Häuser entlang des *Paseo Delicias,* der Hauptstraße, welche durch *Náquera* führt. Zu Beginn des 20. Jahrhunderts suchten die begüterten Familien Valencias in diesem kleinen Luftkurort Zuflucht vor der Sommerhitze unten in der Stadt. Die feudalen Villen und weitläufigen Gärten zeugen vom Reichtum vergangener Generationen und, da die meisten Herrenhäuser renoviert und die Grünanlagen gepflegt sind, von deren Erben und Erbeserben.

»Da, schau, sieben Schlafzimmer, fünf Badezimmer, 800 Quadratmeter für schlappe 1,25 Millionen Euro! Auch wenn wir dreimal wiedergeboren würden, könnten wir uns so was nicht leisten.«

Alaponts Beifahrer scrollt auf seinem Handy durch die Homepage einer Immobilienplattform, einfach aus Spaß und im tristen Bewusstsein, dass sein Beamtenlohn als Inspektor nie und nimmer für ein Häuschen in der Gegend reichen würde.

»Habt ihr dieses Jahr überhaupt den Teuerungsausgleich erhalten?« Alapont weiß nur allzu gut, wovon er spricht, sind es doch die Beamten, die direkt Madrid unterstellt sind, die als Erste daran glauben müssen, wenn die Regierung sparen muss und Löhne einfriert.

Inspektor Garcías Worte, obwohl nur wenige, sprechen Bände: »Kein Kommentar!«

Kaum haben die beiden die kleine Ortschaft hinter sich gelassen, wird die Straße kurvenreicher. Doch nicht nur deshalb drosselt Alapont die Geschwindigkeit, sondern weil gleich rechts die unübersichtliche und steile Rampe runter zu ihrem Fahrtziel kommen muss. Das Hinweisschild, eine alte Paella-Pfanne, in welcher von Hand gemalt *Casa Fermín* steht, ist über die Jahre von einem wilden Zitronenbaum fast zugewachsen.

»Gut so, je weniger Leute wissen, dass man dort unten essen kann und daran vorbeifahren, umso besser für uns.« Alapont ist alles andere als ein Snob, doch ein Geheimtipp ist eben nur so lange einer, als dieser eben geheim bleibt. Gerade in den letzten Jahren, in welchen Valencia vom internationalen Tourismus entdeckt worden ist, ist es schon öfters vorgekommen, dass kleine, unbekannte

Lokale von Gästen auf TripAdvisor gut bewertet wurden und plötzlich in Mode kamen. Dafür findet man, was früher nie ein Problem gewesen ist, keinen Platz mehr, abgesehen davon, dass dann meistens die Preise steigen, die Qualität jedoch immer mehr zu wünschen übrig lässt.

Vorsichtig rollt er die abschüssige Zufahrt runter und stellt seinen Wagen am Straßenrand unter einer hohen Palme ab. Richtige Parkplätze gibt es nicht, so wie auch das *Casa Fermín* im Grunde genommen kein richtiges Restaurant ist. In den 1960er-Jahren hatte einst Großvater Fermín angefangen, in einer kleinen, einfachen Hütte Gäste zu bewirten, heute führt sein Enkel, der ebenfalls den Namen Fermín trägt, von allen jedoch einfach nur Junior genannt wird, zusammen mit seiner Frau Elena diese Tradition weiter. Und zwar auf ihre eigene Art und Weise, zumal sie unter der Woche keine Einzelreservierungen annehmen, sondern lediglich in einer großen Pfanne eine *Paella Valenciana* für jene Zahl an Besucher zubereiten, die sich bis zum Vorabend angemeldet haben. Mal sind es sechs, mal acht, selten mehr als zehn.

Obwohl Alapont schon länger nicht mehr hier gewesen ist, begrüßt ihn Junior aufs Herzlichste und führt die beiden Freunde an einen der wenigen Tische im Schatten der Laube. »Ihr seid aber früh dran, Elena hat noch nicht angefangen.« Fermín zeigt auf die Feuerstelle, wo seine Gattin gerade mit der Paella-Pfanne hantiert. Fernando schaut auf seine Armbanduhr: Stimmt, es ist knapp 13 Uhr, viel zu früh, um in Spanien Mittag zu essen. Doch das macht den beiden nichts aus, so haben sie Zeit, um in Ruhe wieder mal miteinander zu plaudern. »Was soll ich euch zu trinken bringen?« Die Sommerhitze ist auch hier oben zu spüren, doch das Wasser des kleinen Stauwehrs und das Blätterrauschen der Pappeln vermitteln ein Gefühl der Frische. Verstärkt wird diese Sensation bei Vicente Alapont und Fernando García durch die beiden eisgekühlten Biere, die Junior vor ihnen auf den Tisch stellt.

»Und, wie geht's in der *Jefatura?*« Da Alapont ja immer wieder in Pablos Taverne zu Gast ist und dort die eine oder andere Geschichte aus dem Hauptquartier der *Policía Nacional* mitbekommt, formuliert er seine Frage gleich nochmals neu. »Ich meine, wie geht es *dir* in der *Jefatura*?« Wie eine Vorankündigung auf das gesprochene Wort, das gleich folgen wird, setzt sein Gegenüber ein schiefes Lächeln auf. »Na ja, immer das Gleiche. Alltag in einer Gesellschaft, deren Gewaltbereitschaft von Kain und Abel abstammt.« Als wolle Fernando seinen fatalistischen Gesichtsausdruck wegspülen, nimmt er einen großen Schluck seines kühlen Bieres. »Obwohl, sie haben endlich Inspektor Ortega freigestellt.« Jetzt ist es Alapont, der sein Glas hebt.

»Oh, gut! Darauf trinke ich!«

Respekt und Ehrlichkeit gegenüber seinen Mitmenschen sind Werte, die Alaponts Mutter ihm von klein an beigebracht hat. Respekt und Ehrlichkeit sind aber auch Tugenden, die während seiner Zeit als Fahnder öfter arg unter Druck geraten sind. Dass man sich als Polizist mit Gaunern und Ganoven herumschlagen muss, gehört zum Alltag, dass man es aber mit solchen miesen Typen auch in den eigenen Reihen zu tun hat, damit hatte Alapont einfach ein Problem. Auch auf die Gefahr hin, vom einen oder anderen Kollegen als Nestbeschmutzer und Kameradenschwein betitelt zu werden, sagte er bei einer internen

Untersuchung der Dienstaufsichtsbehörde gegen Inspektor Ortega aus. Mal ein Auge zuzudrücken, ist das eine, sich schmieren zu lassen, und zwar immer wieder, etwas anderes. Fernando García hat den Bruch zwischen seinem damaligen Partner und jenen Kolleginnen und Kollegen, die Inspektor Ortega gedeckt haben, hautnah miterlebt. Wobei er auch heute noch nicht wirklich weiß, ob dies der wirkliche Grund gewesen ist, weshalb sich sein Freund vom Polizeidienst verabschiedet hat. Oder hat Alapont einfach zu viel Dinge gesehen, die eigentlich kein Mensch sehen sollte, und Situationen erlebt, die sicherlich nicht einfach zu verdauen waren? Gerade einer der letzten Fälle, das Verschwinden einer 17 Jahre jungen Frau, ist diesem ungewöhnlich nahe gegangen, obwohl er dies nicht zugeben mag. Aber gleich den Job an den Nagel hängen und sich hinter das Steuer eines Taxis setzen? Doch der Inspektor möchte kein Salz in eine offene Wunde streuen, irgendwann – sicher nicht heute – wird ihm Alapont den wahren Grund für seinen Berufswechsel erklären.

»Und, hast du es jetzt im Griff mit der Paella?«, scherzt Fernando, um ein unverfängliches Thema anzusprechen. Alapont winkt ab. Er isst zwar gerne, aber das Kochen war nie sein Ding. Trotzdem ärgert es ihn als Valenciano, dass er es noch nie geschafft hat, eine wirklich gute Paella zuzubereiten. Entweder war der Reis zu weich oder zu hart, einmal fehlte Salz, ein andermal war zu viel drin. Und wenn beides stimmte, so war das Resultat trotzdem nur so lala … Also will er Elena beim Kochen genau über die Schulter schauen.

Mit einem großen Strohhut auf dem Kopf und einer langen Kelle in der Hand stellt sich diese vor die Paella-

Pfanne, die so groß wie ein Wagenrad ist. Und zwar nicht wie irgendeines Pkws, sondern vielmehr vom Durchmesser eines Lastwagenreifens. Großzügig gießt sie Olivenöl hinein, dreht und schwenkt die Pfanne so lange, bis sich das Öl schön gleichmäßig verteilt hat. Als dieses wirklich heiß ist, legt sie die Hühnchen- und Kaninchenstücke hinein, gibt die dazugehörenden Lebern dazu, bestreut das Ganze mit ein paar Prisen Salz und brät alles – unter ständigem Umrühren – knusprig-kross an. Dann greift sie zu einer Schüssel, in welcher sie das Gemüse vorbereitet hat – geschälte, weiße Bohnen und *garrofó,* eine grüne, breite, lange und vor allem lokale Bohnensorte – und schmort dieses ebenfalls ein paar Minuten lang mit. Anstatt die Tomaten selbst zu schälen und in kleine Stücke zu schneiden, nimmt Elena eine große Büchse *pelati* und leert diese, zischend, hinzu. Zum Schluss schreckt sie alles mit Wasser ab und füllt die Paella-Pfanne bis auf einen Fingerbreit unter den Rand mit Wasser, nochmals genau darauf achtend, dass alles schön eben auf dem Feuer steht. Um dem Gericht die typisch gelbe Farbe zu geben, streut sie eine fertige Paella-Gewürz- und Farbmischung hinzu, die es in jedem Supermarkt zu kaufen gibt. Ursprünglich wurde dafür Safran verwendet, doch da die feinen, getrockneten Blütenfäden des Krokus teurer sind als Gold, findet man heute in jeder spanischen Küche diese gelbe Streumischung.

Alles muss eine Viertelstunde vor sich hin kochen, also bestellt Alapont zwei frische Biere, einen Teller mit *jamón serrano* sowie Manchego-Käse. Schließlich lässt es sich mit trockenem Mund und leerem Magen nur schlecht plaudern.

»Und, bereitest du dich immer noch auf den Iron Man vor?« In jedem Wort, in jeder Silbe von Fernandos Frage schwingt leiser Hohn mit. Schließlich gehört der Inspektor zu jenen, die es wie der einstige britische Premierminister Winston Churchill halten: Sport ist Mord! Beinahe ein Kopf kleiner als Alapont, bringt er das gleiche Gewicht auf die Waage.

»Etwas Bewegung würde auch dir guttun!« Alapont ist alles andere als ein großer Sportler, doch frühmorgens draußen im Meer schwimmen zu gehen, ist eine Angewohnheit, die er nicht missen möchte. Früher, als er bei der Polizei war, schwamm er so seinen Kopf frei. Frei für neue Gedanken und Überlegungen, manch neue Ermittlungsidee ist ihm so schon in den Sinn gekommen. Und jetzt, wo er den ganzen Tag hinterm Steuer sitzt, bietet ihm das Schwimmen auch einen körperlichen Ausgleich.

»Wenn man bedenkt, dass man im Ausland der Meinung ist, die Paella sei Spaniens Nationalspeise«, wechselt Fernando wiederum das Thema und schüttelt verständnislos den Kopf, »dabei sind wir es in Valencia, die die Reisfelder vor ihrer Stadt haben.« Alapont schaut sein Gegenüber zustimmend an. »Du glaubst nicht, wie viele Touristen mir sagen, dass sie den Fisch und die Meeresfrüchte in der Paella nicht mögen. Wenn ich ihnen dann erkläre, dass in der authentischen Paella nur Huhn und Kaninchen drin ist, wollen sie es nicht glauben.«

Vorsichtig streut die Köchin den Reis in den kochenden Sud und verteilt diesen mit der langen Kochkelle schön gleichmäßig in der Paella-Pfanne. Während sich die beiden weiter über Familie, Politik und Fußball unterhalten, behält Fermins Gattin das Holzfeuer im Auge, schließlich dürfen die Flammen nicht zu groß, aber auch nicht zu klein sein. Verdampft das Wasser zu schnell, bleibt der Reis hart, gießt man nicht rechtzeitig nach, auch. Nachschütten bedeutet aber auch, dass man den Geschmack verwässert. Lodert zu wenig Feuer unter der Paella-Pfanne, so läuft man Gefahr, dass der Reis verkocht, wenn man nicht den Sud rauslöffelt. Wie auch immer: Bei dieser Hitze eine Paella auf offenem Feuer zuzubereiten, ist eine kleine Heldentat. Darin sind sich Vicente Alapont und Fernando García einig.

Nach etwa 20 Minuten scheint der Reis gar und der Sud korrekt verdampft zu sein. Eigentlich könnte man die Paella vom Feuer nehmen, doch Elena fächert das Feuer nochmals kurz an. *Socarrat* nennt sich die unterste, leicht angelegte, nicht jedoch verbrannte, Schicht, die bei den Valencianos als das Leckerste des Reisgerichtes gilt.

Alapont kann offensichtlich die Gedanken seines Gegenübers lesen. »Kannst du dich erinnern, als wir für einen Kongress in der Schweiz gewesen sind und man uns dort zu einem Käsefondue eingeladen hat. Dort ist der leicht angebrannte Satz des Fondues scheinbar auch eine Delikatesse.« García besinnt sich, sie hatten damals gemeinsam an einer Veranstaltung der Interpol in Zürich teilgenommen und waren ziemlich erschrocken, wie teuer dort alles gewesen war. 30 Franken für eine Pizza und ein Bier in einem normalen Restaurant schienen dort gang und gäbe zu sein, 30 Euro wird das heutige Paella-Menü für beide zusammen kosten, plus vielleicht 20 Euro mehr für die Tapas und die Getränke.

Mit der Hilfe ihres Gatten hievt Elena das große Pfannenrad vom Feuer, legt ein paar Rosmarinzweige darüber und deckt alles mit Zeitungspapier ab, damit sich die Paella setzen kann. »Was meinst du, hat es einen Einfluss auf den Geschmack, ob man die konservative *La Razón* fürs Abdecken verwendet oder eine liberale Zeitung wie *El País?«* In Alaponts Kopf klang diese Frage weit witziger als jetzt, wo er sie ausgesprochen hat.

Solange die Zubereitung der Paella auch gedauert hat, schnell wiederum haben die beiden ihre Reisportionen verdrückt. Als Fermín einen Nachschlag anbietet, winkt Alapont ab, Fernando hingegen bejaht, in der Hoffnung, noch etwas *socarrat* abzubekommen. Für ihn ist Sport nicht nur Mord, sondern auch Essen eine Lebensfreude, und zwar eine große. »Alapont, ich hätte noch ein wenig für dich!«, ruft Elena rüber, während sie mit ihrer Kelle die unterste Reisschicht herauskratzt. *»¡Vale!«*, antwortet dieser, ein Tag ist ein Tag, dafür schwimmt er beim nächsten Mal zehn Minuten länger.

Satt und zufrieden sitzen die beiden vor ihren leer gegessenen Tellern, nicht ein einziges Reiskorn ist übrig geblieben. Alapont bestellt für sich und seinen Gast Kaffee, glücklich schaut er zu den Pinienwäldern und den Gipfeln der *Sierra Calderona* hoch. Der Hitze der Stadt entkommen, mitten in der Natur, gut gegessen und in Begleitung eines guten Freundes. Was will man mehr im Leben?

-4-

Seitdem der »AVE«-Hochgeschwindigkeitszug die 350 Kilometer zwischen Valencia und Madrid in genau 98 Minuten zurücklegt, fristet der kleine Bahnhof von Utiel ein beinahe vergessenes Dasein. Die Schnellzüge halten weit draußen vor dem 12.000 Seelen-Städtchen an der neuen, modernen AVE-Station, beibehalten worden sind lediglich ein paar wenige Regionalzüge runter nach Valencia. Diesel-Triebwagen der vorvorletzten Generation, die beinahe so alt sind wie der obsolete Schienenstrang. Besonders traurig anzuschauen ist das kleine, aber für seine Zeit prächtige Bahnhofsgebäude, das nun, leer geräumt und mit vernagelten Fenstern, vor sich hinrottet. Entsprechend menschenleer ist der Bahnsteig, die Geleise flimmern in der Augusthitze. Der Vorbau der alten Eisenbahnstation spendet zwar Schatten, doch die hochstehende Sonne knallt derart gnadenlos auf das stählerne Vordach nieder, dass die Luft darunter unerträglich ist.

Manuel Gisbert ist die einzige Menschenseele weit und breit, die in diesem Backofen eines Bahnhofes auf den Zug wartet. Neben ihm steht sein Rollkoffer, dessen Gummiräder knapp davor sind zu schmelzen. Auch die große Bahnhofsuhr scheint schon lange den Geist aufgegeben zu haben, das Ziffernblatt ist verblichen und die Zeiger hängen beide, wie von der Hitze der *Ponentà* erschlagen, leblos nach unten. Also zieht der einsame Reisende sein *Samsung*-Mobiltelefon aus seiner kleinen Umhängetasche. Das Display ist im grellen Licht kaum lesbar, erst beim genauen Hingucken erkennt Manuel: 11:48, und gleich darunter 44 Grad Celsius. »Scheiß *Ponentà*!«, flucht er leise, obwohl er es auch laut in die Welt hätte hinausschreien können. Niemand hätte ihn gehört. Doch Wutausbrüche sind nicht sein Ding, er gehört vielmehr zu denen, die alles in sich hineinfressen. Bis …

Noch fehlt knapp eine halbe Stunde bis zur Abfahrt. Was tun? In der Wartehalle drinnen ist es auch nicht besser, dort steht die Luft, schwer und stickig. Die Fahrkartenschalter sind sowieso verriegelt und verrammelt, ebenfalls eine Konsequenz der neuen Hochgeschwindigkeitsverbindung. Wie beinahe überall hat auch in Utiel der Automat den Ticketverkäufer ersetzt. Also kramt Manuel in seiner Brieftasche und sucht die 5,80 Euro hervor, um sich einen Schein zu lösen: Valencia einfach. Er könnte auch mit der Bankkarte bezahlen, das will er aber nicht, schließlich ist für ihn Diskretion in diesem Moment oberstes Gebot. Und genau aus diesem Grund nimmt er auch nicht den AVE: Einerseits ist beim Schnellzug die Bahnkarte nur online und somit ausschließlich mit Kreditkarte zu erwerben, andererseits ist die Gefahr zu groß, irgendwelche Nachbarn und Bekannte anzutreffen. Und dies will er vermeiden, unbedingt. Und außerdem, Manuel ist es recht, dass die Fahrt runter nach Valencia knapp zwei Stunden dauern wird anstatt 20 Minuten bei einer Geschwindigkeit von 300 Stundenkilometern. Er tritt schließlich hier und heute eine Reise an, mit welcher er seine Vergangenheit hinter sich lassen wird. Ein Fortgehen von zu Hause, ein Abschied von seinem bisherigen Leben, welches er langsam und im Bewusstsein der Konsequenzen beinahe feierlich begehen möchte. Still, für sich allein.

Als endlich der Dieselzug im Bahnhof von Utiel einfährt, ist er weiterhin der einzige Fahrgast, der einsteigt. Zu Manuels Überraschung funktioniert die Klimaanlage im Innern des 2. Klasse-Wagens bestens, strömt ihm doch beim Einsteigen kühle Luft entgegen und kommt ihm somit vor wie eine Erlösung: Der Zug, der ihn nicht nur von der *Ponentà*, sondern auch von seinem bisherigen Dasein in einer Familie, die ihn nie als einer der ihrigen angesehen hat, erlöst – und weit wegbringt. Mit einem Ruck setzt sich die Bahn in Bewegung, ein Stoß, der Manuel aus seinen Gedanken reißt. Zum Glück ist er allein im Abteil, wäre es ihm doch peinlich gewesen, wenn irgendjemand gesehen hätte, wie er – trotz der dunklen Sonnenbrille vielleicht erkennbar – Tränen in den Augen hat. Langsam schlängelt sich der Zug durch die Weiten der Weinbauregion von Utiel-Requena, seiner Heimat. Hier ist er als Sohn eines einfachen Pächters aufgewachsen, hat als Kind anstatt mit Murmeln mit Trauben und Korkzapfen gespielt und in jungen Jahren, wie alle in der Familie, bei der Weinernte mitgeholfen.

Genau auf dieser Bahnstrecke hat er in seinen jungen Jahren, er war gerade mal 17 Jahre alt, Amparo Montero kennengelernt. Er wusste zwar, dass sie die Tochter einer alteingesessenen und angesehenen Winzerfamilie war, fasste sich aber trotzdem den Mut sie anzusprechen und kam mit ihr ins Gespräch. Langsam entwickelte sich eine

Freundschaft, die über die Jahre immer enger und vertrauter wurde. Beide schmiedeten Zukunftspläne: Sie wollte eine moderne Weinkellerei auf die Beine stellen, er wollte sein Glück in Valencia oder Madrid suchen. Irgendwann wurde aus Freundschaft Zuneigung, die aber offen nicht gezeigt werden durfte. Zu groß war der gesellschaftliche Unterschied, welches gerade auf dem Land ein wichtiges Kriterium bildete bei der Frage, wer sich in wen verlieben darf. Doch als Amparo von ihm schwanger wurde, war dies nicht nur ein Skandal, auch ihre Vorstellungen der Zukunft wie Seifenblasen. Ein uneheliches Kind kam in einer erzkatholischen Familie wie den Monteros nicht infrage, Abtreibung war und ist für sie Mord am ungeborenen Leben. Also musste Manuel wohl oder übel das Ja-Wort geben und zog nach der Heirat auf das Montero-Weingut in ein Nebengebäude. Als dann das Frischgeborene im Kindbett starb, fand er sich in einer Ehe wieder, die er so nicht gewollt hatte und aus welcher es kein Entrinnen gab. Schließlich war bei der Montero-Familie auch die Scheidung kein Thema, denn der heilige Bund der Ehe ist vor Gott geschlossen worden und somit für immer. Bis der Tod euch scheidet. Er mochte seine Frau, und zwar sehr, trotzdem fand er sich, mit gerade mal 26, plötzlich gefangen in einer Familie, die ihn von Anfang an nicht wirklich akzeptiert hat. Schon am Tag ihrer Verlobung hatte ihm Amparos Vater zu verstehen gegeben, dass er als Sohn eines einfachen Pächters nicht dem Status einer solch renommierten Winzerfamilie wie die Monteros entsprechen würde. Wie dominant und aufbrausend sein Schwiegervater und Patriarch der Montero-Familie wirklich sein konnte, erlebte Manuel über die vergangenen zehn Jahre. Eine Autorität und eine Stimmung innerhalb der Familie, die schlussendlich auch seiner bereits fragilen Beziehung zu seiner Frau arg zusetzte.

Entweder er würde sein Leben zurückgewinnen oder er würde innerlich zugrunde gehen. Und als er an einer Weinmesse eine Bekanntschaft machte, die in ihm die Flamme der Hoffnung entfachte, fand Manuel Gisbert wieder den Willen und die Kraft, seine Zukunft selbst in die Hand zu nehmen. Eigentlich hätte er erst in ein, zwei Wochen seine Flucht starten, still und heimlich die Bahn nehmen und in Valencia direkt aufs Schiff gehen wollen. Doch die letzte Auseinandersetzung mit seinem Schwiegervater und gleichzeitig mit seiner Amparo war der Tropfen, der das Fass zum Überlaufen brachte. Also packte er seine sieben Sachen und setzt um, was er sowieso geplant hatte.

In Gedanken und Erinnerungen versunken, kramt Manuel in seiner *mariconera.* Eigentlich ein hässliches Wort, *Schwulentäschchen,* denkt er sich. Sogar die *Real Academia Española*, die königliche Akademie, welche über den spanischen Wortschatz wacht, führt diesen abschätzigen Begriff in seinem Vokabularium und definiert diesen als »Handtasche für Herren«. Dabei gehört Spanien zu einem der ersten Länder in Europa, welches die gleichgeschlechtliche Ehe legalisiert hat. Doch Spanien ist auch ein Land der Kontraste, zwischen Stadt und Land etwa, zwischen Moderne und Tradition. Eigentlich – so steht es in der Verfassung – ein konfessionsloser Staat, doch die katholische Kirche und deren Puritaner-Organisation *Opus Dei* haben immer noch großen Einfluss auf Gesellschaft und Politik. Doch dies wird sich für ihn ändern, ab heute, ab jetzt. Mit jedem Kilometer, mit welchem der

Regionalzug Utiel und seine Weinberge hinter sich lässt, nähert er sich einem neuen Leben, unten am Mittelmeer. Zuerst Valencia, danach Mallorca, zwei Orte, die zweifelsohne weniger rückständig sind als das Leben in der Provinz und das Dasein in der Montero-Familie.

Kurz nach dem Halt im kleinen Weiler von *Siete Aguas* führt die Bahnstrecke über eine sanfte, lang gezogene Flanke die Hügel hinunter in die Tiefebene. Schon damals, als er mit Amparo diese Strecke gefahren ist, hat ihm die Weitsicht an dieser Stelle gefallen, und auch heute beeindruckt ihn der Blick in die Ferne. Wenn auch noch weit weg, trotzdem deutlich zu erkennen sind die Gebäude von Valencia, dahinter und über die ganze Breite die Küste mit dem blau schimmernden Mittelmeer am Horizont. Blau wie die Farbe der Gelassenheit, blau wie die Ruhe, die sich in ihm breitmacht. Mehr denn je davon überzeugt, das Richtige zu machen, fischt er ein zweites Mobiltelefon, ein dunkles *Motorola*, aus seiner Handtasche für Herren und legt es neben sein *Samsung*-Smartphone auf den leeren Sitz neben ihm. In der Kontaktliste dieses zweiten Gerätes gibt es nur einen einzigen Namen: Paul, zu welchem eine Festnetznummer auf Mallorca sowie eine Mobiltelefonnummer abgespeichert sind. Trotz eines Sprungs quer über das Display funktioniert dieses Mobiltelefon bestens. »Ich bin heute schon los«, tippt er in sein *WhatsApp*.

-5-

Das Weinanbaugebiet im Hinterland, die weiten Reisfelder am südlichen Stadtrand sowie die unendlichen Orangen- und Mandarinenplantagen haben zu Beginn des 20. Jahrhunderts aus Valencia eine wohlhabende Stadt gemacht. Aus diesem Grund wurde bei vielen Gebäuden, die um 1910, 1920 entstanden, nicht gekleckert, sondern geklotzt. Zahlreiche der im spanischen Jugendstil errichteten Bauwerke sind Zeitzeugen dieser Epoche, prägen das Stadtbild und ziehen jährlich Tausende Besucher an. Trotzdem hat kaum einer der Pendler, die tagtäglich durch die Vorhalle des Nordbahnhofs ins Stadtzentrum strömen, ein Auge für die *Modernismo*-Architektur dieses Gebäudes. Dafür stolpern sie über Touristen, die ihnen in der Eingangshalle und auf dem Vorplatz im Weg stehen und die kunstvoll gezimmerten Fahrkartenschalter aus feinpoliertem Holz, die großen Mosaikwände mit den bunten Landschaftsdarstellungen sowie die Fassade mit ihren Ornamenten und Orangenreliefs bewundern und fotografieren.

Wie wohl all seine Taxifahrerkollegen, die bei einem Seitenausgang auf Kundschaft warten, beeindruckt auch Vicente Alapont die Schönheit des Gebäudes nicht wirklich – oder besser gesagt, nicht mehr. Als Einwohner dieser Stadt weiß er zwar sehr wohl, dass die 1917 eingeweihte *Estación del Norte* eine Perle des Jugendstils ist, doch wenn man tagtäglich und gleich mehrmals daran vorbeifährt, so ist es schlussendlich auch nur eine Konstruktion mehr. Modernismo und Orangenreliefs hin oder her. Vielmehr beschäftigt ihn in diesem Moment, dass vor ihm sechs Wagen stehen und auf Fahrgäste warten, und irgendwie scheint es bei dieser Sommerhitze überhaupt nicht vorwärtszugehen. An einem normalen Tag würde er aussteigen, um mit seinen Taxi-Kumpanen einen Schwatz zu halten, doch es herrscht *Ponentà*. Entsprechend sitzen auch alle anderen in ihren Autos und haben die Klimaanlage aufgedreht. Außer jener Kollege gleich vor ihm, den er zwar nicht persönlich kennt, vom dem er jedoch gehört hat, dass er ein Geizkragen sein soll. Nicht nur, dass er mit einem Dacia Lodgy ein billiges Fahrzeugmodell fährt, sondern auch, dass er die Klimaanlage nicht aufdreht, da diese zu viel Sprit verbraucht und somit Geld kostet. Und in der Tat, das Taxi vor ihm hat alle Fenster unten, während dessen rundlicher Besitzer im Schatten des Bahnhofsgebäudes steht und einen hochroten Kopf hat. Die Kollegin an der Spitze der Autoreihe hat soeben ein älteres Paar eingeladen, Alapont ist somit nun die Nummer fünf. Um sich die Zeit zu vertreiben, klickt er sich durch die Online-Ausgabe einer der beiden Lokalzeitungen Valencias. Die *Las Provincias* berichtet vom Stadtrat für Mobilität, der wieder mal einen neuen Fahrradweg eingeweiht hat, vom kindischen Gezänke der Abgeordneten im Parlament in Madrid und von den Millionenschulden des FC Valencia. Eigentlich nichts Neues, denkt sich Alapont, derweil er gleich zwei Wagenlängen vorrücken kann. Endlich geht was!

Keine fünf Minuten steht Alapont mit seinem Toyota Prius ganz vorne, als ein junger Mann, vielleicht knapp 30, aus dem Bahnhof kommt und direkt auf ihn zusteuert, hinter sich einen blauen Rollkoffer ziehend.

»Ich hatte keine Zeit, ein Hotel zu buchen. Kennen Sie eines, nicht allzu weit vom Ferry-Terminal entfernt?«, fragt Manuel den Taxifahrer, der soeben aus seinem Wagen gesprungen ist, um die Hecktüre zu öffnen und das Gepäck einzuladen.

Alapont überlegt. »Erst vorgestern habe ich Leute vom Flughafen an die *Avenida del Puerto* gebracht, ins Hotel *Del Sol*. Es soll nicht schlecht sein und ist nahe am Hafen.«

»Wenn Sie meinen, bestens. Dann fahren Sie mich dorthin, *por favor.*« Mit diesen Worten steigt Manuel hinten bei Alapont ein und schnallt sich an. Obwohl auch in den Taxis die Anschnallpflicht gilt, kommt es eher selten vor, dass sich jene, die hinten Platz nehmen, auch wirklich angurten – bis Alapont sie jedes Mal darauf hinweist, freundlich, meistens. Diesem Herrn jedenfalls braucht er nichts zu sagen, also wirft er einen Blick in den Rückspiegel und richtet die Klimaanlage neu aus. »So, jetzt sollte die Luft auch bis zu Ihnen nach hinten gelangen.«

Lautlos fährt der Prius an, der Elektromotor des Hybridautos ist kaum zu vernehmen. Alapont fädelt sich in den spärlichen Verkehr der *Calle Colón* ein und folgt der *Calle Guillém de Castro,* der Ringstraße, die um die Innenstadt Valencias herumführt. Trotz der klimatisierten Luft im Inneren des Taxis läuft Manuel weiterhin der Schweiß den Rücken hinab. Und auch das Kleenex, mit welchem er sich das Gesicht abtupft, ist um Nu ein nasses Papierknäuel.

»Unglaublich, diese Luftfeuchtigkeit bei euch. Nur wenige Schritte vom Zug bis zu Ihrem Taxi, und schauen Sie mich an. Bei uns ist die *Ponentà* trocken, aber hier …«

»Na, dann sollten Sie nicht an einem normalen Sommertag hierherkommen. Dann ist die Luftfeuchtigkeit bei 80 Prozent, wenn nicht noch höher. Jetzt, mit der *Ponentà* sind es knapp 30. Wo kommen Sie denn her, wenn ich fragen darf, dass Ihnen das viel scheint?«

»Ich bin aus Utiel.«

Alapont runzelt die Stirn. »Aus Utiel? Warum habe ich Sie dann am Nordbahnhof und nicht am AVE-Hochgeschwindigkeitsbahnhof aufgeladen?«

Manuel hat keine Lust zu antworten, dafür schaut er aus dem Fenster, wie die Stadt an ihm vorbeizieht. Kaum eine Seele auf der Straße, beinahe überall sind die Rollläden und Storen runtergelassen. Entweder, weil im August Sommerferien sind und die Bewohner die Stadt fluchtartig verlassen haben, oder weil diejenigen, die zu Hause geblieben sind, sich in ihren Wohnungen vor der Hitze verschanzt haben. Umso mehr freut er sich auf die Überfahrt nach Palma, auf die Meeresbrise während der nächtlichen Schifffahrt, knapp acht Stunden nur das Meer, der Sternenhimmel und sonst nichts. Es gibt zwar auf der Fähre auch Schlafkojen, doch er möchte die Nacht draußen an Deck verbringen – und sich auf seine Ankunft in Palma freuen. Paul wird, so hat er versprochen, früh aufstehen und ihn an der Anlegestelle abholen.

»So, das wäre das *Del Sol*«, kündigt Alapont an, während sein Taxi vor einem modernen Hotelbau hält.

»Ich geh rasch rein, frage nach einem Zimmer und

komme gleich wieder raus. Das Gepäck lasse ich im Wagen, Ihr Taxameter lassen Sie bitte weiterlaufen.«

Bevor Alapont etwas sagen kann, ist sein Fahrgast schon aus dem Wagen gesprungen und steigt, trotz der Hitze, in Riesenschritten die Treppe zum Eingang hoch. Wer verreist heutzutage, ohne ein Hotel gebucht zu haben, online ist dies ja ein Kinderspiel, sinniert er, während das Taxameter wieder zehn Cent mehr anzeigt. Als die Beifahrertür geöffnet wird, erschrickt er ein wenig, hat er doch seinen Fahrgast nicht aus dem Hotel zurückkommen sehen.

»Bestens, ein Doppelzimmer zum Preis eines Einzelzimmers, inklusive *late check-out*. Danke für den Tipp.« Manuel setzt sich auf den Beifahrersitz, zieht aus seiner Brieftasche einen 20-Euro-Schein und reicht diesen dem Taxifahrer. Dieser kramt bereits in seiner Fahrtenkasse, um das Rückgeld abzuzählen, als der Gast abwinkt. »Ist schon okay.«

»*¡Muchas gracias!* Sehr freundlich!«

»Übrigens, wie lange brauche ich bis zum Fährterminal? Ich wollte übermorgen um 18 Uhr dort sein.«

»Nachmittags sind es keine zehn Minuten. Hier meine Visitenkarte, rufen Sie mich an, wenn Sie wollen, und ich fahre Sie hin.«

»Übrigens, ich heiße Manuel Gisbert, damit Sie wissen, wer ich bin, wenn ich anrufe«, antwortet der Fahrgast mit einem angenehmen Lächeln und steckt sich die Visitenkarte in die Brusttasche seines durchgeschwitzten Hemdes. Als Alapont aussteigen will, um den Koffer auszuladen, winkt Manuel nochmals ab, holt selbst seinen Rolli aus dem Kofferraum und steigt damit wieder die vier Stufen zur Hotellobby hoch.

Alapont schaut dem nun nicht mehr so anonymen Fahrgast nach, während er den 20er in seine Fahrtenkasse steckt. Das Taxameter war bei 9.80 Euro stehen geblieben. Wenn alle Fahrgäste so spendabel wären, denkt er sich und richtet die Klimaanlage wieder voll auf sich.

- 6 -

La Rioja ist wohl die bekannteste Winzerregion Spaniens, schließlich waren die dortigen Rotweine die ersten, die im großen Stil ins Ausland exportiert wurden. Bei den Connaisseurs einen besonders guten Ruf genießen jene Jahrgänge, die an den Hängen entlang des Duero-Flusses reifen, weisen die *Ribera de Duero* ja durchwegs eine hohe Qualität aus. Doch diese beiden Weinbaugebiete sind nur zwei von knapp 70 Regionen in ganz Spanien, die über eine eigene Herkunftsbezeichnung verfügen und die man außerhalb der Landesgrenzen kaum kennt.

Über eine solche *Denominación de Origen* verfügen auch die Weine aus Utiel-Requena, von Valencia rund 70 Kilometer in Richtung Madrid im Landesinneren gelegen. Hier wird seit Menschengedenken Wein gekeltert, schon die Römer hegten und pflegten Rebstöcke. Nicht ganz so weit zurück reicht der Stammbaum der Familie Montero, doch Urgroßvater Gumersindo Montero war einst nicht nur einer der bedeutendsten Winzer der Gegend, sondern als langjähriger Bürgermeister des Provinzstädtchens Utiel auch einer der einflussreichsten Männer der Region. Richtig geschäftstüchtig war Großvater Antonio Montero, der dank guter Beziehungen zum damaligen Franco-Regime in der 1950er- und 1960er-Jahren große, gewinnbringende Lieferverträge hat abschließen können. Doch das Ansehen und der Einfluss von damals gehören längst der Vergangenheit an, und auch das Vermögen ist mit den Jahrzehnten geschmolzen wie Schnee an einem Frühlingstag. Nicht, dass die Montero-Familie arm wäre, aber wirklich reich sind sie trotzdem nicht mehr. Übrig geblieben ist somit die eigene Historie als Erbe: Die einen nennen es Tradition, die anderen eine veraltete Weltanschauung. Die über Generationen geschaffene, wenn auch gestrige Selbstgefälligkeit prägt heute noch das Denken der Zwillingsbrüder Luis und José. Es ist vor allem der zehn Minuten jüngere der beiden, Luis, der sowohl das Montero-Weingut wie auch den Familienclan mit eiserner Hand führt. »Das haben wir immer schon so gemacht! Das ist Tradition in unserer Familie, daran wird nicht gerüttelt!« Diese Argumente hört man von den Montero-Senioren immer wieder. Egal, ob es darum geht, neue Sorten von Weintrauben zu verarbeiten, das Design der Etiketten zu überarbeiten oder die Bodega für Besucherrundgänge zu öffnen, Montero-Oberhaupt Luis hält von solch modernen Spinnereien nicht viel. Auch wenn sich die Zeiten sogar in Utiel-Requena geändert haben und es mittlerweile eine junge Winzergeneration gibt, die versucht, wirklich edle Tropfen zu produzieren, die auch bei internationalen Weinmessen und Wettbewerben mithalten können, ist bei der Bodega *los Monteros* die Zeit stehen geblieben. Doch, was soll's? Schließlich kann sich nicht jeder eine Flasche für 30 Euro leisten, also füllen die Montero-Brüder ihre Ernte auch in Ein-Liter-Tetrapak oder in Fünf-Deziliter-Schraubverschluss-Flaschen ab, die speziell nach Skandinavien exportiert werden. Damit besaufen sich dann die Ferry-Passagiere, die zwischen Schweden und Dänemark mit dem Fährschiff nur hin und herfahren, weil auf dem Meer der Alkohol von den hohen Steuern befreit ist.

Herzstück des rund 300 Hektar großen Weingutes ist das altherrschaftliche, dreigeschossige Wohnhaus, doch die einst aus noblem Holz gezimmerten Fenster sowie die kunstvoll angebrachten Kacheldekorationen an der Hauptfassade sind nur noch ein Schatten ihrer selbst. Wind und Wetter haben auch der zuoberst thronenden Zier-Balustrade arg zugesetzt. Was einst wohl der Villa sozusagen die Krone aufgesetzt haben muss, erinnert heute an ein architektonisches Diadem, das am Zerfallen ist. Grund für diesen Verfall ist nicht nur der Zahn der Zeit und der fehlende Unterhalt, sondern wohl auch, weil die meisten Zimmer leer stehen. Einst erbaut für eine gutbürgerliche, spanisch-katholische Großfamilie mit Onkel und Tanten, vielen Kindern und noch mehr Enkeln, leben nur noch die beiden Montero-Brüder in den vereinsamten Hausmauern, umsorgt von einer Haushälterin, die ebenso in die Jahre gekommen ist wie das Gebäude. Der ältere der beiden hat nie geheiratet, und die Gattin des jüngeren, Luis, starb, als Tochter Amparo noch zur Schule ging. Sohn Roberto lebt ja schon seit Jahren in Valencia, wo er die Niederlassung leitet. Amparo und ihr Gatte Manuel leben zwar auch auf dem Gut, haben es aber vorgezogen, in einem kleinen Nebengebäude zu wohnen.

Schnurgerade führt die CV470 aus Utiel raus in Richtung der *Bodega los Montero*. Dass auf dieser Überlandstraße das Tempolimit 90 gilt, interessiert Luis Montero einen feuchten Dreck. Kein Polizist weit und breit würde es wagen, dem Oberhaupt der Montero-Familie etwas zu sagen, geschweige denn eine Ordnungsbuße auszustellen. Vor Jahren hat mal ein junger, frisch in diese Gegend versetzter *Guardia Civil*-Beamter den alten Montero angehalten und dabei erfahren, was Jähzorn wirklich ist. Doch weder Anstand noch Geduld sind Luis Monteros Eigenheiten: Den Vormittag hat er in einer Versammlung des Winzergremiums verplempert, welches über die kontrollierte Ursprungsbezeichnung der Weine von Utiel-Requena wacht. Es gibt wohl nicht Überflüssigeres als das Weinmuseum, das bestimmte Ratsmitglieder auf die Beine stellen wollen – mit dem Geld aller, und somit auch mit seinem. Früher, zu Vaters und Großvaters Zeiten, hätte das Wort eines Montero gereicht und die Sache wäre vom Tisch gewesen. Doch heutzutage? Es gibt doch tatsächlich solche, die es scheinbar besser wissen wollen als er, der sein ganzes Leben in den Weinbergen von Utiel-Requena verbracht hat.

Etwas zu schnell fährt Luis den von hohen Palmen gesäumten Zufahrtsweg zur heimischen Finca hoch, nur eine Handbreite hat gefehlt, um einen entgegenkommenden Lieferwagen zu streifen. Nicht nur der Fahrer, auch die anderen Angestellten der Bodega wissen, dass man sich in Sicherheit bringen muss, wenn der Chef angebraust kommt. Als sich die kleine Staubwolke, die sich bei der Einfahrt des Mercedes-Geländewagens gebildet hat, auflöst, erkennt Luis, wie sein Bruder José aus einer der Lagerhallen tritt und auf ihn zukommt.

»Und? Hast du etwas über die Razzia der *Guardia Civil* erfahren können?«

Der Erstgeborene war schon immer der nervösere der beiden, und der ängstlichere. Luis steigt aus und klopft seinem älteren Zwillingsbruder beruhigend auf die Schulter.

»*Tranquilo*, nur mit der Ruhe. Die Polizei war bei den Larrañaga auf dem Anwesen und hat mit einem Dutzend Beamten die Bodega auf den Kopf gestellt. Während der heutigen Ratsversammlung hat man von Panscherei und falschen Deklarationen gemunkelt.«

»Von gepanschtem Wein? Bist du sicher?«, fragt José, sichtlich angespannt.

»Jedenfalls war die *Guardia Civil* bei den Larrañaga und nicht bei uns. Warum sollten sie auch, wenn wir weiterhin diskret sind?« Luis bleibt stehen und schaut seinen Bruder ernst an: »Und wenn wir die Ruhe bewahren. Verstanden?«

José nickt, wiederholt leise »verstanden« und geht dann zusammen mit seinem Bruder quer über den Vorplatz zu einem kleinen, schweren Holztor, welches in einen der Keller führt. Sofort spüren sie die angenehme Kühle, den meterdicken Mauern der alten Bodega kann sogar die *Ponentà* nicht wirklich was anhaben. Den säuerlichen Duft nach Maische und Trester, der in jedem Weinkeller zu riechen ist, nehmen die beiden hingegen gar nicht mehr wahr.

Gleich bei der Türe bleiben die beiden stehen, wobei Luis zwei Arbeiter, die gerade an den Stahlfässern rumhantieren, mit einer Handbewegung zu verstehen gibt, sie sollen verschwinden. »Irgendein Arschloch wird den alten Larrañaga verpfiffen haben. Pech für ihn, besser für uns. So ist die Polizei mit ihm beschäftigt und hat uns nicht auf dem Radar. Du musst einfach nur deine Nerven unter Kontrolle haben, *hermano*.«

Der ältere Bruder nickt, zieht sein Mobiltelefon hervor, wählt eine Nummer und, nachdem es viermal erfolglos geklingelt hat, steckt es danach wieder weg. »Hast du eigentlich eine Ahnung, wo Manuel steckt? Ich versuche schon den ganzen Vormittag, deinen Schwiegersohn zu erreichen, aber er nimmt nicht ab.«

»Wollte er nicht runter ins Lager?« Jetzt ist es Luis, der sein Handy hervorholt und auf eine der Kurzwahltasten drückt, ebenfalls erfolglos. »Stimmt, er hatte so was gesagt. Warte, ich versuch es bei Roberto in Valencia.«

Allein stehen die beiden Montero-Brüder inmitten riesiger Stahltanks, die bereit sind, die kommende Traubenernte für den Gärprozess aufzunehmen. Insgesamt 280.000 Hektoliter können hier und in weiteren Nebengebäuden gelagert werden. Vater und Großvater haben damals noch Holzfässer verwendet, doch diese sind heutzutage einfach zu kostspielig in der Anschaffung und zu aufwendig im Unterhalt. Und nicht jeder Weintrinker weiß den Unterschied zwischen Eichenfass und Stahlkanister herauszuschmecken. Also, was soll das Getue?

»Roberto, ich bin's, *papá*. Ist dein Schwager nicht bei euch? Wir waren der Meinung, Manuel sei zu dir nach Valencia runtergefahren ... Gut, ich frag mal deine Schwester.« Luis beendet den Anruf und wählt erneut, dieses Mal die Nummer seiner Tochter. »Amparo, wo zum Teufel steckt dein *marido*? Wo ist dein Gatte? Komm gefälligst zurück auf die Finca!«

-7-

Nur gerade mal 20 Minuten bräuchte man, rein theoretisch, um vom nördlichen Stadtrand an das südliche Ende von Valencia zu gelangen. Im Grund genommen sind es knapp zehn Kilometer Distanz, aber was heißt das schon bei diesem konstant hohen Verkehrsaufkommen? Nervös hält Alapont sowohl die Zeitanzeige auf dem Armaturenbrett als auch den zähflüssigen Verkehr im Auge. Wann immer er glaubt, eine Wagenlänge gewinnen zu können, wechselt er zwischen den Fahrspuren hin und her, links wie auch rechts, und schnellt noch rasch über Kreuzungen, auch wenn die Ampel bereits auf dunkel-gelb steht. Heute will und darf er auf keinen Fall zu spät kommen, wartet doch eine ganz spezielle Passagierin auf ihn, die er raus zum Flughafen fahren muss. Zudem ist er sich nicht sicher, ob die Uhrzeit, die sie ihm durchgegeben hat, die Abflugzeit oder jene des Boarding ist. Also tritt er aufs Gaspedal und drückt, mehr als ihm lieb ist, auf die Tube. Als er endlich in die quirlige Quartierstraße der *Avenida Primero de Mayo* einbiegt, ist er immer noch fünf Minuten hinterher und entsprechend angespannt. Alles andere als gestresst scheint die junge Frau, die da am Straßenrand steht und, als sie Alapont erkennt, ihm zuwinkt. Wirklich zufrieden sieht sie trotzdem nicht aus. Mit Schwung öffnet sie die hintere Türe, schmeißt ihre kleine Reisetasche auf den Rücksitz und steigt dann vorne als Beifahrerin ein. Sie drückt dem Taxifahrer einen Kuss auf die Wange: »Hallo, Papa!«

Noch bevor sich Lucía angeschnallt hat, gibt Alapont bereits wieder Gas, schließlich gilt es, die Verspätung aufzuholen. Ein Boxenstopp in der Formel 1 hätte nicht länger gedauert! Obwohl er sich auf den Verkehr in dieser engen Nebenstraße konzentriert, ist ihm der Gesichtsausdruck seiner Tochter nicht entgangen. »Kind, was machst du für ein Gesicht?«

»Ach, Papa ...«, seufzt diese. »Diese Reise hätte ich mir wirklich sparen können. Du glaubst nicht, was die mir für einen miesen Lohn angeboten haben. Und dabei erst noch das Gefühl hatten, ich dürfe dankbar für dieses Angebot sein.« Alapont zweifelt keinen Augenblick daran, dass sie recht hat, aber trotzdem schenkt er seiner Tochter ein aufmunterndes Lächeln.

Fuga de cerebros nennt man es in der spanischen Umgangssprache, wenn Studienabgänger aufgrund fehlender Arbeitsstellen und -perspektiven ins Ausland abwandern, um dort ihr Auskommen zu finden. »Braindrain« nennen es die Briten, »Talentabwanderung« heißt dieser Exodus an Wissen auf Deutsch, wobei dieser Exodus an Fachkräften weder im englisch- noch im deutschsprachigen Raum solch dramatische Ausmaße angenommen hat wie in Spanien. Lucía hat an der Universität von Valencia Zahnmedizin studiert und danach versucht, einen Job zu finden. Doch seitdem gleich mehrere private Hochschulen angefangen haben, ebenfalls Odontologie als Studiengang anzubieten, ist der Arbeitsmarkt überlaufen von jungen Dentisten. Wie wohl Hunderte andere frisch promovierte Ärzte und Zahnärzte ist auch sie nach Großbritannien ausgewandert, um bei der *National Health Security,* dem staatlichen Gesundheitsdienst des Königreichs, eine Stelle anzutreten. Seit drei Jahren arbeitet Lucía nun schon in Liverpool, und obwohl Alapont alles andere als begeistert ist, dass seine Tochter so weit weg von zu Hause lebt, freut er sich doch darüber, dass sie immerhin ihren erlernten Beruf ausüben kann. Seitdem er Taxi fährt, weiß er es besser denn je: Unglaublich, wie viele seiner Kolleginnen und Kollegen einen Hochschulabschluss haben, ihre Brötchen aber trotzdem mit Taxifahren verdienen – müssen.

Obwohl es heißt, dass die Heimatstadt der Beatles bei Weitem nicht so formell und steif ist wie andere Städte in Großbritannien, so ist der kulturelle Unterschied zwischen England und Spanien trotzdem groß genug. Egal, ob Italiener, Griechen oder Spanier, wer unter der Sonne des Mittelmeeres aufgewachsen ist, wird sein Leben lang Mühe haben, sich in nördlichen Gefilden wirklich heimisch zu fühlen. Doch eine Rückkehr in die Heimat ist nicht einfach, ist doch das Jobangebot auch für solche mit Auslanderfahrung nicht gerade groß, und die Arbeitsbedingungen meistens schlecht. Dabei geht es nicht nur um den Lohn, sondern auch um die Wertschätzung von Kenntnis, Erfahrung oder Leistung. Für die meisten Unternehmen und Arbeitgeber in Spanien sind Angestellte ein Kostenfaktor, der den eigenen Gewinn wegfrisst, und nicht mehr.

»Ich werde wohl noch ein paar Jahre versuchen, etwas Geld auf die Seite zu legen, um dann in Valencia eine eigene Praxis zu eröffnen. In vier Jahren, dann werde ich 30.«

Von seinen zwei Kindern ist Lucía schon immer die Verantwortungsvolle gewesen. Hingegen waren Lernen und Büffeln nie Santiagos Ding, ihr zwei Jahre älterer Bruder ist eher ein Freigeist. Sie hingegen musste man nie dazu auffordern, ihre Hausaufgaben zu machen oder den Müll rauszubringen.

»Deine Mutter und ich können versuchen, dir finanziell unter die Arme zu greifen. Und wenn es sein muss, kann ich immer noch meine Beurlaubung beenden und auf meinen alten Job bei der *Policía Nacional* zurückkehren.«

Lucía schaut ihren Vater mit einem strengen Blick an. »Papa, auf keinen Fall! Du hast das Richtige getan, als du deinen Dienst quittiert hast. Mama sagt das auch.«

Lucía ist nicht nur besonders gewissenhaft, sie hat auch schon als Kind immer einen eigenen Kopf gehabt und ihre Meinung schnell, ohne Filter, und ziemlich vehement vertreten. »Und, *papá*, wann hattest du früher Zeit, um mich abzuholen oder irgendwo hinzubringen? Nie!«

Touché! Wo sie recht hat, hat sie recht, denkt sich Alapont.

Über die Rampe fährt er hoch zur Abflugebene des Flughafens von Valencia und hält gleich neben dem Eingang zum Terminal. Dass hier Halteverbot ist und die Flughafensecurity auch Taxis zur Kasse bittet, kommt Alapont gerade recht. Schließlich mag er keine Abschiedsszenen, erst recht, wenn es sich um die eigene Tochter handelt, die wieder ins Exil fliegen muss. Lucía kennt ihren Vater und weiß, dass er in solchen Momenten schnell übertrieben melancholisch wird. »Ich bin ja bald für ein langes Wochenende wieder da.« Mit diesen Worten beugt sie sich zu ihrem Vater rüber und drückt ihn fest. Als sie ihre Reisetasche vom Rücksitz nimmt, hebt sie ein Mobiltelefon auf. »Papa, schau, da liegt ein Handy auf der Fußmatte. Das muss wohl einer deiner Fahrgäste verloren haben.«

Sie reicht ihm ein schwarzes *Motorola* nach vorn. Ein kurzes *»¡Te quiero, papá!«*, und weg ist sie. Als Alapont wieder nach vorne schaut, sieht er schon einen Sicherheitsbeamten auf ihn zukommen – grimmiger kann man wohl kaum dreinschauen.

Zum zweiten Mal an diesem Tag fährt Alapont beim Hotel *Del Sol* vor, nachdem er Manuel Gisbert, den Fahrgast, den er ein paar Stunden zuvor am Nordbahnhof aufgeladen hatte, auf seinem Hotelzimmer erreichen konnte. Ja, das schwarze *Motorola* mit dem Sprung über dem Bildschirm gehöre ihm. Kaum ist Alapont aus seinem Toyota Prius ausgestiegen, kommt Manuel die Hoteltreppe hinunter und strahlt ihn an. Ein neuer Mensch, denkt sich Alapont: kein verschwitztes Hemd, keine leidige Miene wie beim ersten Zusammenkommen, der Gast vom Nordbahnhof trägt eine bequeme, kurze Hose und ein buntes Poloshirt.

»Mann, danke, ich habe das blöde Ding überall gesucht und bin knapp davor gewesen, Sie anzurufen.« In der Hand hält er Alaponts Visitenkarte. »Was schulde ich Ihnen fürs Herkommen?«

»¡No se preocupe! Machen Sie sich keine Sorgen.« Manuel greift sich Alaponts Hand und schüttelt diese kräftig. »Wenn Sie schon da sind, warum machen wir nicht gleich für übermorgen etwas aus und Sie holen mich um 17.45 Uhr ab?«

»Okay, das kann ich mir gut einrichten. Dann sehen wir uns in zwei Tagen hier um 17.45 Uhr. *¡Hasta luego!«*

Als Alapont wieder in sein Taxi steigen möchte, folgt ihm Manuel ein paar Schritte. Wie in Spanien üblich wechselt er unversehens, und völlig natürlich, vom formellen Sie zum kollegialen Du über. »Hör zu, das Hotel hat eine coole Bar oben auf dem Dach, da spürt man die Brise, die vom Meer reinweht. Komm, ich lade dich zu einem Drink ein. Oder musst du noch arbeiten?«

Alapont überlegt: Es ist schon cool, sein eigener Chef zu sein. »Nein, eigentlich nicht.«

»Also, dann kannst du ja! Als Dankeschön fürs Herbringen meines Telefons.«

Er zögert. Soll er die Einladung eines praktisch Unbekannten wirklich annehmen? Doch, ja! Warum nicht? Denn schließlich ist ihm dieser Kerl schon vom ersten Augenblick, als er sich unaufgefordert angeschnallt hat, sympathisch gewesen. »Aber nur ein kleines Feierabendbierchen.«

- 8 -

Seit Generationen wird auf dem Montero-Weingut die Bobal-Traube angepflanzt, die typisch für diese Region ist. Klein und knorrig, halten diese Rebstöcke die heißen, trockenen Sommer ebenso gut aus wie die kalten, manchmal sogar verschneiten Winter. Entsprechend sind die hiesigen Rotweine alles andere als sanft und lieblich. Die Bobal-Traube hat zudem einen hohen Säuregrad sowie einen niedrigen Alkoholgehalt, sodass diese hauptsächlich zu herben, kräftigen Rotweinen verarbeitet wird. Doch herb und kräftig ist nichts jedermanns Sache, und gerade den Montero-Weinen fehlen Zwischentöne und sanfte Geschmacksnoten. Einige Winzer haben daher angefangen, andere Rebsorten anzupflanzen und bei der Kelterung mit der einheimischen Traube zu verschneiden, etwa mit Cabernet Sauvignon, Merlot, Syrah oder Pinot Noir. Doch davon wollen die Montero-Brüder nichts wissen, schließlich ist Wein nichts anderes als vergorener Traubensaft, den schon die Griechen und Römer tagtäglich tranken, und nicht ein Lifestyle-Getränk für irgendwelche Hipster-Stadtmenschen und feine Pinkel in Madrid, Frankfurt oder London. Davon sind Luis und José Montero zutiefst überzeugt, auch wenn der Umsatz schon seit

Jahren rückgängig ist und das Geld für Investitionen in Haus und Hof immer knapper wird.

Bobal, Cabernet Sauvignon, Merlot, Syrah, Pinot Noir und wie sie alle heißen – Amparo Montero kennt all die verschiedenen Traubensorten aus dem Effeff und weiß bestens über deren Eigenschaften und Besonderheiten Bescheid. Eigentlich hätte die Tochter von Luis Montero gerne Önologie studiert und die Universität in Logroño, der Hauptstadt der bekannten La Rioja-Weinregion, besucht, doch ihr Vater hat dies nicht zugelassen. Schließlich lernt man Weinbau nicht, indem man Bücher an einer Hochschule wälzt, sondern nur, wenn man sich die Hände an der Scholle dreckig macht und Schwielen an den Händen vom Schneiden der Reben bekommt. Abgesehen davon, dass dies absolut kein Frauenberuf ist: Lehrerin ja, auch Ärztin wäre okay, doch die Landwirtschaft ist Männersache. Ihr Bruder Roberto hingegen ist genau das: ein Bursche, ein Kerl, ein Mann. Er ist zwar zwei Jahre jünger als sie und hat nicht wirklich Ahnung von der modernen Weinkultur, wird aber vom Vater behandelt, als wäre er der Erstgeborene, der Stammhalter und somit der Erbe der Bodega. Das war schon immer so, das ist noch so und daran wird sich auch in Zukunft nichts ändern. Dafür sind die Männer in ihrer Familie – Vater, Onkel und Bruder – zu sehr im traditionellen, klassisch-katholischen Rollenbild verhaftet. Doch irgendwann wird sich das ändern, in nicht allzu ferner Zukunft. Dann wird ihre Zeit kommen, dann wird sie die Bodega leiten und zu neuen Erfolgen führen, davon ist Amparo Montero felsenfest überzeugt. Wenn auch nicht heute, so doch bald.

Nachdem sie den Anruf ihres Vaters erhalten hat, fährt sie zurück auf die heimische Finca. Einst war schon von Weitem der Schriftzug der Weinkellerei in großen Lettern zu lesen, inzwischen ist das Logo auf der Außenmauer eines der Lagerhäuser ausgebleicht. »Papa, wir sollten den Schriftzug endlich wieder mal neu malen, die Sonne hat die Buchstaben verblassen lassen.« Obwohl sie vom Charakter her ihrem Vater gleicht, direkt und bestimmt, so überhört dieser den Kommentar seiner Tochter. »Amparo, wo zum Teufel steckt dein Mann?«

Luis Montero steht zusammen mit seinem Bruder José im Eingang zur Bodega. Ihren Onkel begrüßt Amparo mit zwei Wangenküssen aufs Herzlichste, ihrem Vater hingegen widmet sie nur ein kurzes, trockenes *¡hola!* »Ich habe den ganzen Tag versucht, Manuel anzurufen. Nicht mal die Voicemail springt an.«

»Das kann doch nicht sein, dass du nicht mal weißt, wo dein Mann steckt, wo sich dieser *desgraciado* rumtreibt.« Dass Luis Montero seinen Schwiegersohn als Nichtsnutz bezeichnet, ist nichts Ungewöhnliches. Für seine Tochter hatte er sich was anderes vorgestellt. Jemanden aus einer traditionsbewussten, wohlhabenden Familie, einen guten Katholiken und nicht einen dahergelaufenen Typen wie Manuel Gisbert. Doch dann zwangen ihn die Umstände, diesen armen Schlucker mit seiner Tochter zu verheiraten und in der Familie aufzunehmen. Wohl oder übel.

»Habt ihr mit meinem Bruder gesprochen? Ist Manuel vielleicht bei Roberto in Valencia?«

Onkel José schüttelt den Kopf, während sich sein Bruder mit einem Taschentuch die Schweißperlen von der

Stirn wischt. »Lasst uns in die Bodega reingehen, draußen hält man es bei dieser *Ponentà* kaum aus.«

Drinnen ist es merklich angenehmer. Im Winter ist die immer gleiche Temperatur von 24 Grad geradezu wohlig warm, jetzt im Sommer schön kühl.

»Hattet ihr wieder mal Streit?« Irgendwie klingt Luis nicht wie ein besorgter Vater, sondern wie ein Inquisitor alter spanischer Tradition. Er weiß, dass es zwischen seiner Tochter und ihrem Ehemann nicht zum Besten steht, schließlich wohnen sie ja alle zusammen auf dem gleichen Anwesen.

»Nicht wirklich.« Amparo versucht, diesem Thema auszuweichen, schließlich gehen ihre Beziehungsprobleme ihren Vater rein gar nichts an. Sie zückt ihr Handy und wählt die Nummer ihres Bruders.

»Roberto? Wir können Manuel nicht finden, ist er nicht bei dir? Mir hat er gesagt, er müsse in Utiel ein paar Dinge erledigen und wolle danach runterfahren nach Valencia.«

Kopfschüttelnd steckt Amparo ihr Mobiltelefon wieder weg. »Nichts. *Nada.*« Langsam fangen Amparo wie auch ihr Onkel an, sich Sorgen zu machen: Ist Manuel vielleicht etwas zugestoßen? Hat er vielleicht einen Unfall gehabt? Ganz andere Befürchtungen hat jedoch der Patriarch der Montero-Familie: Was ist, wenn die Andalusier mit dem Verschwinden seines Schwiegersohnes zu tun haben? Oder, schlimmer noch, was ist, wenn Manuel sogar zur Polizei gegangen ist, um auszusagen?

- 9 -

Schwer wie Blei liegt die *Ponentà* über der Stadt Valencia, sogar hinter den dicken Hausmauern der *Finca Roja*, die normalerweise den Sommertemperaturen bestens widerstehen, könnte man die Luft in Scheiben schneiden. »Warum hast du die Klimaanlage nicht angestellt?« Alapont sucht vergebens nach der Fernbedienung. »Der Ventilator läuft doch!«, kommt es aus der Küche zurück.

Seitdem Alapont den Polizeidienst quittiert hat und als Taxifahrer selbst über seine Arbeitszeiten bestimmen kann, nimmt er sich die Zeit, einmal in der Woche bei seiner Mutter Mittag zu essen und ihr so etwas Gesellschaft zu leisten. Schließlich lebt sie seit dem Tod von Alaponts Vater vor ein paar Jahren allein in der riesigen Wohnung, in welcher er zusammen mit seinen Geschwistern aufgewachsen ist. Als kleiner Junge behauptete er stolz, in einer Burg zu wohnen, wobei er, mit Kindesaugen gesehen, nicht ganz unrecht hatte. Denn bei der »Roten Finca« handelt es sich nicht um irgendein Wohnhaus, sondern um ein Gebäude aus rotem Sichtbackstein, das einen Häuserblock einnimmt, 14 Eingänge und insgesamt 378 Wohnungen zählt. Gekrönt wird diese Wohnburg aus den 1930er-Jahren von runden Ziertürmen, die wie Warten über dem

Bauwerk thronen. Und obwohl Alapont ein erwachsener Mann ist, eine eigene Familie und sein eigenes Leben hat, so ist für ihn die *Finca Roja* immer noch sein Zuhause, jedenfalls zum Teil.

»Vicente, man muss schließlich Strom sparen, wegen der Klimaerwärmung.« Alaponts Mutter erscheint im Wohnzimmer, ihre hellblaue Kochschürze umgebunden. Sie ist zwar schon 79 und mehrfache Großmutter, aber alles andere als eine alte Frau. Das Mobiltelefon bedient sie ebenso spielend wie das Internet, und da sie ziemlich viel Zeit vor dem Fernseher verbringt und Nachrichten schaut, weiß sie ganz genau, was abgeht auf dieser Welt. »Zudem, die Klimaanlage schluckt extrem viel Strom. Weißt du, was das kostet, Vicente?« Da hat die gute Frau auch wieder recht, hat doch Spanien im europäischen Vergleich die wohl höchsten Kilowattpreise. Stromanbieter *Ibedrola* hat eine derart starke Marktmacht, dass der Quasi-Monopolist bei geplanten Strompreiserhöhungen der Regierung in Madrid auch schon mal nahegelegt hat, wie diese auszusehen hätten. »Kein Wunder, wenn ausscheidende Minister, egal von welcher Partei, bei *Iberdrola* einen gut bezahlten Direktionsposten bekommen«, kommentiert Alapont, während er anfängt, den Tisch für sie beide zu decken.

»Schau, was für eine herrliche *Perelló*-Tomate ich heute Morgen auf dem Markt gekauft habe.« Der sandige Boden des Perelló-Küstenabschnittes, der noch zur Stadt Valencia gehört, die Brise des Mittelmeeres und das salzhaltige Grundwasser sind die Gründe für den intensiven Geschmack dieser Tomaten. Mehr grün als rot und mindestens faustgroß, muss man nichts anderes tun, als sie in dicke Scheiben zu schneiden, kaltgepresstes Olivenöl darüber zu träufeln und mit grobkörnigem Meersalz zu bestreuen, und schon hat man ein Festmahl der valencianischen Extraklasse.

Auf niedrigem Feuer köchelt die Hauptspeise vor sich hin, Alapont würde am liebsten ein Stück Brot reintunken. »Ich war auch bei Elvira im Fischladen und habe dort frische *chipirones* gekauft. Die hast du doch so gerne.« Eine spanische *mamá* weiß immer, was sie ihren Kindern zubereiten soll – auch wenn diese längst gestandene Männer sind. Die Baby-Calamares hat sie zusammen mit frischem Knoblauch und Saubohnen in Olivenöl angebraten, mit etwas Pfeffer, Oregano und Salz gewürzt und dann mit einem Schuss Weißwein abgelöscht.

Ist es gutes Timing oder schon die Macht der Gewohnheit? Pünktlich zu den Mittagsnachrichten von *Television Española* um 15 Uhr steht das Essen auf dem Tisch. Das war schon so, als Alapont und seine Geschwister noch klein und das Fernsehen schwarz-weiß gewesen sind, und das ist noch so, lediglich mit einem 55-Zoll-HD-Flachbildschirm. Wenn man bedenkt, dass die Drei-Uhr-Mittagsnachrichten sowie die Abendausgabe um 21 Uhr nicht nur die Seh-, sondern auch die Essgewohnheiten einer ganzen Nation geprägt haben, sinniert Alapont.

Der *Telediario* des spanischen Fernsehens dauert eine ganze Stunde, genügend lange also, um nach dem Essen ein kleines Nickerchen zu machen. Erderwärmung und Strompreise hin oder her, Alapont hat die Klimaanlage angestellt, sodass die Temperatur im Wohnzimmer langsam erträglich wird. Seine Mutter ist in ihrem Sessel schnell eingenickt, Vicente streckt sich quer über das Sofa. Fürs Dösen liefern die Fernsehnachrichten ein angenehmes

Rauschen im Hintergrund, doch plötzlich reißt ihn eine altbekannte Stimme aus dem Halbschlaf. Es ist Bernardo Moliner, mit dem er während seiner Laufbahn als Inspektor immer wieder zusammengearbeitet hat. Der Hauptmann der *Guardia Civil* spricht über eine Razzia in Utiel-Requena, bei welcher ein Weingut durchsucht worden sei. Er bestätigte, dass verschiedenes Material beschlagnahmt und drei Personen abgeführt worden sind. Als die Nachrichten-Sprecherin auf ein Gerichtsverfahren gegen irgendeinen korrupten Politiker zu sprechen kommt, dreht sich Alapont nochmals um – lieber noch etwas weiterdösen. Und erst als die Wetterfee mit dem Hinweis auf das baldige Ende der Hitzewelle entlang der Mittelmeerküste die Tagesschau beendet, setzt sich Alapont wieder auf, mit neu geladenen Batterien. Was im Ausland als »power nap« in Mode gekommen ist, ist eigentlich eine der großen Errungenschaft der spanischen Kultur: die Siesta.

Zufrieden und ausgeruht steigt Alapont in sein Taxi, schaltet das grüne Freizeichen auf dem Wagendach an und macht sich auf die Suche nach Fahrgästen, die sich von der *Ponentà* in seinen klimatisierten Wagen flüchten wollen. Noch hat er etwas über eine Stunde Zeit, bis er Manuel Gisbert, wie vereinbart, im Hotel *Del Sol* abholen und zur Fähre fahren muss.

-10-

Am Vorabend ist Toni Salama bei sich zu Hause in Tarifa los und die 800 Kilometer nach Valencia am Stück durch die Nacht durchgefahren. Bei Sonnenaufgang war er auf der Höhe von Alicante und rief von dort, wie geheißen, seinen Chef an. Dieser gab ihm die Anschrift eines Hotels außerhalb der Stadt, in welchem man ihn erwarten und ihm ohne Registrierung ein Zimmer zuweisen würde. Seither sitzt er in der elften Etage eines modernen Apart-Hotels mit Blick auf ein Shoppingcenter, ein Baucenter und ein Multiplex-Kino. Typische Peripherie, die wie überall aussieht, wären da am Horizont nicht die zahlreichen Kirchtürme und Hochhäuser von Valencia. Doch die Aussicht ist Toni ziemlich egal, sein Interesse konzentriert sich auf das *Fortnite*-Game, mit welchem er auf seinem Handy die Zeit totschlägt. Er schreckt hoch, als das Mobiltelefon von *Maroc Telecom* klingelt, welches irgendwo auf dem zerwühlten Bett rumliegt. Mist, ausgerechnet jetzt, wo es auf die nächsten Spielzüge ankommt. Doch *el Rubio* warten zu lassen, wäre eine schlechte Idee. »In einer Stunde holt dich ein Typ namens Boris ab. Ist irgendwo aus dem Osten, Rumäne oder Bulgare. Er wird dich begleiten, aber du weißt ja, was du zu tun hast. Ruf mich an, sobald ihr

Roberto Montero gesprächig gemacht habt, und ich verbinde euch dann weiter.« Und schon ist das Telefongespräch beendet. Toni ist genügend lange mit dabei, um zu wissen, dass Höflichkeitsfloskeln nicht zur Drogenmafia passen. Obwohl, sobald er zurück in Andalusien ist und auf der Karriereleiter einen Schritt nach oben machen wird, will er, Antonio-Jesús Salama, ein »Leutnant« sein, der freundlich und freundschaftlich mit seinen Leuten umgeht. Doch zuerst muss er den Montero-Sohn Roberto in die Mangel nehmen. Oder besser gesagt, Boris muss das, dafür wird ihn dieser ja begleiten.

Wenn man die fünfspurige *Avenida del Puerto* zum Meer rausfährt, kann man sich nur schwer vorstellen, dass hier vor 70, 80 Jahren überall noch Orangenbäume standen. Die Plantagen trennten damals den Hafen von der Stadt, dessen historisches Zentrum rund acht Kilometer im Landesinneren liegt. Rund um das Hafenbecken entstanden damals Lagerhallen und Werften, einfache Behausungen für die Hafenarbeiter und unzählige Spelunken für die Matrosen. Hier hatte Urgroßvater Gumersindo Montero einst ein großes Lagerhaus für seine Weinfässer gebaut, die von hier auf die Frachtschiffe verladen wurden. Über Genua gingen seine Weine in die Schweiz, über Hamburg nach Deutschland und über Suffolk nach England. Die Halle war für damalige Verhältnisse nicht nur riesig, die hohe, mit zahlreichen Torbögen versehene Fassade auch herrschaftlich, wenn nicht sogar pompös. Große Lettern über dem Haupteingang taten kund, wer der Eigentümer war: Montero.

Doch das war gestern. Denn längstens ist der *Grao,* wie das Hafenviertel Valencias heißt, mit dem Rest der Stadt zusammengewachsen. Und nicht nur der Ruhm der Familie Montero ist verblasst, auch der einstige Prachtbau ist nur noch ein Schatten seiner selbst, an welchem der Zahn der Zeit nagt. Eingepfercht zwischen drei- und vierstöckigen Wohnhäusern, leer stehenden Industriegebäuden und engen Quartierstraßen sind an manchen Stellen die Fenster des Montero-Magazins zugemauert, während an anderen Ecken der Mörtel von der Fassade bröckelt. Doch hinter den alten Mauern werden weiterhin Holzfässer, Plastikcontainer und Paletten mit Weinkisten eingelagert und weiterverfrachtet, hier befinden sich auch die Büroräumlichkeiten, in denen sich Roberto Montero mit einer Handvoll Mitarbeiter um den Verkauf und den Export der Weine kümmert.

Seit einer halben Stunde steht Toni mit seinem Renault Megane auf einem Behindertenparkplatz und beobachtet den Haupteingang zur Montero-Lagerhalle. Neben ihm sitzt Boris, dessen Nachnamen er schon wieder vergessen hat: irgendwas typisch Bulgarisches, das mit *ov* oder *ev* endet. Radev? Petrov? Toni weiß es nicht, im Grunde genommen ist es ihm auch egal. Eigentlich hatte er so etwas wie einen Ringer erwartet, untersetzt und stark wie ein Bär, im Hotel erschienen ist jedoch ein eher kleiner, drahtiger Kerl mit einer Schlangentätowierung rund um den Hals. Seitdem sie in der Peripherie losgefahren sind, hat der Typ keine zwei Sätze gesprochen. Stumm wie ein Fisch sitzt er da und kaut an den Fingernägeln, während Antonio eine Zigarette nach der anderen raucht. Die Zeit scheint stehen geblieben zu sein an diesem Sommernachmittag – so jedenfalls kommt es Toni vor. Doch dann, endlich, fährt ein roter Porsche Cayenne an ihnen vorbei, hält vor dem großen Tor und hupt ein erstes, dann ein zweites Mal. Wie von Geisterhand öffnet sich das schwere Tor, und der Sportwagen rollt langsam hinein. »Das ist er, das ist Roberto Montero.« Toni fordert Boris mit einem Kopfnicken auf auszusteigen. »*Da!*« Mehr sagt der Bulgare nicht.

Mit schnellen Schritten gehen die beiden zum Eingangstor, das nicht, wie heutzutage üblich, aus Metall, sondern immer noch aus Holz ist – alt, beinahe morsch und von Holzwürmern zerfressen. Die Montero waren und sind schließlich Pfennigfuchser, nicht nur in Utiel auf ihrer Finca, sondern auch in Valencia. Gerade ist ein Lagerarbeiter dabei, den Zugang ächzend wieder zuzustoßen, als Toni und Boris noch schnell reinschlüpfen. »*Señores*, Sie dürfen hier nicht rein!«

Roberto Montero ist gerade dabei, aus seinem Wagen zu steigen, als er die beiden unbekannten und ungebetenen Besucher sieht. »Haben Sie nicht gehört, was mein Mitarbeiter gesagt hat? Raus!« Roberto Montero wiederholt seine Aufforderung und baut sich vor den beiden in einer herrischen, theatralisch-übertriebenen Attitüde auf. Doch die beiden Männer scheinen sich nicht beeindrucken zu lassen. »Was ist los? Was wollt ihr?«

Boris hat sich schützend vor Toni gestellt, irgendwie geht vom drahtigen Bulgaren eine aggressive, bedrohliche Aura aus. Toni nimmt das Mobiltelefon von *Maroc Telecom* und streckt es Roberto Montero hin. »*El Luismi* will mit dir sprechen!«

Als der Montero-Sohn dies hört, scheint er zu einer Salzsäule zu erstarren. Er spürt, wie sein Atem plötzlich flacher wird und ihm das Blut aus dem Kopf in die Magengrube sackt. »*¿Ahora?* Jetzt gleich?« Boris nickt bestimmt und antwortet, einmal mehr einsilbig. »Da!«

Das Telefongespräch dauert nicht viel länger als eine Minute, vielleicht auch zwei. Genügend lang jedoch, um aus dem aufgeblasenen Gockel binnen weniger Augenblicke einen verängstigten Jungen zu machen. Als Roberto das Telefon zurückgibt, ist er kreidebleich. Antonio Salama steckt das Mobiltelefon weg und tritt hinter Boris hervor. »Alles klar?«, sagt er scharf, mehr Drohung als Frage. Roberto Montero nickt. Dieses Mal ist er es, dem die Worte fehlen.

-11-

Obwohl sich Aitor Zabaleta mit seiner Uniformmütze Luft zufächert, hat der junge Polizeibeamte, der erst vor Kurzem aus Bilbao nach Valencia gekommen ist, einen hochroten Kopf. Er hatte alles daran gesetzt, sich vom heimischen Norden irgendwo in den Süden ans Mittelmeer versetzen zu lassen, doch in diesem präzisen Augenblick bereut er es – ein bisschen jedenfalls. Im Fernsehen hat er oft vom Wetterphänomen der *Ponentà* gehört, aber jetzt, wo er mittendrin steht, sehnt er sich nach der kühlen Atlantikküste. Am liebsten wäre ihm anstatt der Sahara-Winde ein erfrischendes *chirimiri*, jener feiner Nieselregel, der für seine Heimatstadt in Nordspanien typisch ist. Zusammen mit einem älteren, hageren Kollegen, dem das schwarze Hemd mit den Insignien des *Cuerpo Nacional de Policía* etwas zu weit über die schmächtigen Schultern hängt, steht der Baske neben dem Streifenwagen und schwitzt vor sich hin.

Als hinter ihnen ein Taxi anhält, erkennt Aitor dessen Fahrer als den ehemaligen Inspektor, den man ihm vor ein paar Tagen in Pablos Taverne vorgestellt hat. Erst als dieser aussteigt und auf ihn zukommt, fällt ihm der Name wieder ein: Alapont. »Da schau an, so sieht man sich wieder. Was machst du denn hier?«

Auch der Taxifahrer kann sich an den Hünen aus dem Baskenland erinnern, allerdings ist ihm dessen Namen entfallen. Also spricht er diesen mit seinem Dienstgrad an. »Ich muss einen Fahrgast abholen, *Sargento*. Aber was habt ihr hier verloren?«

Zabaleta fächert sich weiter mit seinem Käppi Luft zu, mit einer Kopfbewegung weist er zum Hoteleingang. »Wir warten, bis die Kollegen von der Spurensicherung am Tatort fertig sind.«

Alapont versteht nicht ganz. »Spurensicherung? Tatort?«

»Offensichtlich hat sich da einer aus dem Fenster gestürzt, die Frühschicht des Hotels hat den Körper im Lichtschacht gefunden. Die Untersuchungsrichterin ist schon weg, ebenso der Leichenwagen. Es sind jedoch noch zwei, drei drinnen, und bis diese nicht fertig sind, müssen wir hierbleiben.«

Ein Suizid in einem Hotel ist eine seltsame Sache. Die Erfahrung hat Alapont über die Jahre gelehrt, dass Lebensmüde meistens die Abgeschiedenheit suchen, in der Privatsphäre der eigenen vier Wände oder draußen in der freien Natur, aber in einem Hotel, in einer Art öffentlichem Gebäude, das ist doch eher selten. Mit einem kurzen Wink verabschiedet sich Alapont von den beiden Polizisten, steigt die vier Stufen zum Hoteleingang hoch und tritt in die Lobby. Eiskalte Luft schlägt ihm entgegen, diese Klimaanlage funktioniert zweifelsohne bestens. Da er ein klein wenig zu früh ist, geht er etwas hin und her, um sich die Beine zu vertreten. Doch mit den Minuten, die vergehen, beschleicht ihn langsam ein mulmiges Gefühl, sodass er sich an die Rezeption wendet. »Ich sollte um 17.45 Uhr einen Fahrgast abholen, den ich vor zwei Tagen hergefahren habe. Er heißt Manuel, den Familiennamen weiß ich leider nicht mehr.«

Überrascht blickt die Dame am Empfang auf, möchte was sagen, doch dann wählt sie hastig eine Kurzwahlnummer. »Hier ist ein Taxifahrer, der den Herrn aus Zimmer 913 abholen möchte.« Ohne einen weiteren Kommentar legt sie den Hörer auf. Ihr Blick ist unruhig, der Versuch eines Lächelns misslingt gänzlich. »Gleich kommt jemand runter.«

Alapont ahnt Böses, und diese Vorahnung bestätigt sich, als er seinen Freund, Inspektor Fernando García, aus dem Fahrstuhl kommen sieht.

»Das glaube ich ja nicht, ausgerechnet du bist der Taxifahrer?«

Es ist erst ein paar Tage her, dass die beiden zusammen in die Berge gefahren sind, um eine Paella zu essen. Doch auf dieses rasche Wiedersehen, so begreift Alapont gerade, hätte er gerne verzichtet.

»Fernando, was ist los?«

»Wir haben oben einen Todesfall, vermutlich ein Suizid. Du sagst, du musst einen Fahrgast abholen?«

»Manuel irgendwas. Ich habe ihn vor zwei Tagen vor der *Estación del Norte* aufgenommen und hierhergefahren und sollte mit ihm zum Ferry-Terminal rüber. Er sagte, er käme aus Utiel.«

Inspektor García zieht sein Mobiltelefon hervor und hält es Alapont vor die Nase. Dieser hat zwar seine Lesebrille nicht dabei, trotzdem erkennt er auf dem Foto seinen Fahrgast wieder – blass, leblos. »Ja, das ist er. Manuel …«

»Manuel Gisbert, 36 Jahre, wohnhaft in Utiel, verheiratet mit Amparo Montero.« Telegrammartig gibt der Inspektor die Personalien des Verstorbenen durch und fasst dann seinen Freund an der Schulter. »Na, dann komm hoch. Das Zimmer ist zwar noch nicht freigegeben, aber dort können wir in Ruhe reden. Zimmer 913.«

Schweigend folgt Alapont dem Ermittler in den Fahrstuhl und hoch in die neunte Etage. Zimmer 913? Er war immer der Meinung, es gebe in den Hotels keine Zimmer mit der Nummer 13, so wie es in den Flugzeugen keine 13. Sitzreihe gibt. Schließlich ist die 13 für viele eine Unglückszahl, wie auch viele an einem Dienstag, der auf einen 13. fällt, am liebsten im Bett bleiben würden. Jedenfalls in Spanien, in Griechenland und in den meisten lateinamerikanischen Ländern. Anderswo, wie etwa in Deutschland oder der Schweiz, ist es der Freitag, der als Tag des Unheils gilt, wenn er auf einen 13. fällt.

»Suizid, sagst du?«, fragt Alapont, immer noch in seine Gedanken rund um die Nummer 13 versunken, während beide den Hotelflur entlang gehen.

Vor der 913 steht ein junger Mann, der gerade dabei ist, seinen weißen Forensiker-Overall auszuziehen. Eine weitere Kollegin tritt aus dem Zimmer, die einen mächtigen Rollkoffer hinter sich herzieht. »Inspektor, wir sind fertig. Sehen wir uns später im Kommissariat?«

»*Si claro*«, antwortet Inspektor García, »aber lasst uns da nochmals rein. Das ist ein ehemaliger Kollege …«

»… und Zeuge!«, ergänzt Alapont, während er die beiden Forensiker mit einem kurzen Kopfnicken grüßt.

Dass in diesem Hotelzimmer in den vergangenen Stunden zahlreiche Beamte rein und raus sind, ist diesem nicht wirklich anzumerken. Das Bett ist zwar zerwühlt, der Stuhl am Schreibtisch etwas versetzt, aber ansonsten sieht alles ziemlich ordentlich aus.

»Was ist geschehen, Fernando?«

Dieser geht zum Fenster und öffnet es. »Zu klein für einen Innenhof, etwas zu groß für einen normalen Lichtschacht, aber breit genug, um sich in die Tiefe zu stürzen.«

»Du meinst, er hat sich aus dem Fenster gestürzt? Wie kommt ihr darauf?« Alapont lehnt sich aus dem Fenster und blickt nach unten, wo eigentlich nicht viel zu sehen ist.

»Irgendwann, vermutlich so um 3 Uhr morgens. Ein Ehepaar in der sechsten Etage sagt, sie hätten einen Lärm gehört, aber da sie im Halbschlaf waren, nicht weiter darauf reagiert.«

»Wer hat den Körper gefunden?« Alapont geht durchs Zimmer, auf der Suche nach irgendetwas Auffälligem. Doch er weiß nicht, was, abgesehen davon, dass die Spurensicherung ihre Arbeit sicherlich gut gemacht hat.

»Der Frühdienst, unten, die Putze ...«

»Und wie kommt ihr darauf, dass es Selbstmord gewesen ist?«

Inspektor García nimmt ein Smartphone hervor, das in einer kleinen Plastiktüte verpackt ist. Vorsichtig aktiviert er es. »Hast du gewusst, dass 43 Prozent aller Handybesitzer ihr Entsperrmuster oben rechts beginnen? Da schau, er hat seiner Frau eine SMS-Nachricht geschickt, um 2:48 Uhr.«

»Amparo, es ist für beide besser so.« Alapont liest die Textnachricht durch die Plastikfolie hindurch, dann schaut er seinen ehemaligen Kollegen halb fragend, halb vorwurfsvoll an.

»Eine SMS? Wer verschickt denn heutzutage noch eine SMS? Es sind doch alle auf *WhatsApp*!«

Fernando García zuckt mit den Schultern.

»Im Ernst, Fernando, ist das alles, was ihr habt? Die Nachricht ist doch absolut nichtssagend, die kann jeder verfasst haben. Und die Schlüsselkarte zum Zimmer?« Während Alapont diese Frage stellt, fällt ihm auf, dass die Zimmertür mit einem konventionellen Schlüssel geöffnet werden muss.

Inspektor García scheint den Gedanken seines ehemaligen Kollegen zu erahnen. »Ja, Schloss und Schlüssel, ansonsten hätte uns die Informatik sagen können, wann diese Tür zum letzten Mal geöffnet worden ist.«

Immer noch hat Alapont das in die Plastiktüte eingewickelte Mobiltelefon in der Hand. »Das ist ja ein *Samsung*!«

García nimmt das Handy wieder an sich. »Klar, und erst noch das neuste Modell.«

Alapont ist verwirrt. Das Mobiltelefon, das seine Tochter auf dem Rücksitz gefunden und welches er ins Hotel gebracht hat, war schwarz, nicht silbergrau, und auf keinen Fall ein *Samsung*. Abgesehen vom gut erkennbaren Sprung quer übers Display. »Wo ist das zweite Telefon?«

»Welches zweite Telefon?« García schaut ihn verständnislos an. »Wovon sprichst du, Vicente?«

»Ich musste vorgestern nochmals herkommen, denn der Fahrgast hatte sein Handy in meinem Wagen liegen lassen. Und es war zweifelsohne nicht das, das du in der Hand hältst.«

»Bist du sicher?«

»So sicher, wie ich mit ihm abgemacht hatte, ihn heute abzuholen und zur Fähre nach Mallorca zu bringen.«

»Nach Mallorca?« Garcías Augenbrauen heben sich fragend.

»Er hat mich, nachdem ich ihm sein Mobiltelefon gebracht habe, kurz zu einem Feierabendbierchen eingeladen.«

»Du hast mit ihm ausführlich gesprochen?«

Alapont winkt ab. »Er schien sehr freundlich, war aber gleichzeitig irgendwie zurückhaltend. Wir haben hauptsächlich über die *Ponentà* geredet. Eher nebenbei erwähnte er, dass er sich auf die Überfahrt nach Palma freut und auf das, was ihn auf Mallorca erwartet.«

Während er spricht, wählt Inspektor García die Nummer der Forensikerin von vorhin. »Victoria, habt ihr ein zweites Handy gefunden und mir nichts davon gesagt?«

García aktiviert auf seinem Handy den Lautsprecher, sodass sein Freund mithören kann. Doch die Antwort ist kurz und knapp. »Was für ein zweites Mobiltelefon?«

-12-

Paul Neumeyer kann nicht schlafen, unruhig wälzt er sich in seinem Bett hin und her. Die kleine Finca, die er vor ein paar Jahren in der Nähe von *Valldemossa* gekauft hat, hat freie Sicht aufs Mittelmeer, in dieser Nacht ist jedoch kein Lüftchen, keine Brise zu spüren. Und da Mallorca auf allen Seiten von Wasser umgeben ist, ist die Luftfeuchtigkeit besonders hoch – heute Nacht jedenfalls. Selbstverständlich hat er in seinem Haus eine Klimaanlage installiert, doch jene im Schlafzimmer ist so unglücklich angebracht, dass die kalte Luft direkt auf das Kopfende seines Bettes bläst. Also hat er zusätzlich einen Deckenventilator montieren lassen, doch auch dieser nützt nicht viel, wirbelt er nur die warme Luft durcheinander.

Doch in Wirklichkeit ist es nicht das Klima, das Paul den Schlaf raubt, sondern die Gedanken, die in seinem Kopf rumschwirren. Gedanken und Sorgen, die ihn den ganzen Tag begleitet und belastet haben und die auch jetzt, in den späten Nachtstunden, nicht verschwinden wollen. Vor ziemlich genau 24 Stunden hat er zum letzten Mal mit seinem Freund telefoniert, seither kann er ihn nicht mehr erreichen. Dieser war ein paar Tage früher als geplant von zu Hause abgereist, und da August der

Urlaubsmonat in Spanien ist, konnte er seine Überfahrt auf der Fähre von Valencia nach Palma de Mallorca nicht vorverlegen, auch die Flieger waren alle ausgebucht. Weiter erzählte er am Telefon, dass ihn ein überaus freundlicher Taxifahrer in ein Hotel in der Nähe des Hafens gefahren habe, wo er in seinem Zimmer und am Pool auf der Dachterrasse auf die Weiterreise warte. Beim letzten Anruf, es muss so um Mitternacht gewesen sein, schien Manuel überaus nervös, offensichtlich hat ihn eine Mitarbeiterin seines Schwagers vor dem Hotel angesprochen. Seither herrscht Funkstille.

Erschöpft steigt Paul aus seinem Bett, trinkt in der Küche vor dem offenen, angenehm kühlen Eisschrank frisches Wasser, direkt aus der Flasche, und geht dann raus an den Pool, um sich dort auf einer der Gartenliegen langzustrecken. Über ihm der Sternenhimmel, weit und klar. Auf Mallorca zählt man nicht nur weit mehr Sonnentage als im heimischen Deutschland, auch der Mond versteckt sich viel seltener hinter den Wolken. Das milde Klima ist sicher einer der Gründe, weshalb er aus dem heimischen Passau weggezogen ist, die Möglichkeit, auf den Balearen sein Leben endlich so leben zu können, wie er es will, frei von den Zwängen der provinziellen Kleinstadt, das weit wichtigere Motiv. 40 Jahre Deutschland und 40 Jahre Spanien – so etwa ist seine Idee. Als Erbe mehrerer Wohnblöcke in der bayerischen Donaustadt kann er sich diesen Lebenswechsel und -wandel leisten. Somit sorgenfrei, ist er trotzdem um seinen Freund besorgt. Manuel Gisbert hat er bei einer Weinmesse in Barcelona kennengelernt, und aus einer ersten, flüchtigen Begegnung entstand eine intensive Beziehung, die allerdings zu Beginn nicht ohne Probleme war. Während er sein altes Leben in Deutschland hinter sich gelassen hat, ist Manuel gefangen in einer Ehe, die ihn nicht glücklich macht, und in einer Familie, die ihn nie wirklich akzeptiert hat. Doch mit der Zeit wuchs auch in ihm der Wunsch und der Wille, in Zukunft ihre Leben miteinander zu teilen. Weitab von Passau, weitab von Utiel-Requena.

Nachdem Paul draußen im Garten doch endlich eingeschlafen ist, klingelt der Wecker auf seinem Mobiltelefon. Noch ist es dunkel, doch am Horizont ist zaghaft der erste Schimmer des Morgenrots zu erkennen. Verschlafen lässt er sich einfach in den Pool fallen und ist somit gleich hellwach. Was gibt es Schöneres, als mit einem Sprung ins Wasser den Tag zu beginnen? Und erst noch einen besonderen, außergewöhnlichen wie heute? Um 6.40 Uhr sollte die Fähre aus Valencia einlaufen, da bleibt nicht mehr viel Zeit, um sich herauszuputzen und loszufahren. Noch etwas übernächtigt, braust er in seinem Mercedes-Cabrio die kurvenreiche Landstraße aus den *Tramuntana*-Bergen hinaus, runter in den flachen Teil der Insel. Einmal mehr wählt er Manuels Nummer, dieser würde sicher schon an der Reling stehen und zur Insel seiner Zukunft blicken. Doch sein Freund scheint wie vom Erdboden verschluckt: Ist ihm etwas dazwischengekommen? Oder ist was geschehen? Ein Unfall vielleicht? Je mehr er sich Palma de Mallorca nähert, umso stärker werden wieder seine Zweifel und Sorgen. So früh am Morgen kommt er gut voran, die breite *Avenida de Gabriel Roca*, die an der Bucht von Palma entlangführt, ist um diese Uhrzeit beinahe menschenleer. Auf der Höhe der berühmten Kathedrale hält er vor einer roten Ampel, und wie er aufs Meer hinausblickt, sieht er, wie eine Fähre im Hafen einläuft. Mit großen, türkisblauen Lettern steht der Name der Reederei am Schiffsrumpf – *Balearia.* »Endlich!«, sagt er zu sich selbst, in der Hoffnung, bald seinen Manuel in die Arme schließen zu können.

Irgendwie passen Passagier- und Fährschiffe nicht in unsere heutige, schnelllebige Zeit. Warum eine Nacht auf See verbringen, wenn man mit dem Flieger in weniger als 60 Minuten vom spanischen Festland auf Mallorca ist? Paul steht am Passagierterminal und schaut zu, wie sich die *Rosalind Franklin* langsam an die Mole heranmanövriert und vertäut wird. Mit 188 Metern Kiellänge und Platz für 800 Passagiere sowie 600 Fahrzeuge ist es sicherlich kein kleiner Kahn, doch im Vergleich zu den riesigen Kreuzfahrtschiffen, die gleich nebenan vor Anker liegen, ist die Fähre beinahe eine Nussschale. Erst nach einer Viertelstunde, die Paul unendlich lang vorkommt, öffnet sich die Heckrampe und langsam, im Schritttempo, fährt einer nach dem anderen aus dem Bauch des Fährschiffes – Sattelschlepper und Lkws, Personenwagen und Urlaubscamper. In einer langen Ameisenkolonne rollen die Fahrzeuge über den Kai hinaus auf die aufwachende Baleareninsel. Die ersten Passagiere betreten über die Landebrücke, die aussieht wie ein Fingerdock am Flughafen, das Festland. Junge Backpacker und Familien, Einheimische und Ausländer, sogar drei Hunde zählt Paul. Doch als der Strom der Reisenden versiegt, wird die Verunsicherung in ihm groß: Manuel Gisbert ist nicht dabei.

»Es sind alle Passagiere von Bord«, antwortet der Sicherheitsbeamte im Hafenterminal, nachdem er auf das dringliche Bitten – beinahe schon ein Flehen – von Paul Neumeyer reagiert und mit seinem Walkie-Talkie die Brücke der *Rosalind Franklin* angefunkt hat.

-13-

Das alte Schieferdach ist längst eingestürzt, von den Mauern aus mit Lehm vermörtelten Steinquadern stehen auch nur noch zwei Seiten. Dafür wächst ein wilder Feigenbaum mitten in dem, was einst eine Scheune oder ein Schuppen gewesen sein muss. Von hier hat man einen wunderbaren Rundumblick über die Weinberge, weit und breit keine Menschenseele. *La ruina de la colina* nennen die Mitglieder der Montero-Familie diesen Ort, die Ruine am Hügel ist für sie auch ein Codewort. Denn bei diesem alten Gemäuer kommen die Monteros immer zusammen, wenn es ernste Dinge zu besprechen gibt und niemand von ihren Treffen etwas erfahren soll. Familienangelegenheiten, die niemanden etwas angehen. Kleine Staubwolken hinter sich herziehend, kommen zwei Fahrzeuge in ziemlich hohem Tempo den holprigen Feldweg hoch und halten beim zerfallenen Mauerwerk. Aus dem Mercedes-Geländewagen steigen die Gebrüder Montero, aus dem Pkw Amparo. Kaum haben die drei Schatten unter einer alten Pinie gesucht, sehen sie, wie ein roter Cayenne den gleichen Weg im Schritttempo dahergeschlichen kommt, offensichtlich ist auch dieses Porschemodell trotz des hohen Radstandes nicht wirklich stock- und steintauglich.

»Weshalb müssen wir uns immer hier oben treffen? Mein Porsche ist nigelnagelneu!« Sichtlich verärgert tritt Roberto Montero zu seinen Verwandten.

»Warum hast du überhaupt einen solchen Schickimicki-Karren?« Luis Montero versteht manchmal seinen Sohn nicht mehr, seit er in der großen Stadt wohnt und auf feinen Pinkel macht. Als dieser antworten möchte, kommt ihm sein Vater zuvor. »Ach, halt‹s Maul, Junge!«

Der ruhigere der beiden Montero-Brüder, José, meldet sich zu Wort und fasst seine Nichte fest ins Auge. »Amparo, was ist los mit deinem Mann? Warum die Geheimnistuerei und das Treffen?«

»Die *Policía Nacional* hat angerufen, Manuel …« Ihre normalerweise kraftvolle Stimme wird plötzlich leise, sie kommt ins Stocken. »Sie sagen, er hätte sich aus dem Fenster eines Hotels gestürzt. Er ist tot!«

In den Gesichtern ihrer Familie erkennt sie zwar Überraschung und Verwirrung, aber gerade bei ihrem Vater und ihrem Bruder keine Spur von Trauer. Es mag ja sein, dass die beiden Manuel nie gemocht haben, aber, verdammt noch mal, es ist trotzdem ihr Gatte, von dem die Rede ist.

»Manuel? Selbstmord? Wirklich?« José Montero wiederholt die Nachricht seiner Nichte, leise murmelnd, bis ihn sein Bruder Luis harsch unterbricht. »Sich umbringen? Das hätte ich diesem Schwächling nicht zugetraut! Wenigstens wissen wir jetzt, warum wir ihn nicht erreichen konnten.« Empathie war noch nie Luis Monteros Stärke, das weiß Amparo nur allzu gut, vermutlich ist das Fehlen von Einfühlungsvermögen sogar ein typischer Charakterzug der Familie. »Hat er eine Notiz hinterlassen, einen Abschiedsbrief? Vielleicht sogar vorher mit jemandem geredet? Hat dir die Polizei nichts gesagt?« Amparo schüttelt den Kopf.

Roberto Montero steht die ganze Zeit wortlos daneben. Er scheint sich so seine Gedanken zu machen, jetzt meldet er sich zu Wort. »Und was ist, wenn es gar kein Suizid gewesen ist? Sondern die Andalusier?«

Zu Beginn ging es nur darum, ein paar Kilo Haschisch in Weinkisten zu verstecken, die für den Export nach Europa bestimmt waren. Roberto hatte die Zusammenarbeit mit dem Schmugglerring aus der Gibraltar-Region eingefädelt, Vater Luis war damit einverstanden gewesen. Onkel José, Amparo und ihr Mann wurden erst später eingeweiht und vor vollendete Tatsachen gestellt. Gegen eine zusätzliche Geldquelle, die den wirtschaftlichen Abstieg der Weinkellerei und damit auch ihren eigenen, finanziellen Niedergang bremsen konnte, hatten aber auch die drei nichts einzuwenden. Und auch als die Menge der geschmuggelten Ware größer wurde, waren sie einverstanden und somit eingeweiht. Doch dass die Kooperation mit der Organisation des *el Luismi* dabei ist, aus dem Ruder zu laufen, und dass der Druck und die Drohungen laufend zunehmen, darüber wissen nur Vater und Sohn Bescheid.

»Einer der Andalusier ist bei uns im Lager aufgetaucht, er hatte irgend so einen Osteuropäer mit dabei …«

Alle drei schauen Roberto überrascht an, Vater Luis möchte etwas sagen, doch er spricht weiter.

»Der Typ hat mir ein Mobiltelefon in die Hand gedrückt, am anderen Ende der Leitung war der Boss aus Marokko.«

»Du meinst, du hast mit *el Luismi* höchstpersönlich gesprochen?«

Amparo schaut ihren Bruder mit ernster Miene an, während Onkel José den Kopf schüttelt, langsam und nachdenklich. »Das ist gar nicht gut, wenn der Clan-Chef dich direkt anruft.«

»Lass doch Roberto ausreden!«, unterbricht Amparo. »Was hat er gesagt?«

Roberto berichtet, dass *Luismi* sehr verärgert gewesen sei und behauptet habe, er und seine Familie hätten Ware unterschlagen. »Ich bin überzeugt, die haben Manuel auf dem Gewissen. Er gehört zwar zur Familie, war aber trotzdem keiner von uns, ich meine, kein echter Montero. Das ideale Opfer also, um ein Exempel zu statuieren.«

-14-

Valencias historische Altstadt hat Löcher wie ein Schweizer Käse. Im dicht besiedelten *El Carmen*-Viertel findet man Flächen, auf welchen, versteckt hinter von Graffitis bemalten und mit Veranstaltungspostern beklebten Mauern, nichts anderes zu finden ist als Erdreich, Bauschutt sowie wild wachsende Sträucher, ja sogar Bäume. Als würde sich die Natur ihr Terrain zurückerobern wollen. Zu zahlreich sind die baufälligen Gebäude, die aus Sicherheitsgründen abgerissen werden mussten oder, was auch schon vorgekommen ist, von allein eingestürzt sind. Zu gering hingegen ist die Zahl der Bodenspekulanten und Immobilieninvestoren, die sich für einen solchen Baugrund interessieren könnten. Doch die Valencianer selbst stören sich kaum an diesen städtebaulichen Schandflecken, sind diese doch einfach Teil ihrer Stadt und irgendwie auch ein Sinnbild dafür, dass das Leben nicht perfekt ist, eine Mahnung dafür, dass auch das menschliche Dasein jederzeit in sich zusammenfallen kann.

Von riesigen Stahlträgern gestützt und eingepackt in verwitterte Plastikplanen trotzt die Fassade eines einst prächtigen, vierstöckigen Bürgerhauses dem Zahn der Zeit. Wie lange dieses Skelett eines Gebäudes schon so dasteht, weiß kaum jemand mehr, doch abreißen darf man die alten Mauern nicht, stehen sie doch unter Denkmalschutz. Vor allem morgens, wenn Maria-Luisa die Rollläden ihrer Gastrobar hochzieht und anfängt, die Tische und Stühle auf dem kleinen Platz mit dem Olivenbaum in der Mitte aufzustellen, beobachtet sie die streunenden Katzen, welche durch die kaputte Hausfassade rein- und raushuschen. Katzen, auch herrenlose, sind gut, denn sie vertreiben die Ratten. Und vor diesen ekelt sich Maria-Luisa wirklich. In den vergangenen Tagen und Wochen hat jedoch die Zahl der Streuner merklich zugenommen, also rief die Wirtin der *Taberna del Olivo* bei der Seuchenkontrolle an und berichtete auch vom Gestank, der in letzter Zeit ihr und ihren Gästen in die Nase steigt. Kurz nachdem sich eine Gesundheitsinspektorin, begleitet von einem Kollegen vom Bauamt, Zutritt zum Gelände verschafft hat, war auf der sonst friedlichen *Plaza del Árbol* die Hölle los. Gleich mehrere Motorräder und Streifenwagen der Polizei fuhren auf und zwangen Maria-Luisa, ihre Tische und Stühle zur Seite zu räumen.

Immer, wenn Alapont Gäste in seinem Taxi hat, stellt er sein Mobiltelefon auf lautlos, doch in den 20 Minuten, welche die Fahrt raus ins Industriegebiet im Osten der Stadt gedauert hat, hat das blöde Ding nicht aufgehört zu vibrieren. Nachdem die beiden Geschäftsleute vor dem Haupteingang der Ford-Autofabrik ausgestiegen sind, blickt er aufs Display seines Handys. Vier verpasste Anrufe, alle von der gleichen, unbekannten Nummer. Um zu wissen, wer wohl so ungeduldig ist, tippt er auf die Rückruftaste. Gleich nach dem ersten Klingelton meldet sich eine Frauenstimme. »Alapont, endlich!«

Nicht nur die Telefonnummer ist ihm unbekannt, er weiß auch nicht, mit wem er spricht.

»Ich bin's, Inspektorin Núria Sabater. Kollege García ist gerade in Madrid auf Fortbildung, Fernando hat gemeint, ich soll dich anrufen.«

Stimmt, jetzt erkennt er den katalanischen Akzent der Inspektorin, die erst kurz vor seinem Ausscheiden von Barcelona nach Valencia versetzt worden ist. Obwohl vielleicht gerade mal 1,60 Meter groß, hat ihn das selbstsichere, bestimmte Auftreten der neuen Kollegin beeindruckt, zu einer Zusammenarbeit ist es jedoch nicht mehr gekommen.

»Alapont, was machst du gerade?«

Na, was soll er wohl machen, wenn nicht in seinem Taxi zu sitzen? Schließlich haben auch Selbstständige wie er Arbeitszeiten, auch wenn diese selbstauferlegt sind.

»Ich … Wir brauchen dringend deine Hilfe. Kannst du zur *Plaza del Árbol* kommen?«, klingt es aus der Freisprechanlage.

»Zur *Plaza del Árbol?* Das ist ja mitten im Carmen-Viertel. Ich bin gerade mit dem Taxi unterwegs, wo soll ich da denn den Wagen parkieren?«

»Mach dir keine Sorgen, fahr direkt vor, ich werde die Kollegen informieren, dass sie dich durchlassen.«

Was mag wohl geschehen sein? Warum ruft ihn die ehemalige Kollegin an? Er ist schließlich keiner von ihnen mehr. Alapont wählt Garcías Nummer, dieser antwortet im Flüsterton. »Vicente, ich bin mitten in einer Besprechung. Hat dich die Sabater angerufen?«

»Si.«

»Sie hat da was aus unserer gemeinsamen Vergangenheit, und ich bin nicht in der Stadt. Ich bitte dich, fahr so schnell du kannst zur ihr hin, es wird dich zweifelsohne interessieren. Ich muss Schluss machen, *amigo.*« Und schon ist die Leitung tot. Warum um Gottes willen war García gerade so eindringlich?

Also schaltet Alapont sein Taxameter aus, wendet am großen Kreisel der *Plaza Zaragoza,* fährt von dort zu den *Torres de Serrano* und biegt nach dem großen Stadttor rein in die Altstadt. Obwohl ein paar Meter weiter vorne die Fußgängerzone beginnt, winkt ihn eine Polizeibeamtin durch und weist ihn an, seinen Wagen gleich neben einem grauen Lieferwagen abzustellen, einem grauen Ford Transit. Sofort wird es Alapont mulmig in der Magengrube, weckt der Transporter in ihm altbekannte, ungute Gefühle, handelt es sich doch um einen Wagen der Rechtsmedizin.

Wie er sich seinen Weg durch die kurze Gasse zur *Plaza del Árbol* bahnt, erkennt Alapont mitten in einer Menschentraube den *Comisario Principal.* Es muss schon etwas Außergewöhnliches geschehen sein, wenn der Hauptkommissar seinen Schreibtisch verlässt und persönlich am Tatort erscheint.

»Alapont, danke, dass du gekommen bist.« Der oberste Ermittler scheint gealtert zu sein, seit er ihn bei seiner Verabschiedung zum letzten Mal gesehen hat. Reflexartig nimmt er Haltung an, so wie es üblich ist, wenn man als einfacher Inspektor von einem Ranghöheren angesprochen wird. Doch was soll das? Was tut er da? Unglaublich, wie lange der Mensch braucht, um bestimmte Gewohnheiten abzulegen, ist der Herr ihm gegenüber ja nicht mehr sein Chef. Also schüttelt er dem Oberkommissar die Hand, dieser fasst ihn beinahe schon väterlich an der Schulter. »Núria Sabater war als Erste da, und ich bin sicher, sie wird deine Expertise zu schätzen wissen. Geh nur durch, sie ist am Fundort.«

Ein blauer Tintenfisch, der ein rotes Herz umarmt. Alapont kennt dieses Tattoo nur allzu gut, auch wenn es das erste Mal ist, dass er es in echt und nicht als Fotografie oder Zeichnung sieht. Die Tätowierung ist zwar verblasst und zersetzt, trotzdem erkennt er die Zeichnung eindeutig wieder.

»Zeig mir die Hand, die linke.«

Dicht hinter ihm steht Inspektorin Sabater, mit einem Kopfnicken weist sie den Forensiker an, der in seinem weißen Overall am Boden kniet, das Laken an der gewünschten Stelle anzuheben.

»Der kleine Finger fehlt.«

Der Kommentar des Leichenbeschauers dringt zwar akustisch zu ihm durch, doch in Alaponts Kopf herrscht gerade ein wildes Durcheinander an Gedanken und Erinnerungen. Einen Augenblick lang steht er da wie ein Autist, der von seiner Umgebung rein gar nichts mitbekommt – weder von den Spezialisten in ihren Schutzanzügen noch von den Streifenpolizisten, die den Fundort sichern, noch von den beiden Typen der Gerichtsmedizin, die darauf warten, den Leichnam wegzuführen.

»Das ist sie. Das ist Susanna Fabregat!«

Als ihn die Inspektorin an den Arm fasst, reißt sie Alapont aus seinen Gedanken, zurück ins Hier und Jetzt. »Komm, lass uns einen Kaffee trinken gehen. So kannst du mir erzählen, was damals geschehen ist. Das ist ja, wie man mir gesagt hat, dein letzter Fall gewesen.«

In der Tat! Aber es war nicht irgendein Fall, sondern einer, der Alapont voll an die Nieren gegangen ist. Warum, weiß er nicht, schließlich war er lange genug bei der Polizei, um zu wissen, dass man immer einen emotionalen Abstand wahren muss. Ansonsten würde man durchdrehen, oder man müsste den Job an den Nagel hängen. So, wie er es getan hat.

Susanna Fabregat war gerade mal 17, als sie auf dem Weg ins Gymnasium gleich in der Nähe des *Serranos*-Stadttors spurlos verschwand. Am gleichen Tag überfielen drei maskierte Typen die Firma des Vaters, einer der größten und wohlhabendsten Transportunternehmer des Landes, und brachten dabei einen Sicherheitswärter um. Alapont und sein Partner García wurden mit den Ermittlungen beauftragt, wobei ihnen schnell klar wurde, dass zwischen dem Überfall mit Todesfolge und dem Verschwinden der Tochter ein Zusammenhang bestehen musste. Doch der Vater des Mädchens schien kein besonderes Interesse daran zu haben, bei der Aufklärung des Falles mit den Behörden zusammenzuarbeiten. Als erfahrener Geschäftsmann wisse er genau, wie man Krisen löst und Verhandlungen zu führen hat. Und auch als der kleine Finger der linken Hand der jungen Frau in einem Päckchen in den Händen der vor Angst beinahe wahnsinnigen Mutter landete, zeigte der Vater keine Einsicht.

Eine gute Schülerin, eine passionierte Seglerin – deshalb auch das Tattoo mit dem Oktopus – und vor allem eine engagierte, junge Frau, die einmal in der Woche in einer Suppenküche des Roten Kreuzes aushalf. Obwohl sie sich vom Äußeren nicht glichen, so musste Alapont während der Ermittlungen von damals an seine eigene Tochter denken, und wie schrecklich es wäre, wenn ihr etwas zustoßen würde.

Immer wieder redeten er und sein Partner Fernando auf Susannas Vater ein, doch Señor Fabregat wollte von der Polizei nichts wissen. Vielmehr fing er an, in aller Öffentlichkeit gegen sie zu wettern, in einem Interview im Lokalfernsehen warf er den Ermittlern sogar Inkompetenz vor. Aus Tagen wurden Wochen, aus Wochen Monate: Alle Spuren verliefen im Sand. Irgendwann bestellte der *Comisario Principal* die Inspektoren Alapont und García zu sich ins Büro und gab ihnen den Befehl, den Fall als unlösbar zu qualifizieren und zu den Akten zu legen.

»Wie kann man eine junge, vermisste Frau einfach so in einem Aktenschrank ablegen? Vergessen und verdrängen? Und zwar sowohl von der Polizei wie offensichtlich auch vom eigenen Vater?«

Auf diese Frage von Alapont hat Núria Sabater keine Antwort parat. Die Inspektorin hat die ganze Zeit neben ihm an der kleinen Theke der *Taberna del Olivo* gesessen und ihm schweigend zugehört. Plötzlich kommt es einfach über sie und sie umarmt ihren ehemaligen Kollegen spontan. Mag sein, dass sie Alapont aufgrund der kurzen, gemeinsamen Monate bei der *Policía Nacional* kaum kennt, doch hat sie schon damals das Gefühl gehabt, sein Ausscheiden aus dem Dienst habe etwas mit diesem Fall zu tun.

-15-

Der Sonntag gehört in Spanien der Familie, das gemeinsame Mittagessen mit Kindern und Geschwistern, Eltern und Großeltern ist für viele das Highlight der Woche. Das war in der Vergangenheit so, und dies ist in modernen Zeiten vielerorts weiterhin so. Bei den Alaponts gilt der letzte Sonntag im Monat als Jour fixe, an welchem alle zusammenkommen. Mutter Eugenia hat dieses mittlerweile zur Tradition gewordene Familientreffen begonnen, als ihre Kinder noch klein waren. Seit Alaponts Bruder Andrés in Torrente, einem Vorort von Valencia, ein großes Haus mit Garten erworben hat, finden diese Zusammenkünfte dort statt.

Alapont hat etwas länger als gewohnt geschlafen und ist dann trotzdem seine Längen entlang des Malvarrosa-Strandes geschwommen, kein Wunder also, ist er etwas spät dran. Keine gute Sache, zumal die Mutter sicherlich schon im Hauseingang der *Finca Roja* steht und ungeduldig auf ihn wartet. In dieser Hinsicht ist sie alles andere als spanisch, denn offensichtlich hat sie den Spruch des deutschen Dichters Gotthold Ephraim Lessing verinnerlicht: »Bester Beweis einer guten Erziehung ist die Pünktlichkeit.« Gerade rechtzeitig, bevor die Haustüre hinter ihm ins Schloss fällt, kommt Alapont in den Sinn, dass er im Eisschrank andalusischen *Barbadillo*-Weißwein als kleine Aufmerksamkeit für seinen Bruder kaltgestellt hat. Also nochmals rein in die gute Stube, in der Küche eine Einkaufstüte aus der Schublade kramen und mit den drei Flaschen wieder los – und zwar schnell. Wenn *mamá* wartet, dann zählt jede Sekunde!

Stumm wie ein Fisch sitzt die alte Dame am Beifahrersitz und schmollt vor sich hin. Von Weitem schon hatte sie ihn vorwurfsvoll angeschaut und, überdramatisch, mit dem Finger auf ihre Armbanduhr getippt, bevor sie, ohne ein Wort zu sagen, ins Taxi gestiegen ist. Eugenia wird auch nichts sagen, bis ihre Entrüstung verflogen ist, und als Sohn weiß er, dass dies nicht lange dauern wird.

»Mamma, hast du mit Andrés telefoniert? Weißt du, wer heute kommen wird?«

Kaum hat er die Frage gestellt, bereut er dies umgehend, denn seine Mutter blickt ihn noch vorwurfsvoller an. Alapont kennt sie nur allzu gut und weiß genau, was ihr in diesem Augenblick durch den Kopf geht. Nämlich, dass seine Ex-Frau Isabel das Beste ist, was ihm in seinem Leben hat passieren können, und dass sie ihre Schwiegertochter bei diesen sonntäglichen Familientreffen vermisst. Mag sein, dass seine Mutter recht hat von wegen »das Beste, was ihm hat geschehen können«, doch ist es nicht einfach, den Job als Inspektor mit seinen ungeregelten Arbeitszeiten mit einem geordneten Familienleben unter einen Hut zu bringen. Nicht umsonst ist in Spanien, und wohl auch in anderen Ländern, die Scheidungsrate bei Polizeibeamten im Vergleich zu anderen Berufsgruppen besonders hoch. Immerhin sind Isabel und er nicht im Streit auseinandergegangen, und seitdem er seinen Dienst quittiert hat, hat sich auch das Verhältnis zwischen den beiden einstigen Ehepartnern verbessert. Schließlich haben sie ja nicht nur zwei Kinder zusammen großgezogen, sondern haben auch weiterhin gemeinsame Freunde. Und Isabel gilt trotz der Scheidung als Teil der Alapont-Familie. Vicente ist jedenfalls sehr froh darüber, dass seine Ex-Frau und er einen immer besseren Draht zueinander haben.

Anstatt ihre Antwort abzuwarten, erzählt Alapont seiner Mutter vom Kurzbesuch seiner Tochter, dass sie keine Zeit gehabt habe, um ihre Oma zu besuchen und dass Lucía demnächst für ein paar Tage wieder nach Valencia kommen werde. »Ich weiß, Vicente, sie hat mir nach ihrem Vorstellungsgespräch eine Nachricht per *WhatsApp* geschickt.« Die stolze Großmutter kramt in ihrer Handtasche, holt ihr Mobiltelefon hervor und lässt die Videobotschaft ihrer Nichte laufen. Alapont ist überrascht, wie flink die alte Dame mit ihrem Smartphone umgeht.

»Und hast du vielleicht auch was von Santiago gehört?«

Mit der Begründung, sein Glück in der Hauptstadt suchen zu wollen, ist Alaponts Sohn vor ein paar Jahren nach Madrid gezogen und hält sich dort mit Gelegenheitsjobs über Wasser. Wenn er knapp bei Kasse ist, meldet er sich bei seinem Vater, und dieser überweist ihm dann 200, 300 Euro. Doch wirklich miteinander gesprochen haben die beiden seit der Scheidung nicht mehr. »Er hat mehr Kontakt zu seiner Mutter und zu dir. Oder täusche ich mich?«

Nein, Alapont irrt sich nicht. Denn hierzulande ist es üblich, dass sich die Großeltern um ihre Enkelkinder kümmern, diese zur Schule bringen, für sie kochen und mit ihnen die Schulaufgaben machen. Währenddessen gehen beide Elternteile zur Arbeit, denn meistens braucht es zwei Einkommen, um über die Runden zu kommen. Die *Golden Agern*, die rüstigen Rentner, wie es sie in anderen Ländern gibt und die in der Weltgeschichte umherreisen oder Golf spielen, existieren in Spanien nicht. Kein Opa, keine Oma käme je auf die Idee, die eigenen Bedürfnisse vor jene der Enkelkinder zu stellen, zu ausgeprägt ist der spanische Familiensinn.

Heute ist der Kreis, der im Garten von Andrés Alapont zusammengekommen ist, eher bescheiden: der Gastgeber und seine Frau Ruth, Schwester Victoria und ihr Gatte Sebastián, Mutter Eugenia und Alapont selbst. Die Enkelkinder sind, zum Bedauern aller, vor allem aber der Großmutter, nur noch selten mit dabei, aber die haben schließlich ihr eigenes Leben, ihre eigenen Pläne.

Ausgekratzt liegt die Paella-Pfanne auf der Anrichte, dafür ist der Tisch übersät mit Tellern und Tassen, Gläsern und Flaschen: Weißwein, Rotwein, Wasser, Kaffee, Sherry ... Im Spanischen gibt es einen Begriff, der sich nur schlecht in andere Sprachen übersetzen lässt, nämlich *sobremesa*. Wortwörtlich heißt dies so viel wie »auf dem Tisch«, gemeint ist jedoch das gemütliche Zusammensitzen nach dem Mittagessen, das gemeinsame Verweilen bei einem zweiten Kaffee und einem dritten Glas Wein. Sowieso geht es bei diesen allmonatlichen Sonntagsessen nicht so sehr um die Nahrungsaufnahme als solches, sondern um das Zusammenkommen und das verwandtschaftliche Gemeinschaftsgefühl.

»Wer möchte noch etwas von dem Zeugs?« Alaponts Schwägerin hält ein kleines Schnapsglas hoch, während sie in der anderen Hand einen Kaffeelöffel schwingt. Wie im Chor erklingt sechsmal ein gemeinsames »Ich!«. Also verschwindet Ruth kurz im Haus, kommt mit einem großen Einmachglas wieder an den Tisch und fängt an, mit einem Suppenlöffel den halbgefrorenen Inhalt auszuschaben und in die Likörgläser zu verteilen. Normalerweise trinkt man den süßen Moscatel-Dessertwein in kleinen Schlückchen, die Gastgeberin hat jedoch den beliebten Weißwein aus der Region in ein großes Marmeladenglas gekippt und über Nacht in den Tiefkühler gestellt. Der Alkoholgehalt von gerade mal 15 Prozent sorgt dafür, dass der Weißwein gefriert – aber nicht ganz. Das *crushed ice*, wie manche sagen würden, zergeht sanft auf der Zunge und gibt so den frischen Geschmack der Moscatel-Traube frei. Das ist, gerade an einem Sommertag wie heute, nicht nur überaus erfrischend und lecker, sondern auch tückisch: Ohne es zu merken, hat man plötzlich einen sitzen.

Die Alaponts unterscheiden sich auch bei den Gesprächsthemen während der *sobremesa* nicht von anderen, spanischen Familien, denn früher oder später kommt man immer auf das aktuelle, politische Geschehen zu sprechen. Obwohl, irgendwann hat die Gastgeberin aufgrund der immer heftiger werdenden Debatten das Thema Politik aus den Tischgesprächen verbannt. Dass alle zur gleichen Familie gehören, heißt ja noch lange nicht, dass man nicht unterschiedlicher Meinung sein darf. Doch trotz dieser Hausregel ist man, zwischen Moscatel und Moscatel, wieder bei der philosophisch-historischen Grundsatzfrage angelangt, ob Katalonien nun ein eigener Staat und somit der Wunsch nach Unabhängigkeit gerechtfertigt ist, oder ob die Hauptstadt Barcelona und die dazugehörenden Provinzen nicht doch ein fester Bestandteil des spanischen Königreiches sind. Der immer gleichen Diskussion über das ewig gleiche Thema leid, ist Ruth abermals in der Küche verschwunden, um danach mit einer Eistorte wieder zu erscheinen. »Wer noch einmal das Wort *Cataluña* in den Mund nimmt, der kriegt hiervon nichts ab!« Politik oder Nachspeise? Die Prioritäten sind klar, jedenfalls bei der Familie Alapont: Gaumenfreuden!

»Vicente, wie läuft es mit dem Taxi?« Sebastián bezieht aufgrund eines Verkehrsunfalles eine Invalidenrente, und anstatt seine Taxilizenz weiterzuverkaufen, hat er sie seinem Schwager sozusagen geliehen. »Vermisst du die Polizeiarbeit nicht?«

Alapont hat sich soeben ein Stück Eistorte in den Mund geschoben, also nutzt Mutter Eugenia die Gelegenheit, sich zu melden, ungefragt und ziemlich bestimmt. »Klar vermisst Vicente seinen alten Job, aber seitdem er Taxi fährt, hat er wieder mehr Zeit für seine Familie. Und damit meine ich auch Isabel.« Die Anwesenden nicken, die alte Dame hat recht. Früher fehlte Vicente manchmal bei den gemeinsamen Sonntagsessen, schließlich ging der Dienst vor. Mit ernster Miene meldet sich seine Schwester zu Wort. »Leute, im Ernst, ihr wollt doch nicht behaupten, dass den ganzen Tag Leute durch die Gegend zu chauffieren, besser ist, als Inspektor bei der *Policía Nacional* zu sein?«

Victoria hat den Entscheid ihres Bruders, auf den krisensicheren Beamtenjob und den nicht schlechten Beamtenlohn zu verzichten, nie verstanden. »Was kann ein Taxifahrer im Monat verdienen?« Sie schaut Vicente kopfschüttelnd an, packt ihn fest am Arm. Die heftige Reaktion seiner Schwester überrascht ihn, auch er wird ernst.

»Sei froh, dass du nie gesehen hast, was ich gesehen habe während meiner Zeit bei der Polizei. Keiner von euch kann sich vorstellen, was man da alles so erlebt. Also bitte …« Schlagartig ist es still geworden am Tisch, alle schauen betroffen in ihre Gläser, spielen mit dem Besteck oder kratzen Essensreste von der Tischdecke. Alapont bereut seinen harschen Ton, normalerweise spricht er mit seiner Familie nicht so, aber im Moment ist er etwas dünnhäutig. Der angebliche Selbstmord seines Fahrgastes, und dann noch der Fund der Leiche der armen Susanna Fabregat – beides innerhalb kürzester Zeit – setzen ihm offensichtlich doch etwas zu, mehr jedenfalls, als er eingestehen mag. Nicht zuletzt auch deshalb, weil er gedacht hatte, er hätte diese schrecklichen Dinge mit dem Abgang aus dem Polizeidienst hinter sich gelassen. Aber dafür können ja seine Verwandten am Tisch nichts, also erklärt er sich, einmal mehr und beschwichtigend.

»Im Taxi bin ich mein eigener Chef, da schreibt mir niemand vor, was ich zu tun habe, niemand redet mir drein. Dann, wenn *ich* mag, mache ich Überstunden, und dann, wann *ich* will, schiebe ich eine ruhige Kugel. Spannend? Was heißt spannend? Herauszufinden, wer wem Leid angetan hat? Das habe ich fast 30 Jahre gemacht, und irgendwann war es eben genug!« Ob sein hochroter Kopf vom Alkohol oder von seiner momentanen Verärgerung stammt, weiß niemand – obwohl ihn alle anschauen und betreten schweigen.

»Und was ist mit den Katalanen? Sind die Separatisten durchgeknallt oder nicht?« Tabuthema hin oder her, denkt sich Andrés, dann doch lieber über Politik diskutieren als weiter seinen Bruder bedrängen.

-16-

Über Nacht hat das Wetter umgeschlagen, die Saharawinde sind abgeflaut und die Temperaturen auf die für diese Jahreszeit üblichen 30, 33 Grad gesunken. Das Versiegen der heißen Luftströme aus Afrika bedeutet aber auch, dass die Luftfeuchtigkeit so nahe am Mittelmeer wieder in die Höhe schießt. Für den heutigen Tag sind 80, 82 Prozent vorausgesagt, entsprechend verschwitzt steigt Alapont die drei Stufen zum Haupteingang der *Jefatura Superior de Policía Nacional* hoch.

Ein seltsames Gefühl macht sich in seiner Magengegend breit, ist es doch das erste Mal seit seinem Ausscheiden aus dem Polizeidienst, dass er dieses Gebäude betritt. Nicht, dass er keinen Kontakt mehr zu seinen ehemaligen Kolleginnen und Kollegen hat, schließlich gehört er immer noch zu den Stammgästen in Pablos Taverne. Und auch in diversen Außenstellen ist Alapont schon zu Besuch gewesen, doch nicht in den heiligen Hallen der Zentrale. Inspektor García hat ihn nach seiner Rückkehr aus Madrid angerufen und sich dafür bedankt, dass er für ihn in die Bresche gesprungen ist und sich den Leichenfund im Barrio del Carmen angeschaut hat. Gleichzeitig äußerte er die Bitte, in seinem Büro vorbeizukommen, um seine Zeugenaussage im Zusammenhang mit dem Todesfall Manuel Gisbert im Hotel *Del Sol* zu Protokoll zu geben.

Wie alle anderen Zivilisten muss auch Alapont den Inhalt seiner Taschen leeren und durch den Sicherheitsbogen schreiten, so wie man dies am Flughafen tut und es in den meisten Amtsgebäuden in Spanien üblich ist. Dies ist nicht erst seit den verheerenden Attentaten durch islamistische Fanatiker auf die Nahverkehrszüge in Madrid am 14. März 2004 so, sondern datiert aus der Zeit, als die baskische Terroristenorganisation ETA immer wieder Anschläge verübte, die Menschenleben forderten. Und wie in Spanien ebenfalls üblich, muss Alapont seinen Personalausweis vorlegen, damit die Beamtin am Empfang die Identifikationsnummer aufschreiben kann.

»Ich habe einen Termin bei Inspektor Fernando García.«

Ohne vom Bildschirm aufzuschauen, tastet die junge Dame nach dem Personalausweis, tippt die neunstellige Zahlen- und Buchstabenkombination in den Computer und gibt diesen, zusammen mit einem Besucherbadge, zurück. »Hoch in den dritten Stock, wenn Sie rauskommen, links den Flur entlang. Der Name von Inspektor García steht an der Türe.«

Offensichtlich weiß die junge Polizistin nicht, mit wem sie spricht. Wie soll sie auch, sie hat in keinem Moment zu ihm aufgeschaut. Zudem ist sie wohl neu und kann mit seinem Namen nichts anfangen. »So schnell wird man vergessen«, murmelt der ehemalige Inspektor leise vor sich hin. Erst jetzt blickt die Beamtin auf und schaut den Besucher ratlos an. »Wie bitte?« Doch Alapont hat sich schon abgewendet. Anstatt auf den Fahrstuhl zu warten, steigt er die drei Stockwerke zu Fuß hoch – etwas Bewegung tut gut – trotz der Hitze, die auch im Innern der Polizeizentrale herrscht.

Fernando Garcías kleines Büro sieht noch genauso aus wie damals, als Alapont mit ihm den engen Raum teilte. Nur, dass sein ehemaliger Tisch an die Wand geschoben ist und als Ablagefläche für Aktenberge und Papierstapel dient. »Solange man mir keinen neuen Partner zuteilt, nutze ich deinen Tisch als Dokumentenfriedhof.« Inspektor García zeigt auf den einzigen, leeren Stuhl in seinem Büro. »Und deinen Bürostuhl hat sich einer aus dem Drogendezernat unter den Nagel gerissen. Du weißt, wir leiden nicht nur unter Personalmangel, sondern auch an chronischer Materialknappheit.«

Ja, das weiß er nur allzu gut, doch diese Sorgen hat er hinter sich gelassen, zusammen mit seiner Dienstwaffe und seinem Polizeiausweis. Was ihn hingegen wirklich beschäftigt, ist die Tätowierung des blauen Tintenfisches und des roten Herzes. Seitdem er zum Fundort der Leiche der jungen Frau gerufen wurde, geht ihm dieses Bild nicht mehr aus dem Kopf. Es ist zwar längst nicht mehr sein Fall, aber trotzdem. »Wie ist der Stand der Dinge im Fall Susanna Fabregat?«

Garcías Gesichtsausdruck verfinstert sich. »Die Leiche ist derzeit in der Gerichtsmedizin, wo erst mal eine Obduktion durchgeführt werden muss. Doch diese steht hintenan, zumal frische Tote Priorität haben.«

Zum Glück hört niemand zu, man könnte meinen, der Inspektor wäre pietätlos, dabei ist er nur realistisch. »Wenn dann mal der Bericht des Forensikers vorliegt, wird der *Comisario Principal* entscheiden, wie es weitergeht. Sollte die Gerichtsmedizin irgendwelche Erkenntnisse liefern, die als Grundlage für weitere Ermittlungen dienen könnten, dann wird der Fall vielleicht wieder aufgenommen …«

»… und wenn dem nicht so ist, so bleibt das Ganze für immer und ewig im Archiv«, ergänzt Alapont den Satz. Etwas Bitterkeit schwingt in seiner Stimme mit.

»Doch deshalb bist du ja nicht hergekommen.« Der Inspektor legt sein Mobiltelefon zwischen ihnen auf den Schreibtisch und drückt auf den roten Aufnahme-Button seiner Handy-Applikation. »Nur ein paar Fragen, wird nicht lange dauern.«

Eine halbe Stunde später überquert das einstige Dream-Team der Polizeiermittlungen die breite Avenida, welche die Polizeizentrale von ihrer inoffiziellen Kantine trennt. Es ist kurz nach 11 Uhr, und somit Zeit für einen kleinen Happen in Pablos Taverne. Offensichtlich funktioniert die alte Klimaanlage besser als während der *Ponentà*-Tage, der neue Standventilator steht jedenfalls nutzlos in einer Ecke. Kaum sind die beiden eingetreten, klingt es von der Bartheke her: »Da, schaut mal hin, Starsky und Hutch sind wieder unterwegs!« Subinspektor Sánchez winkt den beiden zu, die ihn jedoch bewusst übersehen. »Ich frage mich, wann Sánchez eigentlich Dienst tut. Immer wenn ich reinkomme, sitzt der Typ hier rum«, kommentiert der eine, während der andere die Augen zustimmend verdreht. »Nur allzu wahr!«

An einem der Tische sitzt ein Mann in ihrem Alter, zusammen mit einer wesentlich jüngeren Frau, beide in der grünen Uniform der *Guardia Civil*. Den Ranghöheren erkennen die beiden sofort wieder, also steuern Alapont und García direkt auf diesen zu. »Na, was macht ihr Landeier in der großen Stadt?«

Neben der *Policía Nacional*, die dem Innenministerium in Madrid untersteht und sich in Städten von mehr als 50.000 Einwohnern um die schweren Straftaten kümmert, gibt es die *Guardia Civil*, die zum Verteidigungsministerium gehört und deshalb eigentlich eine Militäreinheit ist. Ihr Territorium sind die ländlichen Gebiete Spaniens, aber auch landesweite Aufgaben wie etwa die Grenzkontrolle zu Land und zu Wasser, der Kampf gegen Terrorismus oder die Verfolgung der Organisierten Kriminalität.

»Alapont, kannst du überhaupt ohne Dienstausweis leben?« *Capitán* Bernardo Moliner hat schon immer einen guten Draht zu seinen zwei Kollegen in der Stadt gehabt, schon öfters haben sie auch gemeinsam den einen oder anderen Fall gelöst.

»Was bringt euch wirklich nach Valencia?« Inspektor García möchte es genau wissen. Während die vier um den kleinen Bistrotisch sitzen, berichtet der *Capitán* von einer Razzia, die sie vor ein paar Tagen auf einem Weingut bei ihnen in Utiel-Requena durchgeführt haben.

»Ich hab's im *Telediario* gesehen. Du bist beim Fernsehinterview echt gut rübergekommen.« Alapont erinnert sich an den Bericht, den er während der Siesta bei seiner Mutter in den TV-Nachrichten gesehen hat. »Und, habt ihr gefunden, was ihr gesucht habt?«

Ein breites, verschmitztes Lächeln erscheint auf *Capitán* Moliners braun gebranntem Gesicht. »Nein, denn wir haben nicht wirklich was gesucht.«

»Was soll das denn heißen?« Alapont versteht die Antwort nicht.

Jetzt meldet sich die junge Beamtin zu Wort, die bisher schweigend mit am Tisch gesessen hat. »Es war eine

Ablenkung, eine falsche Fährte, die wir absichtlich gelegt haben. Taktik.«

Capitán Moliner lehnt sich in seinem Stuhl zurück und weist, sichtlich stolz, auf seine junge Kollegin. »Meine Herren, das ist *Sargento Ana Vidal.*« Sie deutet, wie es sich für eine Armeeangehörige gehört, einen militärischen Salut an, und erklärt sich. »Eigentlich haben wir eine andere Bodega im Visier, von der wir überzeugt sind, dass ihre Besitzer im Drogenhandel tätig sind.«

Offensichtlich kommt was Vertrauliches, denn *Capitán* Moliner lehnt sich wieder über den kleinen Tisch und wählt einen leiseren Tonfall. »Die Bodega hat in Valencia eine Niederlassung, über welche, so nehmen wir an, ebenfalls Ware verschoben wird.« Eine Zusammenarbeit zwischen der *Guardia Civil* und der *Policía Nacional* ist gang und gäbe. »Wir waren soeben bei eurem Hauptkommissar drüben, um ihn offiziell über den Stand der Ermittlungen zu informieren und offizielle Zusammenarbeit zu beantragen.«

Alapont ist hellhörig geworden. »Welche Weinkellerei habt ihr im Visier? Nicht etwa die Bodega los Monteros?«

Capitán Moliner ist gerade dabei, einen Schluck des mittlerweile abgestandenen, viel zu warmen Bieres zu nehmen, als er sich beinahe verschluckt. Mit großen Augen schaut er Alapont an: »Woher weißt du das?«

-17-

Toni Salama hatte gehofft, gleich nach dem Besuch bei Roberto Montero in der Lagerhalle wieder nach Andalusien zurückfahren zu können. Auftrag erledigt, ab nach Hause. Doch dann erhielt er die Order, noch in Valencia zu verbleiben und auf neue Anweisungen zu warten. Also hat er dieses Mal die Zeit mit irgendwelchen Netflix-Serien totgeschlagen, zumal man ihm eingeschärft hatte, sein Zimmer so selten wie möglich zu verlassen. Doch schon nach kurzer Zeit hatte er das Gefühl, die Decke seiner Unterkunft würde ihm auf den Kopf fallen. Dass die WLAN-Verbindung im Hotel schwach ist und er den Streamingdienst nur im Stopp-and-Go-Modus anschauen konnte, vermieste seine Stimmung zusätzlich.

Doch dann erhielt er von *el Rubio* den erlösenden Anruf und ist jetzt, wo er weiß, was zu tun ist, wieder guter Dinge. Schließlich war er schon immer ein Mensch, bei dem etwas laufen musste, Geduld gehört keineswegs zu seinen Stärken. Ob dies an seinen jungen Jahren liegt, er ist erst vor ein paar Wochen 25 geworden, oder an seiner Wesensart, ist im Grunde genommen egal. Offensichtlich hat *el Luismi* entschieden, dass das Telefongespräch mit Roberto nicht genug gewesen ist und dass man dem Montero durchaus etwas mehr einheizen sollte – und zwar im wahrsten Sinne des Wortes.

Es ist zwar noch viel zu früh am Abend, doch im Hotelzimmer hält es der junge Andalusier nicht mehr aus, also setzt er sich in seinen Renault Mégane und fährt los, ziellos in die Stadt hinein. In manchen nordeuropäischen Städten ist an einem Samstagnachmittag weit weniger los als in Valencia um Mitternacht. Kein Wunder bei diesen mediterranen Nachttemperaturen und einem Menschenschlag, der es gewohnt ist, erst so gegen 22 Uhr Abendessen zu gehen. Toni hat Glück, denn er findet in der Nähe der Kathedrale eine Parklücke, also stellt er dort seinen Wagen ab und schickt sich an, in der Innenstadt Valencias nach einem Restaurant zu suchen. Doch die Kneipen und Straßencafés sind zum Bersten voll, und anstehen mag er nicht. Wie gesagt: Geduld ist nicht seine Stärke. Als Toni plötzlich vor dem *McDonald's* an der *Plaza de la Reina* steht, überlegt er es sich nicht lange, geht hinein und bestellt sich einen Big Mac, Pommes und ein Bier. Es ist schon Jahre her, dass er einmal mit seinem Onkel in Algeciras in einem solchen Hamburgerrestaurant gewesen ist. In seinem Heimatort Tarifa gibt es jedenfalls keines dieser gelben, geschwungenen »M«. Als er mit seinem Essen aus dem Schnellimbiss tritt, hat Toni gleich nochmals Glück, zumal genau in diesem Moment ein Tisch frei wird. Also schnappt er sich diesen, kramt sein Essen aus der Kartonverpackung und beißt herzhaft in den Big Mac. Dieser schmeckt irgendwie nach Pappe, doch das ist ihm egal. Denn viel wichtiger ist in diesen Moment das kühle Bier und die Tatsache, dass er sich einen privilegierten Platz hat ergattern können. Denn gleich neben dem *McDonald's* befindet sich das

Wahrzeichens Valencias, der *El Miguelete*-Kirchturm, der sich hell erleuchtet in den Abendhimmel erhebt – 50 Meter respektive 207 Treppenstufen hoch.

Nachdem er eine Weile den Einheimischen und Touristen, Jungen und Alten, Familien und Freundesgruppen zugeschaut hat, die in einem nicht endenden Menschenstrom an ihm und an der Kathedrale vorbei ins *El Carmen*-Altstadtviertel ziehen, macht er sich auf, den vorgegebenen Plan in die Tat umzusetzen. Also setzt er sich in seinen Wagen und fährt in Richtung des Hafens respektive des Montero-Lagerhauses, den Weg hat er vom ersten Besuch noch im Kopf. Mittlerweile ist es in den engen Straßen des *Grao* ruhig geworden. Die letzten noch offenen Kneipen werden wohl auch bald Feierabend machen.

Mist! Toni hat soeben die letzte Zigarette aus der Schachtel gezogen. Am liebsten würde er noch in eines der Lokale reingehen, um ein neues Päckchen aus dem Automaten zu ziehen, doch er weiß, dass man ihn nicht sehen darf. Also steckt er seine letzte *Ducados* zurück ins Päckchen, um sie dann, in aller Ruhe, nach getaner Arbeit zu rauchen. Doch erst gilt es einmal mehr, das zu beweisen, was er nicht hat, nämlich Geduld. Aber irgendwann lässt auch die letzte Bar die Rollläden runter, in den Wohnungen gehen die Lichter aus. Irgendwann, so gegen 2.30 Uhr, scheint auch der letzte Valenciano ins Bett gegangen zu sein, in der normalerweise so lebhaften Stadt herrscht endlich Stille. Wunderbare Arbeitsbedingungen, denkt sich Antonio. Die Straßenlampen werfen nur ein schwaches Licht, und jene über dem Eingangstor der Lagerhalle der Monteros ist kaputt. Ohne die Scheinwerfer seines Wagens einzuschalten, rollt er aus seiner Parkbucht heraus und vor, knapp 200 Meter bis zum großen Holztor. Ein kurzer Kontrollblick in den Rückspiegel – keine Menschenseele weit und breit. Also steigt er aus, öffnet den Kofferraum, nimmt einen Benzinkanister heraus und schließt die Haube seines Wagens behutsam. Schließlich gilt es das geringste Geräusch zu vermeiden. Beim ersten Besuch hat er schon bemerkt, dass das Tor nicht aus Metall, sondern aus Holz ist – und zwar sprödes, altes Holz. »Wunderbare Arbeitsbedingungen«, wiederholt Toni schadenfroh, während er den Inhalt des Kanisters über die ganze Breite des Eingangs schüttet und mit den letzten Tropfen eine Lunte raus auf die Straße zieht. Zurück am Steuer seines Renaults steckt er sich die letzte Zigarette an, nimmt zwei, drei tiefe Züge und schnippt die Kippe dann mit gewohnter Lässigkeit aus dem Wagen. Bevor der Glimmstängel auf dem Boden landet, hat Antonio Salama bereits Gas gegeben und ist somit eigentlich schon weg – unterwegs nach Hause. Im Rückspiegel erkennt er noch, wie das alte Holztor in Flammen aufgeht.

-18-

Rund 3.000 Taxis zählt man in Valencia. Bei knapp 800.000 Einwohnern teilen sich somit, rein theoretisch, 266 Menschen ein solches Fahrzeug. Irgendwann hat irgendjemand festgestellt, dass die Zahl der Lizenzen zu hoch ist und sich zu viele Taxen die Kunden streitig machen, also hat sich die zuständige Behörde ein Rotationsprinzip ausgedacht, das jedes Taxi einmal in der Woche zu einer Zwangspause verdonnert. Heute ist Alaponts amtlich verordneter Sonntag, trotzdem ist er bereits um 7 Uhr aufgestanden und hat sich als Allererstes einen starken Espresso aus der Maschine gelassen. Trotzdem noch etwas verschlafen, setzt er sich ans offene Fenster und geht auf seinem Smartphone auf die Webseite der *Las Provincias.* Mal schauen, was die valencianische Tageszeitung zu berichten hat. Doch die Nachrichten, die er anklickt, erregen nicht wirklich seine Aufmerksamkeit, seine Gedanken drehen sich um etwas anderes. Wie nannte sie doch die britische Bestsellerautorin Agatha Christie in ihren Kriminalromanen? Kleine, graue Zellen? Genau diese geben Alapont seit dem Zusammenkommen mit den Kollegen der *Guardia Civil* in Pablos Taverne keine Ruhe. Gleich wie ein musikalischer Ohrwurm, der einem nicht aus dem Kopf geht, überlegt er sich immer wieder, ob eine Verbindung zwischen dem Tod seines Fahrgastes und dem Verdacht des Drogenschmuggels durch die Montero-Bodega bestehen könnte. Gegen diese nicht enden wollenden, immer gleichen Gedanken gibt es nur eines: schwimmen gehen! Und da er seinen freien Tag sowieso mit einem Bad im Meer beginnen wollte, steigt er in Badehose und T-Shirt in seinen Wagen und fährt raus zur *Playa de la Malvarrosa.*

Drei, vier Kilometer lang, an manchen Stellen über 150 Meter breit und aus feinstem, hellem Sand, dazu Duschen, Strandbars und Volleyballfelder. Der Stadtstrand seiner Heimatstadt muss den Vergleich mit der Bondi Beach in Sydney oder der Copacabana in Rio de Janeiro nicht scheuen, davon ist Alapont überzeugt. Er fährt die Strandpromenade entlang bis auf die Höhe des Malvarrosa-Hospitals und stellt dort sein Auto ab. Später am Tag, vor allem im Sommer oder an den Wochenenden, wäre es ein Ding der Unmöglichkeit, hier parken zu wollen, doch um diese frühe Uhrzeit liegen die meisten Touristen und Strandgänger noch in ihren Betten. Lediglich ein paar Jogger sind unterwegs und erste Restaurantbesitzer, die daran sind, ihre Lokale für das Tagesgeschäft fit zu machen.

Trotz des starken Kaffees und der kurzen Autofahrt hat Alapont noch etwas Schlaf in den Augen. Also steigt er aus und sucht sich, so wie ein frisch geschlüpftes Schildkrötenbaby, instinktiv den Weg ins Wasser. Er mag die Sensation, wie seine Füße im weichen Sand versinken, und er mag es noch mehr, in das kühle Nass einzutauchen. Sich selbst würde er nicht als Sportler bezeichnen, ist er dafür zu wenig konstant, doch er mag es, wann immer möglich, 20 Minuten oder eine halbe Stunde an der Malvarrosa seine Längen zu schwimmen. Das hält ihn nicht nur fit, sondern hilft ihm auch, seine kleinen, grauen Zellen zur Ruhe kommen zu lassen. Und genau dies funktioniert auch heute Morgen: Manuel Gisbert und die Bodega los Monteros sind plötzlich aus dem Sinn, und auch das Bild des Tattoos der jungen Frauenleiche scheint im Mittelmeer untergegangen zu sein. Jetzt gibt es nur noch ihn, mit regelmäßigem, tiefen Luftschnappen und stetigen Armschlägen, sowie das Wasser, salzig im Mund, und das mit jedem Schwimmzug laut in seinen Ohren rauscht.

Als er wieder aus dem Wasser steigt, fühlt er sich frisch, voller Leben. An einer der Strandduschen hat er das Meersalz von seinem Körper gewaschen, die nasse Badehose hat er gegen eine leichte Sommerhose getauscht und sitzt nun vor dem *La Pascuala* an einem Bistrotisch und fühlt sich wie neugeboren. Die zahlreichen Lokale vorne an der Strandpromenade haben sich auf Mittagessen und Paellas spezialisiert und werden hauptsächlich von Sonntagsausflüglern und Touristen besucht, hier hingegen treffen sich die Anwohner und Nachbarn sowie das Personal des nahegelegenen Krankenhauses zum Frühstück oder zum vormittäglichen Imbiss. Nicht nur die Auswahl der Tapas ist riesig, auch die Portionen sind großzügig. Wer ein *bocadillo* bestellt, der bekommt gleich ein halbes Baguette-Brot aufgetischt – gefüllt mit dem Leckersten, was die Küche zu bieten hat. Noch ist es für Alapont zu früh, um etwas zu essen, doch nach dem Schwimmen nimmt er gerne einen zweiten Kaffee zu sich, gemütlich und entspannt, um in den Tag zu starten. Dieses Morgenritual pflegt er seit Jahren, daher kennt er viele der Gäste, was oft in einem angenehmen Schwatz endet. Und da er heute nicht taxifahren darf, auch wenn er wollte, hat er sich ein *cremaet* bestellt. Schließlich ist das *La Pascuala* in der ganzen Stadt für diese typisch valencianische Art der Kaffeezubereitung bekannt: Der extrastarke Espresso wird nicht etwa in einer Tasse, sondern in einem Glas serviert, in welches zwei Löffel Zucker sowie ein großzügiger Schuss Rum oder Brandy reinkommen. Doch dies wäre erst ein *carajillo*, so wie man ihn in Spanien trinkt, erst etwas Zimt, zwei Kaffeebohnen sowie ein Stückchen Zitronenschale machen daraus einen echten, valencianischen *cremaet*, was so viel wie »angebrannt« heißt.

Alapont ist gerade dabei, am heißen Kaffeeglas zu nippen, als sein Handy klingelt. »Spreche ich mit Vicente Alapont? Inspektor García von der *Policía Nacional* hat mir Ihre Nummer gegeben. Er meinte, Sie könnten mir weiterhelfen.«

Wie kommt García dazu, seine Nummer weiterzugeben? »Ja, klar ... Worum geht‹s?«

»Ich heiße Paul Neumeyer und rufe Sie aus Mallorca an. Manuel Gisbert ist ...« Dem Anrufer versagt etwas die Stimme. Ein Anrufer, bei welchem ein schwerer, deutscher Akzent in seinem Spanisch mitschwingt. »Manuel war mein *novio*. Der Inspektor hat gemeint, Sie würden nicht daran glauben, dass sich mein Freund das Leben genommen hat. Und dass Sie mir sicherlich weiterhelfen können.«

»Ich? Weiterhelfen?«

»Ja, Sie seien einer der besten Ermittler gewesen. Sie hätten ein gutes Gespür, eine gute Nase. Ich würde Sie gerne treffen, auf ein Gespräch unter vier Augen. Ganz unverbindlich. Ich habe für morgen früh einen Flug nach Valencia gebucht und werde dort im *Westin*-Hotel absteigen. Könnten wir uns dort morgen Nachmittag treffen?«

Alapont hat während seiner Karriere bei der *Policía Nacional* gelegentlich mit der deutschen Polizei zu tun gehabt und weiß daher, dass Taktgefühl nicht gerade die Stärke der Germanen ist. Direkt auf den Kern der Sache zusteuern, ohne langes Hin und Her. In jenen Jahren hat er gelernt, den Deutschen auf gleiche Weise zu begegnen. Kein »Wie wäre es um 16 Uhr?« oder »Hätten Sie Zeit um 18 Uhr?«, sondern fadengerade und bestimmend. »Gut, ich komme 17 Uhr zu Ihnen ins Hotel. Ich werde am Empfang nach Ihnen fragen.« Ohne einen weiteren Kommentar beendet Alapont den Anruf. In Spanien wäre dies eine Unhöflichkeit sondergleichen, schließlich sind der Small Talk und eine entsprechende Verabschiedung ein Zeichen guter Sitten. Aber bei den Deutschen, das hat ihm die Interpol-Zusammenarbeit gezeigt, braucht es diesen Firlefanz nicht.

-19-

Schon den ganzen Morgen hat Alapont über den gestrigen Anruf aus Mallorca nachgedacht. Stimmt, er war ein guter Fahnder, und sicher, er hatte ein gutes Gespür für Ungereimtheiten. Doch das war gestern, diese Zeiten sind vorbei! In der Zwischenzeit hat er sein Leben neu organisiert, und zwar so, wie er es wollte, und so, wie er es will, jetzt, hier und heute. Obwohl: Ein wenig vermisst er schon die Spannung der Nachforschungen, das Zusammenpuzzeln von Indizien, das Verfolgen von Spuren, das Lösen von Fällen und, schlussendlich, das Dingfestmachen von Gaunern und Verbrechern.

Knapp nach 16 Uhr hat er den letzten Fahrgast an seinem Bestimmungsort aussteigen lassen und ist dann zum *Paseo de la Alameda* gefahren, wo er nach kurzem Suchen eine Lücke für seinen Wagen gefunden hat. Da er noch nicht zu Mittag gegessen hat und es nicht einmal 16.30 Uhr ist, setzt er sich in eines der Straßencafés, die im breiten Grünstreifen dieser Allee und im Schatten der hohen Palmen und riesigen Platanen ihre Gäste bewirten. Als er feststellt, dass sie hausgemachte *albóndigas* auf der Speisekarte haben, ist es klar, was er sich als Tapasration bestellt, schließlich liebt er Fleischklöße über alles! Allerdings müssen sie hausgemacht sein und nicht, was für ein Graus, jene Industrieklopse, wie es sie in den Selbstbedienungsrestaurants von IKEA gibt. Gerade im Sommer ist es in der *Alameda* besonders angenehm, erstreckt sich doch diese breite Allee parallel zum Turia-Fluss, der Valencia in einem weiten Bogen von Westen nach Osten durchquert. Wo einst Wasser floss, erstreckt sich ein neun Kilometer langer Stadtpark, und da der Flusslauf in Richtung Mittelmeer geht, weht immer wieder eine frische Brise von der See hinein in die Stadt.

Auf die Minute genau um 17 Uhr, bei Deutschen und Schweizern muss man ja besonders pünktlich sein, betritt Alapont das *The Westin*. Das Hotel ist nicht nur wegen seiner fünf Sterne eines der exklusivsten Häuser der Stadt, sondern auch, weil es in einem historischen Fabrikgebäude mit großem Innenhof aus den 1920er-Jahren untergebracht ist. Drei, vier Mal ist er schon zu verschiedenen Anlässen hier gewesen, und als Taxifahrer hat er immer wieder Gäste hergefahren oder abgeholt, doch in diesem Luxushotel steigen nur Gutbetuchte ab – Fußballspieler, Politiker, Businessleute und ausländische Touristen. Bei einer Gelegenheit hat er mal die Hoteldirektorin im Fernsehen gesehen, wie sie sagte: »Wenn niemand erfährt, dass bei uns eine Persönlichkeit zu Gast ist, dann haben wir unseren Job gut gemacht.«

Obwohl Alapont keine Persönlichkeit, sondern ein normaler Mensch ist, begrüßt ihn der uniformierte Hotelpage mit einem freundlichen Kopfnicken. Als er diesen nach Señor Neumeyer fragt, führt ihn der junge Mann in den Innenhof. Hohe Palmen, zahlreiche Olivenbäume und Bananenstauden, akkurat gestutzte Hecken entlang der Spazierwege und ein kleiner Springbrunnen in der Mitte, dieser Patio lässt einen vergessen, dass man sich mitten in einer Großstadt befindet. Unter einem großen, weißen Sonnenschirm sitzt ein Herr an einem kleinen Tisch und blättert in einer Zeitschrift. Mitte 40, sportlich, braun gebrannt und wohl 1,90 Meter groß – vom Aussehen her ziemlich sicher kein Spanier.

»¿Es usted el señor de Mallorca?«

Der Angesprochene steht auf und lächelt freundlich. »Ja, ich bin der Herr aus Mallorca, aber bitte nennen Sie mich Paul, oder *Pablo.*«

Er lädt seinen Besucher mit einer Handbewegung ein, Platz zu nehmen. »Was darf ich für Sie bestellen?«

Während Alapont sein alkoholfreies Bierchen trinkt – schließlich hat er noch nicht Feierabend –, erzählt Paul Neumeyer seine Geschichte. Er berichtet, wie er Manuel bei einer Weinmesse in Barcelona kennengelernt hat, wie sie sich an einer weiteren Veranstaltung auf Palma de Mallorca nähergekommen sind und wie sie sich seither heimlich getroffen haben. Neumeyer erzählt von den Sorgen Manuels, von dessen unglücklicher Ehe mit Amparo, vor allem aber von dessen Schwiegervater und Schwager, die ihn nie in der Familie akzeptiert hätten. Und dass in der Bodega irgendetwas faul sei.

»Was heißt faul? Was meinen Sie damit?«, unterbricht ihn Alapont, der dabei an die Unterhaltung mit den Kollegen der *Guardia Civil* denken muss.

Neumeyer zuckt mit den Achseln. »Immer, wenn ich Manuel zu diesem Thema gefragt habe, wich er mir aus. Paul, sagte er, es ist besser, wenn du von nichts weißt.«

Alapont beobachtet den großen, kantigen Mann, dessen sanfte Stimme nicht zur äußeren Erscheinung passt.

»Vor einem halben Jahr hat Manuel angefangen, davon zu sprechen, dass er seine Frau und seine Familie verlassen und zu mir nach Mallorca kommen wolle.«

Ist da eine kleine Träne, die dem deutschen Hünen über die Wange läuft?

»Und so haben wir in den vergangenen Monaten beinahe täglich miteinander telefoniert, ohne dass seine Leute etwas davon erfahren haben.« Neumeyer nimmt sein Mobiltelefon in die Hand und schaut in einer Mischung aus Sehnsucht und Trauer auf das Display, als ob gleich sein geliebter Manuel anrufen und sich alles als schlechter Traum herausstellen würde. Alapont holt ihn mit seiner Frage ins Hier und Heute zurück.

»Wie haben Sie miteinander gesprochen?«

»Er hat sich eine Prepaid-SIM-Karte für ein altes Mobiltelefon gekauft, niemand kannte diese Nummer außer mir.« Der traurige Mann hat immer noch das Mobiltelefon in der Hand, legt es dann behutsam auf den kleinen Bistrotisch, neben sein leeres Weinglas. Das Handy lässt er aber nicht los.

»Das ist wohl jenes Telefon, das Ihr Freund bei mir im Taxi liegen gelassen hat und welches ich ihm später im Hotel vorbeigebracht habe.«

»Ach, Sie waren das? Dann hat Inspektor García recht, Sie haben Manuel gekannt?« In Paul Neumeyers Augen flackert Hoffnung auf, gleichzeitig schluckt er leer und sucht offensichtlich nach weiteren Worten – erfolglos.

Alapont winkt ab. »Na ja, gekannt ist wohl zu viel gesagt. Aber er war ein überaus netter Fahrgast. Er freute sich auf die Überfahrt nach Mallorca, wir hatten vereinbart, dass ich ihn zum Ferry-Terminal fahren sollte. Doch dann …«

Jetzt ist es Alapont, dem die Worte im Hals stecken bleiben. Er erinnert sich an den Besuch im Hotelzimmer, von der Vermutung der Polizei, dass es sich um einen Selbstmord handeln würde, und vom fehlenden Mobiltelefon. Warum hat die Spurensicherung dieses nicht gefunden? Wo war es? Und wo ist es? Plötzlich ist Alaponts Ermittlergespür wieder da, schlagartig, nach über einem Jahr Abwesenheit. »Ich kann mir nicht vorstellen, dass sich Ihr Freund umgebracht hat. Dafür war er zu gut gelaunt, voller Vorfreude. Warum sonst hätten wir uns für den Transfer zum Hafen verabredet?«

Paul Neumeyer greift zum leeren Weinglas und hält Ausschau nach dem Kellner, doch weit und breit ist keiner zu sehen. Alapont hingegen nimmt einen Schluck, er hat vom Reden einen trockenen Hals.

»Ich habe es Inspektor García schon vor Ort im Hotel, aber auch während meines Protokolls in der Polizeizentrale gesagt, dass da ein Mobiltelefon fehlt.«

Der Innenhof des Hotels, so groß wie vier oder fünf Tennisplätze, ist meistens menschenleer, also stehen die beiden auf, um durch die Gartenanlage zu spazieren.

»Und was möchtest du von mir?«

Wie in Spanien üblich sind die beiden schnell vom Sie zum Du übergegangen, und zwar völlig beiläufig und selbstverständlich. Und Alapont hat seinem Gegenüber erklärt, dass er zwar Vicente mit Vornamen heißt, dass ihn jedoch alle bei seinem Familiennamen rufen.

»Ich möchte sichergehen, dass Manuels Tod restlos aufgeklärt wird.« Paul Neumeyer bleibt bei diesen Worten stehen. »So wie mir Inspektor García versichert hat, und so, wie wir uns unterhalten, bin ich überzeugt, dass du hierfür genau der Richtige wärst.«

Alapont fühlt sich zwar geschmeichelt, wehrt aber einmal mehr ab. »Mein Ermittlerjob gehört der Vergangenheit an, ich fahre Leute von A nach B.«

»Mag sein, aber du wirst doch nicht behaupten wollen, dass du deine Erfahrungen und Kenntnisse sozusagen im Kofferraum deines Taxis weggesperrt hast.«

Eine wirklich gute Metapher, die der Deutsche da verwendet. Vielleicht wäre es wirklich an der Zeit und dies eine gute Gelegenheit, um ebendiesen Kofferraum wieder zu öffnen.

-20-

Der heutige Vormittag ist, was den Umsatz angeht, nicht schlecht gelaufen. Gleich zu Beginn hat Alapont einen Anwalt aus Madrid am AVE-Hochgeschwindigkeitsbahnhof aufgeladen und in ein Industriegebiet weit außerhalb der Stadt gefahren. Zurück im Zentrum ist ein britisches Ehepaar eingestiegen, welches sich einen Überblick über die Stadt verschaffen und hierfür nicht den überfüllten Touristenbus nehmen wollte. Also hat er die beiden Engländer eineinhalb Stunden von einer Sehenswürdigkeit zur nächsten gegondelt und so seine Englischkenntnisse etwas aufgefrischt. *»Thank you for the generous tip!«*, kam ihm bei der Verabschiedung beinahe akzentfrei über die Lippen, zumal 20 Euro durchaus ein großzügiges Trinkgeld sind. Rechtzeitig hat er es dann zum *Westin*-Hotel geschafft, wo er mit Paul Neumeyer vereinbart hatte, diesen zum Flughafen rauszufahren. Kaum ist er eingestiegen, kommt der Deutsche direkt auf den Punkt. »Hast du dir mein Angebot überlegt? Hilfst du mir, Licht in Manuels Tod zu bringen?«

Klar hat sich Alapont Gedanken gemacht, und zwar so viele, dass er sogar während seines Morgenschwimmens am Strand nicht zur Ruhe gekommen ist. Zwei Dinge beschäftigen ihn: Erstens, dass er nicht an einen Selbstmord glaubt. Und zweitens, dass bei diesem Todesfall mit Paul Neumeyer eine Person da ist, die sich für eine Aufklärung der Umstände interessiert, jemand, der wirklich wissen möchte, was geschehen ist. Und dies ist das absolute Gegenteil zum Verschwinden der jungen Susanna Fabregat und dem erschütternden Desinteresse ihres Vaters. »Paul, ich kann dir nichts versprechen, aber ich kann mich gerne mal umhören und ein paar Ermittlungen anstellen. Wer weiß, vielleicht finden wir etwas.« Neumeyer, der nicht hinten, sondern auf dem Beifahrersitz Platz genommen hat, lächelt zufrieden.

Über die Zufahrtsrampe fährt Alapont zur Abflugebene des Flughafens von Valencia hoch und hält in zweiter Parkreihe, ohne den Motor abzustellen. Nachdem er Neumeyers kleine Reisetasche aus dem Kofferraum genommen und diesem übergeben hat, drückt ihm dieser nicht nur 20 Euro für die Fahrt in die Hand, sondern auch einen Briefumschlag. Und zwar als Honorarvorschuss, wie er sagt, und so bestimmend, dass Alapont das Kuvert ohne Widerrede annimmt. Zu seiner großen Überraschung verabschiedet sich Neumayer mit einer festen, herzlichen Umarmung. »Danke, dass du mir zugehört hast, *gracias*, dass du an meiner Seite bist!« Während der Deutsche durch die Drehtüre im Terminal verschwindet, bleibt Alapont noch etwas verdattert stehen. Was war denn das soeben? Einen Teutonen, der sich spanisch-gefühlvoll verabschiedet, hat er bis dato nicht gesehen.

Erst als er wieder hinterm Steuer sitzt, wirft Alapont einen Blick in den Umschlag. Er ist voller Euroscheine. Er zählt 3.000 Euro, weit mehr, als er an einem gut laufenden

Monat mit seinem Taxi verdient. »Kein schlechter Morgen, also lade ich mich selbst zu einem guten Mittagessen ein.«

An der Zubringerstraße zum Flughafen liegt ein baskisches Grillrestaurant, welches für die leckeren Gerichte aus der nordspanischen Provinz bekannt ist, sowie für den *Chacolí*- Weißwein, der von den Gästen selbst vom Holzfass gezapft werden muss. Jedes Mal, wenn er an diesem Lokal vorbeifährt, würde Alapont am liebsten anhalten und einkehren, jetzt ist die geeignete Gelegenheit sowie die richtige Uhrzeit dafür: 14 Uhr, Mittagessen in Spanien.

Er ist schon oft hier gewesen, mit Kollegen, Freunden und Familie, doch heute sitzt er zum ersten Mal allein in diesem Restaurant, welches von der Größe sowie der Lautstärke etwas an eine bayerische Bierhalle erinnert. Was soll er sich bestellen? Worauf hat er Lust? Vielleicht eine typisch baskische Omelette mit *bacalao*, mit Stockfisch? Oder doch lieber ein auf dem Holzkohlegrill zubereitetes Steak mit grobkörnigem Meersalz? Keine Ahnung. Also steht er auf, schlendert zu einem der Holzfässer, die bis zur Decke reichen, und lässt – in einem weiten, hellen Strahl – etwas Weißwein in sein Glas. Wie er an seinen Tisch zurückkommt, ist ihm plötzlich klar, was er aus der Speisekarte auswählen wird. Spanien ist ein weites Land, das kulinarisch viel zu bieten hat, gerade die regionalen Küchen haben es ihm angetan. Und so entscheidet er sich, die zwei am meisten voneinander entfernten Provinzen Spaniens auf seinem Teller zusammenzubringen. Also wählt er den *pulpo a la gallega*, der Tintenfisch, der typisch für Galizien hoch oben im Nordwesten mit ihrer schroffen Atlantikküste ist. Und als Beilage möchte er *papas arrugás* mit *mojo picón:* Die kleinen, schrumpeligen Salzkartoffeln, die als Nationalgericht der Kanarischen Inseln gelten und die mit einer kräftigen Kräuter-Knoblauch-Soße serviert werden. Alapont ist stolz, bei sich auf dem Teller sozusagen ein kulinarisches Ländertreffen organisiert zu haben, der Kellner hingegen ist eher nüchtern. »Also, Tintenfisch mit Kartoffeln«, wiederholt er, nachdem er die Bestellung notiert hat.

Kurz bevor Alapont ins Restaurant getreten ist, hat er in seinem Kofferraum in einer kleinen Reisetasche gekramt, in welcher er die Fundgegenstände aufbewahrt, die in seinem Wagen liegen gelassen werden. Feuerzeuge, Brillenetuis, USB-Kabel, Kugelschreiber und, so glaubt er sich zu erinnern, einen Post-It-Block. Während er auf sein Mittagessen wartet, nutzt er die Zeit, um seine Gedanken zu ordnen. Dafür fängt er an, auf den gelben Zettelchen Fragen aufzuschreiben, die ihm wichtig scheinen.

- Wusste die Familie Montero, dass Manuel homosexuell ist? Und wenn ja, wer von ihnen? Oder alle?
- Hatte die Gattin eine Ahnung von der Affäre ihres Mannes?
- Welche Einstellungen haben Schwiegervater und Schwager gegenüber dem Verstorbenen?
- Was ist faul bei der Montero-Bodega? Drogenschmuggel, wie die *Guardia Civil* annimmt?
- Wenn ja, was für Drogen? Wer ist Lieferant? Und Abnehmer?
- Wie kommt man ungesehen ins Hotelzimmer Nummer 913?
- Gibt es keine Zeugen im Hotel?

- Wie sieht es mit Überwachungskameras im Hotel aus?
- Wo ist das *Motorola* Mobiltelefon? Wer hat es mitgenommen?
- Sagt Neumeyer die Wahrheit? Oder hat er vielleicht etwas zu verheimlichen?

Binnen kürzester Zeit ist der Tisch vor ihm mit Post-Its übersäht. Als würde es sich um ein Bild oder ein Mosaik handeln, schaut er die Zettel an. Ist alles da? Hat er eine Frage vergessen? In der ersten Phase einer Ermittlung gleich nach der Lösung suchen zu wollen, das hat er in seinen Jahren als Inspektor gelernt, hat keinen Sinn. Vielmehr geht es darum, eine Ermittlungsstrategie zu entwickeln: »Mit wem kann ich reden? Wo kann ich mehr erfahren, um wirklich aussagekräftige Informationen zu erhalten?« Erst dann kann er damit beginnen, das Puzzle zusammenzusetzen. Die Frage lautet somit: Wo anfangen? Sozusagen im gleichen Gedankengang kommt ihm gleich die Antwort: Bei einem, der bestens darüber informiert ist, was in Valencia abgeht: bei seinem Jugendfreund Federico, Journalist bei der *Las Provincias.*

-21-

Mitte der 1980er-Jahre, in denen nicht nur Alapont, sondern auch die spanische Demokratie noch jung gewesen ist, sog die Gesellschaft alles wie ein Schwamm auf, was nur im Geringsten eine Aura von Freiheit und Modernität anhaftete. Der junge Pedro Almodóvar drehte damals seine ersten, wilden Filme, Madrid wurde zur weltweit schillerndsten Partymetropole, und alle schauten im Fernsehen *Miami Vice* mit all den pastellfarbenen Designerklamotten. Ebenfalls in Mode gekommen war das Squashspiel, und zwar als Alternative zum Tennis, dem etwas Elitäres anhaftete. Auch Alapont und sein Jugendfreund Federico schlossen sich damals in einem dieser Glaskästen ein, um das neuartige Ballspiel auszuprobieren, doch wirklich Gefallen an der Sache fanden die beiden nicht. Sie empfanden Squash, so sagt ein Sprichwort, als alten Wein in neuen Schläuchen. Und auch auf die Gefahr hin, als unmodern zu gelten, kehrten sie zu ihrer Sportart zurück, die durchaus als Urversion des Squash bezeichnet werden könnte – die *Pelota Valenciana.* Das Spielfeld, auf valencianisch *trinquet* genannt, ist mit etwa sieben Metern zwar gleich breit, mit 40 und 50 Metern jedoch um ein Vielfaches länger als ein Squashcourt. Eingerahmt von vier, fünf Meter hohen Wänden, spielen sich zwei oder vier Teilnehmer einen kleinen Leder- oder Gummiball zu, wobei man hierfür die bloßen Hände anstatt eines Schlägers verwendet. Doch gleich wie Squash in der Zwischenzeit aus der Mode gekommen ist, läuft auch das traditionelle Ballspiel Gefahr, in Vergessenheit zu geraten. Nicht jedoch bei Alapont, der sich sehr gerne an jene Jahre der Jugend erinnert, in denen er zusammen mit Federico beinahe jedes Wochenende in den Städten und Dörfern der Provinz an Freundschaftsspielen teilnahm und Wettkämpfe bestritt. Mittlerweile sind die beiden Männer für diese Sportart doch schon etwas zu alt, doch um sich gelegentlich ein Spiel anzuschauen und danach zusammen essen zu gehen, dafür sind die beiden Freunde noch lange jung genug.

»Morgen Nachmittag kann ich mir freinehmen, lass uns doch gegen Abend abmachen. Dann schauen wir rasch beim *trinquet* vorbei und trinken dort was. Was hältst du davon?«

Alapont kann kaum glauben, was ihm sein Kumpel da vorschlägt, ist es doch beinahe unmöglich, mit ihm gegen den Abend hin abzumachen. Denn seitdem sein Jugendfreund zum Chefreporter bei der *Las Provincias* aufgestiegen ist, wird sein Leben vom allabendlichen Redaktionsschluss bestimmt. Doch Fede macht dies nichts aus, er ist Journalist mit Leib und Seele. Und als solcher hat er immer die Nase im Wind, weiß, was in Valencia abgeht, wer mit wem was mauschelt. Aus diesem Grund sind er und Alapont nicht nur Freunde aus der Jugendzeit, sondern beinahe auch so etwas wie Berufskollegen. Während seiner Polizeijahre haben sie sich an Tatorten und bei Pressekonferenzen getroffen und einen vertraulichen, inoffiziellen Kommunikationsfluss untereinander laufen gehabt. Ganz nach dem Motto: Du sagst mir und ich berichte dir.

Nachdem Alapont zweimal um den Häuserblock gefahren ist und erfolglos nach einem freien Parkplatz Ausschau gehalten hat, fährt er rüber zur benachbarten *Estación del Norte* und stellt seinen Wagen in dem für Taxis reservierten Zufahrtsbereich ab. Um den Unschuldigen zu mimen, grüßt er nach dem Aussteigen die anderen Taxifahrer und gibt mit Handgesten zu verstehen, dass er gleich zurück sein wird. Dass dem nicht so ist, wird jedoch niemandem auffallen. Die Taxikollegen, die bereits hier stehen, werden ziemlich bald mit neuen Passagieren davonfahren, und die Neuen, die ankommen werden, wissen sowieso nicht, wie lange Alaponts Wagen schon dasteht. Zufrieden, seinen Wagen nicht in einem teuren Parkhaus abgestellt zu haben, spaziert er die zwei Querstraßen rüber zur *Calle Pelayo.* Alapont mag dieses Viertel mit seinen schlichten Wohnhäusern, kleinen Läden und zahlreichen Bars, denn hier findet man, trotz der vielen chinesischen Emigranten mit ihren Geschäften und Restaurants, ein Stück authentisches Valencia. Bestes Beispiel ist das größte *trinquet* der Stadt, in welchem heute noch, eingepfercht zwischen Häuserzeilen, die *Pelota Valenciana* gespielt wird. Der Eingang zu dieser traditionellen Sporthalle führt durch eine kleine Quartierskneipe, die so gewöhnlich und unauffällig ist, dass schon manch einer aus Versehen daran vorbeigegangen ist.

»Was zum Teufel ist passiert?«

Alapont bleibt wie angewurzelt stehen. Er fährt zwar öfter mit seinem Taxi durch diese Straße, und es ist nicht länger als drei oder vier Monate her, dass er zum letzten

Mal mit Federico ein Spiel besucht hat, trotzdem erkennt er den Eingang nicht wieder. Einmal mehr ist aus einer einfachen Kneipe, in der man gemütlich bei Tapas und Bier zusammensitzen und fachsimpeln kann, eine chic-durchgestylte Gastrobar geworden. Ein nicht weniger moderner Kellner mit einem trendigen Hippster-Bart und einer perfekt gebügelten, schwarzen Servierschürze fragt ihn nach seiner Tischreservierung. »Reservierung? Hier? Wir möchten nur mal nachsehen, ob jemand am Ballspielen ist.« Alapont weiß nicht, ob er nur leicht pikiert oder stinkesauer sein soll. Eine Kneipe mehr, die dem Gourmetwahn zum Opfer gefallen ist. Touristen wird es bestimmt gefallen, und sicher werden sie auf TripAdvisor Bestnoten abgeben, doch 7,80 Euro für ein paar frittierte Kartoffeln oder 22,50 Euro für eine Portion Ibérico-Schinken sind eine Zumutung! Also verlässt er etwas eingeschnappt das Lokal und wartet draußen auf seinen Freund.

»Vicente, was machst du denn für ein Gesicht?«

Federico ist einer der wenigen, die ihn bei seinem Vornamen nennen.

»Ich hatte keine Ahnung, dass dies auch zu einem dieser schweineteuren Modelokale geworden ist.«

»Wir werden älter und die Stadt jünger …«, lautet Fedes geradezu philosophische Antwort.

-22-

Die Dicken sehen zwar toll aus und machen Appetit, wenn sie zusammen mit anderen Tapas auf dem Tresen stehen, trotzdem mag Alapont lieber die dünneren, besonders, wenn sie nicht durchgegart sind und das Eigelb noch etwas flüssig ist. Spaniens Nationalspeise ist nicht, wie viele im Ausland denken mögen, die Paella, sondern das Kartoffelomelette, die *tortilla de patatas.* Und da diese Eierspeise in Madrid wie in Sevilla, in Barcelona wie in Bilbao ebenso beliebt ist wie in den hintersten Ecken Spaniens, wird diese im Volksmund auch *tortilla española* genannt. Die iberischen Tortillas haben nichts mit ihren mexikanischen Namensvettern zu tun, zumal es sich um gerührte Eier handelt, in welche auch andere Zutaten wie Zwiebeln, frischen Knoblauch, Auberginen, Chorizo-Wurst oder Thunfisch gemischt werden können. Mit beinahe allem, was man in einem Eisschrank so findet, bereiten die Spanier ihre Pfannkuchen zu.

Alaponts Lieblingstortilla ist jedenfalls jene mit Kartoffeln und Zwiebeln, und diese hat er als eine Tapa vor sich. Nachdem die beiden Freunde eine halbe Stunde lang bei der *Pelota Valenciana* zugeschaut und mit den Spielern geplaudert haben, haben sie sich entschieden, in der *Bar*

Estrella einzukehren. Größer könnte der Unterschied zur trendy renovierten Trinquete-Gastrobar nicht sein: Die Tische und Stühle sind aus Kunststoff, von irgendeiner Biermarke gesponsert, die Schürze des Wirtes hat, wie dieser selbst, schon bessere Zeiten erlebt, und hinter der Theke baumelt von der Decke eine Blaulampe, in welcher ab und zu eine Fliege mit einem kurzen Zischen ihr Ende erlebt. Doch dafür gibt es in diesem Lokal eine große Auswahl Tapas und Tortillas sowie Bier, das in eisgekühlte Gläser gezapft wird. Die leeren Bierstangen, die vor Vicente und Federico auf dem Tisch stehen, sind Beweis für den Durst, den die beiden am Löschen sind.

»Dem Selbstmord im Hotel *Del Sol* haben wir, wenn ich mich nicht täusche, nicht mehr als ein paar Zeilen gewidmet, ohne Foto. Zudem hat die Polizei den Namen des Toten nicht bekannt gegeben, also sind wir auch nicht weiter darauf eingegangen«, fasst Fede zusammen. Nach dem dritten Bier ist Vicente Alapont auf dieses Thema zu sprechen gekommen und hat seinem Journalistenfreund von Manuel als Fahrgast, vom verschwundenen Mobiltelefon und vom Besuch von Paul Neumeyer aus Mallorca erzählt.

»Somit bist du als Schnüffler unterwegs?« Federico muss laut lachen und hebt sein halb leeres Bierglas zum Gruß an. »Ich find's gut, Vicente, den ganzen Tag mit dem Taxi rumzukurven, ist doch Perlen vor die Säue werfen. Bei deinem Schnüfflertalent!«

Alapont winkt ab und bestellt, indem er zur Theke rüberruft, noch eine Portion *albóndigas.* Er mag Hackfleischbällchen, und diese sind hausgemacht.

»Also sag, weißt du, was es mit der Razzia in einem Weingut in Utiel-Requena auf sich hat?«

Ohne es zu wollen, verfällt der ehemalige Polizeiinspektor in seinen Verhörmodus, doch seinem Freund macht dies nichts aus. Dafür kennen sie sich zu lange und zu gut.

»Die *Guardia Civil* hat eine Medienmitteilung herausgegeben, die knapper nicht sein konnte. Wir haben ein Archivbild von der Ortschaft Utiel verwendet, um den kurzen Artikel zu bebildern. Aber ich habe einen unserer Reporter auf das Thema angesetzt, er versucht mit der Polizei zu sprechen und mehr herauszufinden.« Jetzt ist es der Journalist, der zum Wirt rüberwinkt und sich noch ein Bier bestellt.

Alapont schaut in sein leeres Glas, Lust hätte er schon noch, doch als einer, der mit Autofahren seine Brötchen verdient, möchte er es nicht riskieren, in eine Polizeikontrolle zu geraten. Gut, dank seiner Beziehungen wäre es sicher ein Leichtes, eine solche Anzeige unter den Tisch fallen zu lassen, doch er hat es nie gemocht, solche Art von Gefallen einzufordern. Und so ordert er, als die *albóndigas* auf den Tisch kommen, ein Mineralwasser mit Eis und Zitrone.

»Erst vor ein paar Tagen habe ich *Capitán* Moliner von der *Guardia Civil* in der Polizeikneipe getroffen. Ich dachte, ich besuche ihn mal und informiere mich vor Ort. Mal schauen, was er über die Bodega los Monteros zu berichten hat.«

»*¡Menudos pajaros!* Wahrlich schräge Vögel! Die Montero-Bodega habe ich vor Jahren mal besucht, als wir einen Artikel über eine verhagelte Weinernte gemacht haben. Dabei habe ich auch den Sohn des alten Montero getroffen. Wie heißt er doch schon wieder?«

»Roberto Montero.«

»Genau, Roberto. Der sitzt in seiner Lagerhalle im Grao, ist eigentlich ein Landei und benimmt sich in der Stadt jedoch wie ein Großkotz. Erst vor Kurzem habe ich ihn bei einem Politmeeting von VOX gesehen.«

Alapont ist diese Information neu. »Sag bloß, der ist Mitglied bei dieser rechtsextremen Partei?«

Auch nach über einer Stunde Bierseligkeit trinkt Fede den neuen, kühlen Hopfensaft so genussvoll, als wäre es der erste.

»Der Partido Popular, bei welchem Roberto Montero schon lange Mitglied ist, scheint ihm zu progressiv geworden zu sein. Ich habe munkeln gehört, dass er zu VOX in den lokalen Vorstand wechseln wird, wenn er es nicht schon getan hat.«

»Wenn dem so ist, so wird er mit seinem Schwager sicher nicht klargekommen sein, respektive Manuel mit ihm. Homosexuelle gehören bei denen geächtet …«

»… oder auf den Scheiterhaufen«, ergänzt Fede und bezieht sich auf Aussagen des VOX-Präsidenten, dass die spanische Inquisition durchaus positive Seiten gehabt habe.

Über so viel Irrsinn sind beide kurz verstummt, Alapont tunkt ein Stückchen Brot in die Fleischsoße vor ihm.

»Was kannst du mir sonst noch über Roberto Montero erzählen?«

Der rasende Reporter zieht sein Handy hervor, sucht eine Kontaktadresse und schickt diese per *WhatsApp* an Alapont. »Das ist ein Bekannter von mir: Salvador. Der war bei der *Policía Local* und ist in Rente. Salva ist im Grao aufgewachsen, lebt dort und wird dort auch eines Tages sterben. Wenn jemand Bescheid weiß, was in diesem Stadtbezirk abläuft und was bei den Monteros Sache ist, so ist das zweifelsohne er.«

Ohne es miteinander abzusprechen, ziehen beide gleichzeitig ihre Brieftaschen. Anstatt hin und her zu debattieren, wer die Rechnung übernehmen möchte, legt jeder 20 Euro auf den Tisch. Vicente und Federico sind zwar keine Brüder im eigentlichen Sinne, trotzdem teilen sie brüderlich, was immer anfiel und anfällt – die Siege und Niederlagen bei den *Pelota Valenciana* Spielen damals, polizeiliche und journalistische Insiderinformationen und, wie gerade eben, das Essen und Trinken.

-23-

¡Todo por la Patria! Dieser Leitspruch steht in ausgebleichten Lettern über dem Eingangstor zur Kaserne der *Guardia Civil* in Requena. Über ganz Spanien verteilt gibt es unzählige kleinere und größere solcher Stützpunkte, in denen die Angehörigen der Militärpolizei nicht nur ihrem Dienst nachgehen, sondern zum Teil auch mit ihren Familien leben. Alles für die Heimat! Passend dazu findet sich auch in Requena über dem Eingang die spanische Flagge. Da aber kein Lüftchen weht, hängt diese schlaff vom Fahnenmast. Als Alapont auf dem Besucherparkplatz ankommt und den Wagenschlüssel aus dem Kontakt zieht, zeigt die Uhr im Armaturenbrett genau 08:57. Er ist zwar etwas vor 8 Uhr bei sich zu Hause losgefahren, doch der Stadtverkehr war an diesem Morgen zähflüssiger als erwartet. Bei jedem anderen Termin wäre Alapont locker geblieben, schließlich nimmt man es in Spanien mit der Pünktlichkeit nicht so genau. Eine Viertelstunde gilt in diesem Land als statistisch insignifikant: Was sind schon 15 auf die 1.440 Minuten eines ganzen Tages gerechnet?

Überhaupt nicht einverstanden mit dieser zeitlichen Kulanz ist, und das weiß Alapont aufgrund der langjährigen Zusammenarbeit, *Capitán* Bernardo Moliner, der auf Pünktlichkeit großen Wert legt und selbst funktioniert wie ein Schweizer Uhrwerk. Was nicht heißt, dass er nicht Zeit für einen gemütlichen Schwatz hat wie vor ein paar Tagen unten in Valencia. Damals hat er auch seinen ehemaligen Dienstkollegen eingeladen, ihn vor Ort über die Geschehnisse rund um die Bodega los Monteros zu informieren.

Punkt 9 Uhr fährt Moliner aus der Kaserne und hält mit seinem Geländewagen neben seinem Besucher aus Valencia. »Willkommen in Requena. Wie ich sehe, hast du es auf die Minute genau hierhergeschafft.« Der *Capitán* steigt aus und schüttelt Alapont zackig die Hand. Dass er dies tut und nicht mit einem militärischen Gruß salutiert, ist ein Zeichen dafür, dass er locker und entspannt drauf ist. »Komm, steig ein! Wir fahren gleich nach Utiel rüber, wo Ana Vidal auf uns wartet. Die *Sargento* habe ich dir ja bei unserem Treffen in Valencia bereits vorgestellt, sie ist bei dieser Operation besonders involviert.«

Die Fahrt von Requena nach Utiel dauert keine Viertelstunde, doch Alapont genießt jede Minute. Die warme und vor allem trockene Sommerluft, die den beiden um die Ohren weht, die sanfte, hügelige Landschaft und die knorrigen, bodennahen Rebstöcke, die der trockenen Erde jedes Jahr wunderbare Bobal-Trauben abringen – einfach herrlich. Eigentlich sollte er öfter einen Ausflug hierher unternehmen anstatt wie die meisten mit 120 Stundenkilometern auf der A3 Richtung Madrid an den Weinbergen vorbeizurasen.

»Hast du gewusst, dass wir hier auch ein *Roma* haben? Nicht so prachtvoll wie die italienische Hauptstadt …« Moliner zeigt auf einen Weiler, versteckt zwischen den

Weinplantagen. »Da, schau, *Roma*, gerade mal 80 Einwohner.« Und tatsächlich, am Straßenrand steht ein Wegweiser, der die Abzweigung zum Namensvetter der ewigen Stadt anzeigt.

Kurz nachdem die beiden am Ortsschild von Utiel vorbeigefahren sind, klingelt Alaponts Mobiltelefon. Es ist sein Jugend- und Journalistenfreund Fede. »Na, bist du noch gut nach Hause gekommen?« Früher konnten sie die Nacht durchzechen, heute machen sich schon vier Bierchen bemerkbar. »Vicente, hast du das mit dem Brandanschlag auf die Monteros mitbekommen?« Bevor dieser antworten kann, gibt ihm Federico eine Zusammenfassung in wenigen Worten durch. »So um 2 Uhr nachts hat ein Anwohner die Feuerwehr alarmiert, das große Holztor zur Lagerhalle im Grao brenne lichterloh. Die *Policía Local* geht von Brandstiftung aus, vermutlich wieder ein paar Vandalen, die normalerweise Müllcontainer anzünden. Ich dachte, das könnte dich interessieren.« Ohne ein weiteres Wort kappt der Pressemann den Anruf. Alapont schaut verdutzt auf sein Handy, dann rüber zum Fahrer, der gerade auf den Vorhof der *Guardia Civil*-Kaserne von Utiel einbiegt. »Moliner, du wirst nicht glauben, was mir ein Freund aus Valencia soeben erzählt hat.«

Nicht nur die Gastronomie ist in Spanien überaus reichhaltig, auch die Art der Lokale ist vielseitig. Nebst Restaurants und Gourmettempeln, Cafés und Bars gibt es landestypische Formen wie etwa die *chiringuitos*, jene ungezwungenen Strandkneipen, in denen man mit den nackten Füßen im Sand spielen kann, während man ein kühles Bier trinkt. Im Landesinneren des südlichen Spanien typisch sind die sogenannten *ventas*, kleine, bescheidene Schenken, in denen früher die Reisenden nicht nur einkehrten, sondern auch die wichtigsten Lebensmittel beschaffen konnten. Daher der Begriff *venta*, der so viel wie »Verkauf« bedeutet. Eine halbe Stunde, nachdem Moliner mit Alapont vor der Kaserne der *Guardia Civil* in Utiel vorgefahren ist, sitzen die beiden zusammen mit Sargento Ana Vidal unter dem schattigen Vordach einer solchen Schänke. Vor ihnen steht eine Wasserkaraffe, in welcher man beobachten kann, wie die Eiswürfel vor sich hinschmelzen. Daneben eine Flasche Rotwein, ohne Etikett.

»Mag sein, dass unsere Weine weniger raffiniert sind als jene, die von den grünen Hügeln des Burgunds oder des Beaujolais stammen, aber unsere hiesige Traube muss mit einem extrem trockenen Boden und Temperaturschwankungen von über 40 Grad auskommen.« Wie die meisten Familien in dieser Gegend besitzt auch jene von Ana Vidal einen kleinen Weinberg, der jedes Jahr ein paar Hundert Flaschen Hauswein hergibt. »Im Herbst versammelt sich unsere ganze Familie zur Weinlese. Jeder bekommt danach ein paar Flaschen ab, den Rest verkauft meine Cousine in der Kneipe.« Trotz der Tatsache, dass sie im Dienst ist, und ohne nachzufragen, was ihr Vorgesetzter davon hält, schenkt sie allen dreien Rotwein ein.

Erst jetzt, bei diesem zweiten Treffen mit Ana Vidal, fallen Alapont ihre großen, dunklen Mandelaugen auf, sowie die Tätowierung auf ihrem Unterarm: Lucía 15.6.2017. »Kaum hatte ich das Wochenbett verlassen, habe ich mir den Namen meiner Tochter stechen lassen.« Die Unteroffizierin ist wie er offensichtlich ein Familienmensch, was sie gleich einen Tick sympathischer macht.

Capitán Moliner räuspert sich, um diese eher private Unterhaltung zu unterbrechen. »Also, vor ein paar Monaten rief mich ein Vertreter der *UDYCO*, der *Unidad de Droga y de Crimen Organizado* in Madrid an, zwei Tage später kamen Kollegen der ›Einheit für Drogen und Organisierte Kriminalität‹ aus der Hauptstadt zu uns auf die Dienststelle.«

Moliner greift Alapont überraschend am Arm. »Ich erzähle dir dies alles im Vertrauen. Weil ich dich kenne und schätze und weil wir lange genug zusammengearbeitet haben.«

Der Angesprochene schaut zwischen den beiden *Guardia Civil*-Polizisten hin und her und setzt eine ernste Miene auf. Nicht etwa nur zum Schein, sondern als wortloses Ehrenwort der Verschwiegenheit zwischen Berufskollegen.

Scheinbar ist es ein Kleinhelikopter gewesen, mit welchem Luis-Miguel Hidalgo kurz vor der Erstürmung seiner Finca durch unsere Leute hat entkommen können. Seit der Razzia vor knapp drei Jahren ist *el Luismi*, wie der Drogenboss von allen genannt wird, untergetaucht, man vermutet ihn irgendwo in Marokko, von wo er offensichtlich weiter die Fäden in der Hand hält.«

Alapont unterbricht spontan: »Mit einem Kleinhelikopter? Das klingt nach Hollywoodfilm.«

Moliner reagiert nicht auf diesen Kommentar und spricht weiter. »Bei der Durchsuchung des Luxusanwesens konnten Computer und Unterlagen sichergestellt und danach minutiös ausgewertet werden. Nachdem der Drogenfahndung immer wieder große Coups gelungen sind, hat *el Luismi* offensichtlich damit begonnen, sein Vertriebsnetz nach Europa neu zu organisieren.«

Nahtlos erzählt Ana Vidal weiter, offensichtlich sind die beiden bestens eingespielt. »Um das Risiko an Verlusten durch Zoll- oder Polizeiinterventionen zu vermindern, setzt die Organisation offensichtlich auf kleinere Lieferungen, die zudem durch unterschiedliche Partner spediert werden. Fliegt ein solcher Versand auf, so geht nur eine geringe Menge an Waren verloren, der finanzielle Schaden hält sich in Grenzen. Auf Grund der beschlagnahmten Dokumente haben die Spezialisten der Drogenfahndung eine Liste von spanischen und ausländischen Unternehmen zusammengestellt, von denen vermutet wird, dass sie jeweils nur einige wenige Tonnen Schmuggelware im Jahr verschieben. Und unter diesen »Vertriebspartnern«, wie der Polizeibericht diese Schieber in gutem Amtsspanisch betitelt, befindet sich auch die Familie Montero mit ihrer Weinkellerei.«

Nachdem beide ihre Berichterstattung beendet haben, steht *Capitán* Moliner auf. »Also, Leute, wir sitzen schon zu lange rum, lasst uns rausfahren zu den Bodegas.« Also erheben sich die anderen beiden. Als Alapont seine Brieftasche herausnimmt, schaut ihn die Unteroffizierin streng an. »Was tust du da? Du bist in meinem Revier, das ist unsere Schänke – ich lade ein!«

Anstatt Utiel über die Landstraße zu verlassen, die zum Weingut der Familie Montero führt, biegt der Toyota Land Cruiser der *Guardia Civil* auf einen Feldweg und folgt diesem auf eine Anhöhe, von wo man einen wunderbaren Blick über die hügelige Landschaft und die Millionen Rebstöcke hat, die sich bis zum Horizont hinziehen. Da die Sonne mittlerweile hoch am Himmel steht, suchen die drei den Schatten eines kleinen Pinienwäldchens.

Capitán Moliner zeigt stolz auf seine Kollegin. »Ana, die ja hier Gott und die Welt kennt, ist es zu verdanken, dass wir einen Informanten bei der Bodega los Monteros haben. Und diese Person hat uns bestätigt, dass sie versteckt in Weinkisten und Fässern jährlich drei bis vier Tonnen Drogen nach Frankreich, Schweden und Deutschland verschieben.«

»Und wer ist der Maulwurf?« Alapont kann sich die Frage nicht verkneifen.

Sargento Vidal lächelt zufrieden, beinahe schon schelmisch. »Die Tochter des alten Montero, Amparo. Ich kenne sie seit unserer Jugend, und ich wusste, dass sie es satt hat, immer hinter ihrem jüngeren Bruder nachstehen zu müssen.«

»Und die Hausdurchsuchung auf einer anderen Finca? Die, bei der ich dich im Fernsehen gesehen habe, Moliner? Was ist damit?«

Der *Capitán* hat seit dem Aussteigen aus dem Wagen ein Fernglas in der Hand, welches er Alapont hinhält. »Schau, dort rechts, etwa drei Kilometer, die strahlend-weißen Gebäude, das ist die Finca der Larrañaga-Familie. Und dort drüben, gleich am Ende der von Palmen gesäumten Zufahrt, das sind die Bodegas der Monteros.«

Alapont sucht mit dem Fernglas die Landschaft ab.

»Um jeglichen Verdacht von der Montero-Familie abzulenken und um die Tochter Amparo zu decken, ist der Chef auf die Idee gekommen, dort drüben eine kleine Razzia durchzuführen und diese medienwirksam an die große Glocke zu hängen.« Ana Vidal hält ihre offene Hand hoch, damit Bernardo Moliner diese abklatscht. *Give me five!* Alapont hat schon die ganze Zeit den Eindruck, dass die militärische Rangordnung zwischen den beiden *Guardia-Civil*-Angehörigen keine große Rolle spielt, diese Geste bestätigt ihm einmal mehr, dass sich die beiden als Team verstehen. Und nicht nur das, denn die beiden haben Alapont das Gefühl vermittelt, einer von ihnen zu sein. »Also gut, *amigos*, wo darf ich euch beide zum Mittagessen einladen?«

-24-

Politische Diskussionsrunden, Fußballübertragungen oder Musik jeglicher Art – nicht wenige Taxifahrer lassen ihren Radiosender voll aufgedreht, auch wenn Passagiere in ihren Wagen sitzen. Auch kann sich Alapont an ein Taxi erinnern, das wie ein übervoller, abgestandener Aschenbecher stank, sodass er gleich wieder ausstieg, um ein anderes zu nehmen. Ganz zum Unverständnis des Fahrers, der schimpfend hinter ihm herrannte. Vermutlich liegt es daran, dass er ein Quereinsteiger im Taxibusiness ist, aber für ihn ist diese Tätigkeit eine Dienstleistung, ein Service am zahlenden Kunden. Die Personen, die bei ihm einsteigen, sind für ihn Fahrgäste, mit Betonung auf »Gäste«, und mit denen geht er auch entsprechend zuvorkommend um. Und als einer, der bis vor wenigen Monat immer hinten im Taxi gesessen hat, bemüht er sich, immer höflich und zuvorkommend zu sein. In all seinen Jahren bei der Polizei waren die Begegnungen mit den Menschen meistens negativ geprägt, jetzt erlebt er einen anderen Zugang zu den Personen, mit denen er täglich ein paar Augenblicke teilt. Gut, es gibt jene, die hinten sitzen und schweigen wie ein Grab, dann gibt es solche, die den Rücksitz mit einer Couch beim Psychologen verwechseln und dem Fahrer ihr Leid klagen. Aber dazwischen sind seine Taxigäste ein Spiegel der Gesellschaft, Geschäftsleute und Eltern mit Kindern, Studenten und Senioren, Einheimische und Ausländer.

Es stimmt, Taxifahren ist nicht gerade eine intellektuelle Herausforderung, trotzdem bereut er seinen Abgang aus dem Polizeijob nicht. Kein Beamtenapparat über ihm, kein Druck, Ermittlungen so schnell wie möglich abzuschließen, kein menschliches Leid tagein, tagaus. Dafür ist er jetzt sein eigener Chef, kann sich die Zeiten selbst einteilen und dorthin fahren, wohin er will. Stimmt! Niemand wundert sich, wenn auch am verlassensten Ort ein Taxi auftaucht oder zu den unmöglichsten Zeiten eines vorbeifährt. Bisher ist ihm nie in den Sinn gekommen, dass sein Taxi die ideale Tarnung für Ermittlungen sein könnte, doch mit dem Auftrag von Paul Neumeyer und den vertraulichen Informationen, die er von den Kollegen der *Guardia Civil* in Utiel-Requena erhalten hat, geht es ihm nicht aus dem Kopf: Taxi fahren und gleichzeitig ermitteln, warum nicht?

Also entscheidet er sich spontan, mal einen Blick auf oder sogar in das Montero-Lagerhaus zu werfen. Über die breite *Avenida del Puerto* fährt er runter zum Hafen und biegt dort ins *Grao*-Viertel ein. Da er die Straßenzüge nicht alle kennt, tippt er die Anschrift der Bodega in das Navigationsgerät ein und landet so direkt vor dem verkohlten Eingangstor. Sein Taxi stellt er genau davor ab, steigt aus und huscht durch den halb offenen Zugang ins Innere der Lagerhalle. Mal schauen, ob er sich einen Eindruck machen kann.

»*¡Hola!* Das Taxi ist da!«

Ein Mann in einem fleckigen Overall ist gerade dabei, einen roten Porsche Cayenne zu waschen, fröhlich trällert er einen *pasodoble* vor sich hin. Erst als Alapont sich zum zweiten Mal und etwas lauter meldet, schaut der Mann auf. »*Buenos días,* das bestellte Taxi ist da.« Alapont legt sein breitestes Lächeln auf, von Ohr zu Ohr. Der Arbeiter schaut ihn etwas überrascht an, legt den Polierlappen auf die Motorhaube des Wagens und geht dann weg, vermutlich in Richtung der Büros. »Ich frage in der Verwaltung nach«, nuschelt er beim Vorbeigehen.

Holzpaletten mit den großen 1.000-Liter-Kunststofftanks, die für den Transport von flüssigen Lebensmitteln verwendet werden, reihen sich entlang der Wände. Die leeren sind aufeinandergestapelt, die vollen auf der gegenüberliegenden Seite in Reih und Glied aufgestellt. Gleich beim Eingang stehen zudem vier Europaletten mit Weinkisten aus Karton – mit dem Logo der Bodega los Monteros versehen. Eine der oberen Schachteln ist offen, also nimmt Alapont einen Rotwein in die Hand und betrachtet das Etikett.

»Was tun Sie da?« Eine strenge Stimme, beinahe lässt er die Flasche fallen.

»Der ist sicherlich gut. Kann man den auch gleich hier kaufen?« Alapont versucht, den Unschuldigen zu mimen. Neben dem Angestellten steht ein Mann, den man in Spanien als *pijo* bezeichnen würde: Das hellrosa Hemd hat auf Brusthöhe die Initialen »RM« eingestickt, seine dunklen Haare hat er mit Gel straff nach hinten gekämmt, sodass sich im Nacken Löckchen bilden. Am Handgelenk trägt er eine protzige Rolex und, um sich trotzdem eine jugendlich-trendige Aura zu geben, am anderen Arm zwei Bändchen aus Leder.

»Sie haben ein Taxi bestellt?« Alapont spielt weiterhin den Naiven.

»Nein, haben wir nicht!« Ein Snob, ein Geck, wie er im Buche steht.

»Wirklich nicht? Verdammt, Sie glauben nicht, wie oft uns die Zentrale eine falsche Hausnummer durchgibt.«

»Das ist mir egal, raus!« Mit einer rüden Geste wendet sich der Typ vom ungewollten Besucher ab und verschwindet wieder in den Tiefen des Lagerhauses. Der Angestellte im schmutzigen Arbeitsanzug lächelt betreten und weist zum halb offenen Tor. Beim Rausgehen bleibt Alapont stehen und schaut sich das verkohlte Holz an. »Mann, was ist denn hier passiert?«

»Vandalen!«, antwortet der Lagerarbeiter einsilbig, bevor er das Tor ganz zuschiebt.

Zurück in seinem Taxi holt Alapont sein Smartphone hervor und tut das, was er schon lange hätte machen sollen: nämlich die Familie Montero googeln. Und ja, der Typ soeben ist Roberto Montero. Gerade als Ermittler ist er immer wieder überrascht, wie viele Informationen über eine Person aus dem Worldwideweb zusammengetragen werden können. Nicht nur Zweitmeinungen wie etwa Zeitungsartikel und Medienberichte, sondern auch von den jeweiligen Personen selbst. Dass Pubertierende nicht über die Tragweite eines Posts auf *Facebook*, eines Fotos auf *Instagram* oder eines Videos auf *TikTok* nachdenken, liegt an der jugendlichen Unbekümmertheit, aber dass auch Erwachsene so sorglos mit dem Internet umgehen, ist schon erstaunlich. Ein Selfie beim Tennisspielen, ein Gruppenfoto auf einem Segelboot, der frisch polierte Porsche – ja, das ist zweifelsohne der eitle Gockel von soeben, das ist Roberto Montero auf *Instagram*.

-25-

Galapogos-Schildkröten und Belugawale, Seelöwen und Haie, Pinguine und Delfine – etwa 500 verschiedene Tiergattungen sind im größten und modernstes Aquarium Europas zu sehen. Hunderte, wenn nicht tausende Besucher aus dem In- und Ausland strömen jeden Tag ins *Oceanográfico* von Valencia, während der Sommerferien sind es besonders viele Familien mit Kindern, die einen Tagesausflug hierher unternehmen. Der Standplatz vor dem Unterwasserzoo gehört zu den attraktiven Warteschlagen für Taxis, denn ähnlich wie beim Flughafen draußen oder bei den beiden Bahnhöfen in der Stadt drinnen, scheint hier die Quelle an Passagieren nie zu versiegen. Alapont hat schon den ganzen Morgen Fahrgäste kreuz und quer durch die Stadt chauffiert, eine kleine Ruhepause kommt ihm daher gerade recht. Also stellt er sich hinten an und steigt aus, um sich die Beine zu vertreten. Doch irgendwie ist es zu heiß, um in der prallen Sonne rumzustehen. Dann doch lieber wieder rein in den Wagen, den Rücksitz nach hinten klappen und für ein paar Minuten die Augen schließen. Sozusagen ein Sekundenschlaf hinter dem Lenkrad, aber der guten, gefahrlosen Art.

Doch Alaponts kleine, graue Zellen lassen ihm keine Ruhe, schon den Vormittag über hat er sich Gedanken darüber gemacht, wie er seine Ermittlungen weiterführen soll. Mit seinem Journalistenfreund Federico ist er bereits zusammengekommen, auch ist er in Requena bei den ehemaligen Kollegen der *Guardia Civil* auf Besuch gewesen, und er hat sich beim vorgetäuschten Abholtermin in der Lagerhalle einen ersten, persönlichen Eindruck von Roberto Montero machen können. Was will er als Nächstes tun? In der Hoffnung, eine Antwort zu finden, greift er ins Handschuhfach, holt dort die Post-Its mit seinen Handnotizen vom letzten Mal hervor und breitet diese vor sich auf dem Armaturenbrett aus.

Doch sein Blick weicht ab, auf eine Touristenfamilie mit zwei kleinen Kindern, die gerade das *Oceanográfico* verlässt. Dem Sonnenbrand der Mutter, den Piratenhosen des Vaters und den strohblonden Haaren der beiden Kinder nach müssen es Deutsche, Holländer oder sonst was in der Art sein. Das Mädchen, es ist vielleicht sieben oder acht Jahre alt, schleift einen Haifisch aus Plüsch hinter sich her, ihr kleiner Bruder trägt stolz einen lila Tintenfisch im Arm. Der Junge bleibt immer wieder stehen, schaut sein Stofftier glücklich an und redet auf dieses ein. Was er dem Souvenirartikel wohl zu erzählen hat, denkt sich Alapont. Und was würde wohl die Krake antworten, wenn diese sprechen könnte? Vom Geistesblitz getroffen, sammelt Alapont seine gelben Zettelchen ein, verstaut sie im Handschuhfach und startet den Motor. Danke, kleiner Junge, danke vor allem Tintenfisch!

Obwohl er eigentlich zur Spitze aufrücken könnte, schert er aus der Taxikolonne aus, weiß er doch jetzt, was sein nächster Schritt sein wird. Und zwar gleich, zudem ist sein Fahrtziel keine 500 Meter vom Aquarium entfernt: die *Ciudad de la Justicia*. Doch dieses Mal fährt er nicht, wie in letzter Zeit als Taxifahrer üblich, vor den riesigen Justizpalast, um Passagiere aussteigen zu lassen, sondern direkt rein in die Tiefgarage. Bei etwas über 1.600 Beamten, die an den verschiedenen Gerichtshöfen, in der Justizverwaltung sowie auf verschiedenen Ämtern arbeiten, sind beinahe alle Parkplätze besetzt, was auf der Hand liegt. Aber aus seiner Dienstzeit weiß er, dass auf der untersten Ebene zahlreiche Parkboxen für Dienstfahrzeuge reserviert sind, also fährt er runter und stellt sein Taxi auf einen dieser Stellplätze. Sollte wider Erwarten jemand ein Knöllchen ausstellen, so kennt er im Hause genügend Personen, die dieses annullieren könnten. Die Person etwa, die er gleich besuchen wird, oder seine Ex-Frau Isabel, die als Justizbeamtin hier arbeitet.

Vor dem Haupteingang des Verwaltungs- und Gerichtsgebäudes herrscht, wie an jedem Vormittag von 9 bis 14 Uhr, ein konstantes Kommen und Gehen: Anwälte, die sich mit ihren Klienten verabredet haben, Bürger, die sich der Papierwust der spanischen Verwaltung stellen müssen, und Notariatsangestellte, die mit ihren Aktenkoffern ins Innere eilen. Gleich nebenan gibt es einen zweiten Eingang, kleiner und bescheidener als die hohe Glasfassade, dafür sind die Menschen, die sich dort versammeln, immer bester Laune und hübsch angezogen. Und auch heute stehen die Paare, die gleich vor dem Friedensrichter das Ja-Wort geben werden, zusammen mit Familie und Freunden in kleinen Gruppen, fröhlich beieinander. Es wird umarmt und geküsst, gescherzt und vor Freude geweint.

Gerne würde sich Alapont von dieser guten Laune anstecken lassen, doch nicht das Leben, sondern der Tod führt ihn hierher. Also geht er rechts um das Gebäude herum zu einem kleinen, unscheinbaren Eingang, den er, so hatte er bei seinem Weggang von der Polizei gehofft, nie mehr betreten müsste. Er bleibt stehen, atmet tief durch und öffnet die Türe zum *Instituto de medicina legal de Valencia.*

Alapont kennt den Weg in die Gerichtsmedizin bestens, und jedes Mal, wenn er die langen Gänge entlang geht, kommt es ihm vor, als würde er in die tiefsten, dunkelsten Eingeweide des Justizkomplexes abtauchen. Obwohl die Rechtsmedizin drei Stockwerke tiefer liegt, riecht es schon auf den ersten Schritten nach der eigenen Mischung aus starken Reinigungsmitteln, noch stärkeren Desinfektionsprodukten und Verwesung. In seiner Magengrube bildet sich ein Knoten. Wäre er doch draußen geblieben und hätte sich als blinder Passagier unter eine der Hochzeitsgesellschaften gemischt. Leben anstatt Tod, das wäre ihm lieber.

»Alapont? Ich glaub's ja nicht!«

Als Maria-Eugenia aufschaut und den Besucher erkennt, stürmt sie hinter dem Empfang hervor und drückt ihm zur Begrüßung zwei Küsse auf die Wangen.

»Junge, Junge, freut es mich, dich zu sehen!« Sie hält ihn fest, als würde sie ihn nie mehr loslassen wollen. »Wie lange bist du nicht mehr hier gewesen? Ich dachte, du hättest mich vergessen.« Maria-Eugenia lacht herzhaft und doppelt mit zwei weiteren Wangenküssen nach.

Die pummelige Frau mit der kurz geschnitten Igelfrisur muss kurz vor der Rente stehen, trotzdem geht von ihr eine jugendliche Lebensfreude aus, die gerade an diesem speziellen Ort überrascht. Sie als gute Seele der Pathologie zu betiteln, wäre zu kurz gegriffen, zumal sie nach über 20 Dienstjahren an diesem vom Tod und Verwesung geprägten Ort ihre fröhliche Art und ihre gute Laune beibehalten hat.

»Na, wie geht's meinem Cerberus?« Alapont ist froh, dass der Eingang zum Totenreich nicht von einem dreiköpfigen Hund wie in der griechischen Mythologie bewacht wird, sondern von dieser Frau mit ihrem Sonnengemüt und ihrem speziellen Modegeschmack. »Toll siehst du aus! Und, ist die neu?« Sie nimmt ihre Brille ab und zeigt sie stolz ihrem Gegenüber. »Original 60er-Jahre, Rockabilly-Modell. Erst gerade im Internet ersteigert.« Als Fan von Elton John liebt sie nicht nur die Musik des englischen Popmusikers, sie teilt auch dessen Vorliebe für spezielle Brillen, Formen und Farben.

»Ist Doktor Fernandez da?«

Maria-Eugenia schenkt ihrem Besucher nochmals ein herzliches Lächeln, bevor sie hinter ihre Empfangstheke zurückkehrt und ihn in einer theatralisch-einladenden Geste durchbittet. »Der Chef ist hinten.«

Alapont bleibt jedoch stehen. Nein, in den Obduktionssaal möchte er auf keinen Fall hinein. »Meinst du, ich kann in seinem Büro auf ihn warten?«

»Klar doch. Ich sage ihm Bescheid, dass du da bist.«

So peinlich sauber die Gerichtsmedizin ist, und so präzis und detailliert die Obduktionsberichte von Doktor Javier Fernandez sind, so ungeordnet, beinahe chaotisch ist das Büro des Chefpathologen. An zwei Wänden stehen leicht schiefe Büchergestelle, die bis zuoberst mit Fachbüchern, medizinischen Zeitschriften und Archivordnern vollgefüllt sind. Auf den beiden Besucherstühlen stapeln sich Akten und Papiere, während auf dem alten, durchgesessenen Sofa die Kissen zusammen mit einer Wolldecke wild durcheinander liegen. Alapont weiß aus eigener Erfahrung, dass der Rechtsmediziner auch schon mal die Nacht hier verbringt, wenn etwa die Ermittlungsbehörden auf dringende Resultate warten.

Nicht nur sein ganzes Berufsleben hat Javier Fernandez den Toten gewidmet, auch in seiner Freizeit kümmert sich der Doktor um die Verstorbenen. Als überzeugter Republikaner engagiert er sich aktiv für eine historischen Aufarbeitung des Spanischen Bürgerkrieges sowie der darauffolgenden Franco-Diktatur, als Forensiker ist er bei der Exhumation und der Identifikation der Franco-Opfer mit dabei. So hängen an einer Wand mehrere, gerahmte Zeitungsartikel, unter anderem eine erst vor Kurzem erschienene Titelseite der *Las Provincias*. Ein Foto zeigt ihn, zusammen mit weiteren Freiwilligen, vor einem offenen Massengrab in Paterna, einem Vorort von Valencia.

»Es ist traurig, dass wir erst jetzt, nach 40 Jahren Demokratie, angefangen haben, den Verbrechen von damals nachzugehen. Beinahe 200 Skelette haben wir aus diesem Massengrab geholt.«

Alapont ist so in die Lektüre der Wandzeitung vertieft, dass er den Doktor gar nicht hat kommen hören. Als er sich umdreht, sieht er den Leichenbeschauer so, wie er ihn in all den Jahren immer gesehen hat, wenn er mit ihm in dessen Büro zusammengekommen ist: mit einer Zigarette im Mund. Obwohl gerade er besser als jeder andere weiß, wie bei einer Obduktion eine Raucherlunge aussieht, ist er überzeugter Kettenraucher.

»Mann, was für eine Überraschung!«

Alapont hat seit jeher fasziniert, dass der Pathologe in der Lage ist zu sprechen, ohne die Zigarette aus dem Mundwinkel zu nehmen. Doch nicht nur deshalb erinnert ihn Doktor Fernandez an Lucky Luke, auch sein langer, hagerer Körperbau und die Haartolle, die mittlerweile nicht mehr ganz so schwarz ist, haben Ähnlichkeit mit dem Comic-Cowboy, den Alapont in seiner Kindheit gerne gelesen hat.

»Dein Abgang hat mich wirklich überrascht.«

Alapont befürchtet, dass die Frage aller Fragen folgen wird, doch der Forensiker scheint taktvoll genug zu sein, um nicht nach dem Grund seines Ausscheidens aus dem Polizeidienst zu fragen.

»Setz dich doch.« Alapont hebt einen Stapel Akten von einem der Stühle und stellt diesen neben sich auf den Boden. Doktor Fernandez hat ebenfalls hinter seinem Schreibtisch Platz genommen und grinst breit. »Dann stimmt es, dass du als Taxifahrer unterwegs bist?«

Genau diese ist die zweite Frage, die Alapont in den vergangenen Monaten bis zur Sättigung gehört hat. »Ja, da habe ich es wenigstens mit normalen Menschen zu tun, und nicht wie früher mit Verbrechern oder du mit deinen Toten!« Kaum gesagt, bereut er seine Antwort, klang diese doch etwas zu scharf. Aus diesem Grund ergänzt er in einem freundlicheren Tonfall: »Javier, du weißt, was ich meine.«

Dieser nickt verständnisvoll, nicht ohne mit leichtem Schalk zu wiederholen: »Alapont, Taxi-Quereinsteiger …«

Da seine Zigarette bald durch ist, sucht er nach einer neuen und findet in einer der Schubladen seines Bürotisches ein zerknautschtes Päckchen. »Was kann ich für dich tun?«

Alapont erzählt dem Chef des Institutes für Rechtsmedizin vom vermeintlichen Selbstmord seines Fahrgastes, aber auch vom Leichenfund im *El Carmen*-Viertel, von Susanna Fabregat.

»Das war doch dein letzter großer Fall, wenn ich mich nicht täusche.«

»Ja, das war er.«

»Du standest damals schwer unter Druck. Die Familie, die Medien, der *Comisario Principal.*«

»Es war keine angenehme Situation, damals.«

Fernandez schaut seinen Besucher lange an, wortlos, nur an seiner Zigarette ziehend. Dann dreht er sich zu seinem Computer um. »Wie lauten die beiden Namen?«

»Manuel Gisbert und Susanna Fabregat.«

»Dann wollen wir mal schauen ...« Der Doktor setzt seine Lesebrille auf und gibt den ersten Namen ein. Murmelnd überfliegt er die Informationen, die auf seinem Bildschirm erscheinen, öffnet ein paar Fotos und dreht den Computer so, dass Alapont etwas sehen kann. »Also, die Obduktion wurde von Doktor Ortega durchgeführt. Sie ist zwar frisch von der Uni, aber sie arbeitet sehr genau.«

»Und was steht im Bericht?«

»Im Blut konnte Nitrazepan, ein starkes Schlafmittel, nachgewiesen werden, aber in geringer Menge. Auch hatte er 0,36 Promille Alkohol im Blut, ebenfalls nichts Besonderes, vielleicht zwei oder drei Bierchen. Dafür weist die Leiche zwölf Hämatome am Körper sowie einen doppelten Knochenbruch am linken Arm auf. Diese sind offensichtlich während des Sturzes durch den engen Lichtschacht entstanden, bei dem der Körper mehrmals an den Seitenwänden und an Fenstersimsen aufgeschlagen ist.«

»Und welches ist die offizielle Todesursache?«

»Innere Blutungen, steht hier. Die Rippen haben beim Aufprall gleich mehrere Organe perforiert.«

Alapont lehnt sich vor, um die Fotos besser zu sehen, die der Leichenbeschauer auf dem Bildschirm geöffnet hat.

»Lässt sich sagen, ob der eine oder andere Bluterguss vielleicht vor dem Sturz entstanden ist? Irgendwelche Kampf- oder Verteidigungsspuren?«

Doktor Fernandez liest die Notizen seiner Kollegin und schaut sich auch die Aufnahmen genauer an. »Schwierig zu sagen, der Lichtschacht ist scheinbar keine zwei Meter breit, da hat es den Körper beim Fall hin und her geschlagen, beinahe so wie in einer Waschmaschine im Schleudergang.«

»Wie eine Waschmaschine im Schleudergang?«, wiederholt Alapont den überaus bildlichen Beschrieb seines Gegenübers.

Der Rechtsmediziner schaut vom Bildschirm auf, schiebt seinen Stuhl etwas nach vorn und blickt Alapont an. »Also, wir haben keine offensichtlichen Anzeichen für Gewalteinwirkung von außen. Was hast du erwartet?«

Alapont berichtet in wenigen Worten von seinem Fahrgast, und dass er nicht an die Selbstmordtheorie glaubt. »Aber es ist nicht auszuschließen, dass zum Beispiel die Hämatome am Kopf vor dem Sturz entstanden sind?«

Fernandez hat sich soeben wieder eine Zigarette angezündet. »Ausschließen kann man es nicht, Anzeichen dafür gibt es allerdings auch nicht, zumal alle Blutergüsse zur gleichen Zeit entstanden sind.«

Als Alapont nach 20 Minuten die Rechtsmedizin verlässt, ist ihm klar, dass er sich den Besuch im Reich der Toten hätte sparen können. Die Obduktion von Manuel Gisbert hat nicht wirklich etwas ergeben, dass seine Theorie eines Unfalls oder sogar eines Mordes bekräftigen würde. Und so wie er den *Comisario Principal* kennt, wird er mit diesem Gutachten den Fall als Selbstmord zu den Akten legen.

»Die junge Frau ist ja seit bald zwei Jahren verschwunden, da kommt es auf ein paar Tage mehr oder weniger nicht an.« Doktor Fernandez' Kommentar mag zwar alles andere als pietätvoll klingen, entspricht jedoch der nüchternen Realität. Todesfälle, bei denen die Ermittlungen am Laufen sind, haben Vorrang. Susanna Fabregat hingegen ist ein abgeschlossener Fall, der je nach Resultat der Obduktion vielleicht wieder aufgenommen wird, vielleicht aber auch nicht. Also handelt es sich um zweite Priorität.

Kaum draußen, bleibt Alapont unter der gleißenden Sommersonne stehen, irgendwie in der Hoffnung, dass es dem Tageslicht gelingen möge, ihn von seinen düsteren Gedanken zu befreien. Er atmet tief durch, und auch wenn die Stadtluft in Valencia nicht gerade die beste ist, so ist sie auf alle Fälle besser als jene in der Pathologie. Langsam spürt er wieder Wärme und Leben in sich. Zufrieden, das schreckliche Höllenloch hinter sich gelassen zu haben, zieht er sein Mobiltelefon und wählt die Nummer seiner Ex-Frau. »Isabel, bist du im Büro? Ich stehe auf der Seite der *Ciudad de la Justicia,* dort, wo die Straßencafés sind. Hast du Zeit und Lust runterzukommen?«

Er findet rasch einen freien Tisch, bestellt sich ein kühles Bierchen und für Isabel das, was sie zu dieser Tageszeit besonders mag: einen doppelten Espresso mit einer kleinen

Wolke aus Vollmilch sowie Rohzucker anstatt des normalen, weißen Süßstoffs. Auch wenn die beiden geschieden sind, so kennt er noch genau die Vorlieben seiner Frau. Respektive Ex-Frau, um genau zu sein.

-26-

Jede zweite Ehe geht in Spanien in die Brüche, auch Alapont gehört zu jener Hälfte, die sich vor dem Scheidungsrichter eingefunden hat. Mit dem nötigen Abstand kann er das Argument seiner damaligen Gattin Isabel bestens nachvollziehen, nämlich, dass der Polizeidienst ihm wichtiger gewesen sei als das Familienleben. Gut, es liegt in der Natur des Berufes, dass die Tätigkeit als Ermittler kein nine-to-five-Job ist, trotzdem hatte in den vergangenen Jahren die Arbeit überhandgenommen. Die unausgewogene Life-Work-Balance war denn auch einer der Gründe, weshalb er um eine Beurlaubung gebeten hat. Doch diesen Schritt zu einem neuen Leben hat er erst vorgenommen, als es bereits zu spät war: Die Scheidung war schon durch. Immerhin, und das denkt Alapont jeden Tag, wenn er aufsteht, sind Isabel und er nicht im Streit auseinandergegangen. Ganz im Gegenteil, sie hatten sogar eine gemeinsame Anwältin, was die Scheidungsrichterin dazu bewog, zweimal nachzufragen, ob sie sich ihrer Trennung wirklich sicher seien. Jemanden zu lieben und mit jemandem zusammenzuleben sind, so hat er mittlerweile gelernt, zwei unterschiedliche Dinge. Also pflegen die beiden getrennten Eheleute eine überaus freundschaftliche, herzliche Beziehung.

Wer weiß, vielleicht finden sie irgendwann wieder zueinander. In Alapont schlummert jedenfalls diese Hoffnung.

Bei ihrem Treffen im Straßencafé gegenüber der *Ciudad de la Justicia* haben sie sich gerade mal fünf, zehn Minuten unterhalten können, bevor Isabel wieder hoch an ihren Arbeitsplatz musste. Also haben sie sich heute für einen Sonntagsbummel verabredet. Mit frisch gebügeltem Hemd, sportlichen Shorts und einem beinahe echten Panamahut – 20 Euro in einem Souvenirshop anstatt 169 Euro im Fachgeschäft – steht Alapont im Schatten des Rathauses von Valencia. Während er auf Isabel wartet, schaut er den Passanten zu, die über die *Plaza del Ayuntamiento* flanieren und ihren freien Tag genießen. Seitdem der Bürgermeister den Straßenverkehr vom Rathausplatz verbannt und diesen in eine Fußgängerzone umgewandelt hat, bummeln hier Familien mit ihren Kindern, treffen sich Jugendliche mit ihren Skateboards, und Senioren steuern mit ihren Gehhilfen die Sitzbänke an, um im Schatten der Palmen einen Schwatz zu halten.

Schon von Weitem erkennt Alapont die Frau seines Lebens über den Rathausplatz auf sich zukommen. Sie strahlt dieselbe Energie und Lebensfreude aus wie damals, als sie sich vor 30 Jahren kennenlernten. Drei Jahrzehnte, die ihm in diesem Augenblick wie drei Augenzwinkern vorkommen. Damals musste er als junger Polizist in einem Verfahren als Zeuge auftreten, Isabel verdiente sich nach ihrem Jurastudium als Praktikantin beim Gericht ihre ersten Sporen. Nervös zupft er sein Hemd zurecht, geht auf die Mutter seiner zwei Kinder zu und begrüßt sie, wie in Spanien üblich, mit zwei Wangenküssen. Wie alte Freunde. Oder vielleicht doch etwas mehr?

»Das wollte dir deine Tochter noch geben, als du sie zum Flughafen gefahren hast, aber sie hat es bei mir zu Hause vergessen.«

Isabel hält ihm eine Plastiktüte hin, aus welcher er ein schwarzes T-Shirt mit großen, roten Lettern herausnimmt. *You'll never walk alone!* Alapont ist nicht wirklich ein Fußballfan, doch der Leitspruch des FC Liverpool hat ihm immer schon gefallen. Gerade als Familienmensch identifiziert er sich mit dem »Du wirst niemals allein marschieren!« voll und ganz.

»Komm, ich mach ein Foto, und wir schicken es Lucía per *WhatsApp*.« Isabel zieht ihr Handy hervor, während Alapont das Geschenk stolz vor seine Brust hält. Binnen Sekunden ist der Schnappschuss in Liverpool, wäre das Reisen doch auch so einfach.

»Vicente, welche Richtung möchtest du einschlagen? Worauf hast du Lust?«

Eigentlich ist es ihm egal, er freut sich über ihre Begleitung, alles andere ist nebensächlich. Bevor er antworten kann, kommt Isabel mit einem Vorschlag. »Hast du Lust auf den *Mercado de Colón*? Dort findet an diesem Wochenende eine kleine Gourmetmesse mit Produkten aus der Region statt.«

Alapont nickt, und sein Lächeln wird noch abgeklärter, als sich Isabel bei ihm unterhakt und sie beide, Arm in Arm, losspazieren. Erstes Gesprächsthema sind immer die Kinder, zumal diese, obwohl längst erwachsen, immer die *niños* bleiben werden.

»Und, wie geht's dir am Gericht?« Alapont wechselt das Thema.

»Na ja, immerhin haben wir zwei neue Praktikanten

erhalten, die versuchen, Ordnung in die Aktenberge zu bekommen. Aber du weißt ja, wie es bei uns läuft.« Fatalismus ist sicherlich der korrekte Ausdruck, um ihr Augenrollen zu deuten. Gemäß einem internen Bericht des Justizministeriums, das den Medien erst vor Kurzem zugespielt wurde, kommen in Spanien elf Richter auf 100.000 Einwohner, während der Schnitt in Europa gemäß OECD bei 21 liegt. Dies, gepaart mit der personellen Unterbesetzung bei den Justizbeamten, ist der Grund, weshalb sich Verfahren über Jahre in die Länge ziehen können und sich die Aktenberge stapeln. Und trotzdem hat Isabel noch Freude an ihrer Arbeit.

»Wir sind Weltmeister im sich gegenseitig Verklagen und in Sachen Papierwust. Du erinnerst dich?« Klar erinnert er sich. Obwohl sie sich im Einvernehmen getrennt haben, zog sich die Scheidung in die Länge. Und in Sachen Papierwust und auszufüllende Formulare kann er als einstiger Polizeibeamter ebenfalls ein Liedchen singen.

Gemeinsam schlendern die beiden die *Calle Juan de Austria* entlang, wo die Kleider- und Schuhgeschäfte gerade für den Sonntagsverkauf ihre Rollläden hochschieben. »Du hast mir gar nicht gesagt, warum du vor ein paar Tagen bei uns im Justizpalast gewesen bist.«

Stimmt, er hat damals keine Zeit gehabt, seine Anwesenheit zu erklären, was ihm eigentlich ganz recht gewesen ist. »Ich war bei Javier Fernandez auf Besuch.«

»Wie kommst du auf die Idee, der Gerichtsmedizin einen Besuch abzustatten?«

Alapont zögert, denn er weiß, dass Isabel schlecht auf dieses Thema zu sprechen ist. Nicht wegen des Geschehens an sich, sondern wegen der Auswirkung des Falles auf ihre Beziehung. »Man hat die Leiche von Susanna Fabregat gefunden, der *Comisario Principal* hat mich zur ersten Identifizierung an den Fundort gerufen.«

Unerwartet bleibt seine Begleiterin stehen und schaut schweigend ins Schaufenster einer Parfümerie, als würde sie dort die passende Antwort auf das soeben Gehörte finden. Doch mehr als ein »Ach ja?« kommt ihr nicht über die Lippen. Auf Höhe der Metrostation überqueren sie die *Calle Colón* und kommen so in die exklusivste Gegend Valencias. Hier entstand um 1900 ein neuer, in Schachbrettform angelegter Stadtteil mit imposanten, wiederum vom Jugendstil geprägten Wohnbauten, sechs oder sieben Stockwerke hoch. Man findet im *Eixample*-Viertel vor allem exklusive Modeboutiquen, teure Restaurants und große Anwaltskanzleien, Herzstück dieser städtebaulichen Erweiterung ist der *Mercado de Colón.* Anlässlich der Restaurierung vor ein paar Jahren ersetzte man die Marktstände durch schicke Straßencafés, sodass die Kolumbus-Markthalle ein beliebter Treffpunkt geworden ist.

Alapont ist immer von Neuem von den hohen Mosaikbildern an der Hauptfassade begeistert. Sie zeigen, wie kann es anders sein in Valencia, Trachtenfrauen inmitten von Orangenbäumen sowie bei der Weinernte. »Orangen und Weine haben Valencia damals reich gemacht, im Grunde genommen sind wir eine Bauernstadt.«

Isabel bleibt neben ihm stehen, schaut ebenfalls kurz hoch und zieht ihn dann weiter, hinein in den Kolumbusmarkt. »Ja, dann lass uns doch schauen, was die Landwirtschaft so alles zu bieten hat.«

Im Innenhof der historischen Markthalle finden Veranstaltungen statt, so wie an diesem Wochenende ein kleiner

Markt mit einheimischen Erzeugnissen: Nougat aus der Provinz Alicante, Ziegen- und Schafskäse aus dem nördlichen Hinterland, Orangen- und Zitronenkonfitüre von lokalen Biobauern sowie Weine aus Utiel-Requena. Beim letzten Stand bleibt Alapont stehen, schaut sich die Auslage an und nimmt eine Werbebroschüre, die ihm eine junge Dame in die Hand drückt. »Wir sind eine Interessensgemeinschaft von 20 Bodegas, gemeinsam haben wir eine touristische Route ins Leben gerufen, um den Besuchern nicht nur unsere Weine, sondern auch unser Handwerk und neue Cuvées näher zu bringen.«

Alapont blättert in dem Flyer mit der Aufschrift *»ruta del vino«.* »Verzeihung, *señorita*, ich sehe eine Liste an Weinkellereien, doch die Bodega los Monteros finde ich nicht.«

Der sympathische Tonfall der jungen Frau verschwindet schlagartig. »Ich bin Önologin, und wir wollen auch in Utiel-Requena wirklich gute Weine machen, die den Ansprüchen der heutigen Zeit gerecht werden. Die Montero-Bodega ist bei unserer Initiative nicht dabei.«

Irgendwie überraschen ihn ihre Reaktion und ihr Kommentar nicht, hat er sich doch mittlerweile ein Bild dieser alteingesessenen Winzerdynastie machen können. Oder ist »alteingesessen« der falsche Begriff, wäre »veraltet« vielleicht das bessere Wort?

»Vicente, komm her, ich habe einen freien Platz gefunden!« Isabel steht an einem Tisch, an welchem zwei ältere Damen gerade daran sind aufzustehen, und winkt ihm zu. Alapont geht rüber und lässt sich in den bequemen Stuhl fallen, irgendwie ist er etwas erschöpft. Nicht, dass der bisherige Spaziergang besonders lang gewesen ist, doch langsam steigt die Sonne, und mit ihr die Temperaturen. Zur Abkühlung bestellen sie sich zwei kleine, kühle Bierchen.

»Du warst also in der Rechtsmedizin? Ich dachte, da wolltest du nie mehr hin?«

Jetzt erzählt Alapont in allen Details von den Geschehnissen der vergangenen Tage und Wochen, vom Fahrgast, der Selbstmord begangen haben soll, vom Treffen mit Paul Neumeyer im *Westin*-Hotel und von seinem Besuch bei der *Guardia Civil* in Requena.

»Was sagst du da? Du ermittelst wieder?« Alapont nickt, etwas verunsichert, denn er weiß nicht, wie Isabel darauf reagieren wird. Schließlich war es der Ermittlerjob, der sie damals auseinandergebracht hat. Zum Glück bringt genau in diesem Moment der Kellner einen kleinen Teller mit etwas Brot und Manchego-Käse an den Tisch, was Alapont ermöglicht, eine Pause einzulegen und die Reaktion seiner Ex-Frau abzuwarten. Diese nimmt einen kräftigen Schluck von ihrem Bier, ohne dabei ihren Blick von ihrem Gegenüber abzuwenden. Was sie wohl denkt? Nach einigen Augenblicken, die ihm wie eine halbe Ewigkeit vorkommen, fängt sie an zu lächeln, jenes Lächeln, in welches er sich damals verliebt hatte. »Taxifahren ist zwar sicherlich schön und recht, aber du bist immer ein guter Schnüffler gewesen. Wenn auch zu eifrig, da solltest du aufpassen!« Er hasst zwar das Wort »Schnüffler«, aber er weiß, dass sie es nicht abfällig meint. Jedenfalls fällt ihm ein Stein vom Herzen. Zwar ist Isabel nicht mehr seine Gattin, somit muss er ihr keine Rechenschaft ablegen, doch sie ist weiterhin seine beste Freundin, und ihre Meinung ist ihm wichtig.

»Ja, dann lass uns darauf anstoßen!« Alapont bestellt zwei *Agua de Valencia*, einen kühl servierten Cocktail aus Orangensaft, Sekt, Gin, Wodka und Cointreau. Die nächste Stunde verbringen die beiden damit, über Gott und die Welt zu plaudern sowie der Blasmusikkapelle zuzuhören, die das sonntägliche Platzkonzert bestreitet. Valencia mag zwar ein spektakuläres Opernhaus, vom Stararchitekten Santiago Calatrava entworfen, besitzen, die wirkliche Musikkultur spielt sich jedoch in den unzähligen Musikvereinen ab, die es in der Stadt und in den umliegenden Ortschaften gibt. Einige diese Laienorchester nehmen die Musik besonders ernst, die besten dürfen im *Mercado de Colón* auftreten. Traditioneller Schluss all dieser Konzerte bildet immer der *Hímno de Valencia,* bei welchem das Publikum sich erhebt und mitsingt. Auch Isabel und Vicente stehen auf und singen, wenn auch nur bruchstückweise, bei der valencianischen Nationalhymne mit.

-27-

»Ich hoffe, es ist in Ordnung, dass ich den Deutschen aus Mallorca an dich verwiesen habe. Der Typ hat unzählige Male angerufen und mich zu überzeugen versucht, dass Manuel Gisbert nicht Selbstmord begangen hat. Als er nach jemanden gefragt hat, der ihm weiterhelfen könnte, nach einem Privatdetektiv, bist du mir spontan eingefallen.«

Alapont sitzt neben Inspektor García in dessen Dienstwagen, die Klimaanlage wieder einmal voll aufgedreht. Die Thermometer über den Werbepfosten, an denen sie auf dem Weg raus aus der Stadt vorbeifahren, markieren alle 35 oder 36 Grad – dabei ist es erst 10 Uhr vormittags. Schon wieder *Ponentà!* Normalerweise zählt man während des Sommers zwei, vielleicht drei solcher Hitzewellen, doch seit heute Früh blasen erneut die heißen Saharawinde übers Meer rüber auf das spanische Festland.

García ist auf die *Avenida del Cid* eingebogen, um so auf die Autobahn nach Madrid zu gelangen. »Du weißt nur allzu gut, dass wir zu wenig Leute haben, um alle Ermittlungen durchzuführen, wie wir eigentlich sollten und auch gerne würden.« Erst vor ein paar Wochen hat der Innenminister vor laufenden Kameras zugegeben, dass die Ordnungskräfte unterbesetzt seien und dass bei der *Policía Nacional* wie auch bei der *Guardia Civil* ziemlich genau 20.800 Beamte fehlen würden.

Alapont weiß nur allzu gut, was das heißt, schließlich war er lange genug mit dabei. »Ist schon gut! Paul Neumeyer, so heißt der Mann, hat mich angerufen, und wir haben uns danach im Hotel *Westin* getroffen.«

Genau in dem Moment, in dem sie auf der A3 am Flughafen von Valencia vorbeifahren, schwebt ein Kurzstreckenflieger von *Iberia Regional* über ihre Köpfe hinweg und setzt nur ein paar Meter weiter vorne auf der Landepiste auf. Neumeyer muss wirklich verzweifelt sein, wenn er eigens in einem solchen Flieger von Palma de Mallorca rüberkommt. Neben ihm versucht García, mit der rechten Hand nach einem Papierumschlag auf der Rückbank zu greifen, doch der Wagen gerät beinahe von der Spur ab. »Nimm mal das Kuvert dort hinten, ich habe für dich Kopien gemacht. Du weißt, vertraulich, unter Freunden.«

Ganz unerwartet findet sich Alapont in einer unbequemen Situation wieder, denn die vertraulichen Unterlagen, die er in den Händen hält, kennt er ja schon auf Grund seines Besuches bei Doktor Fernandez. Soll er dies seinem Freund sagen? Oder verschwiegen sein, wie ihn der Rechtsmediziner gebeten hatte?

»Danke, aber ich kenne die Resultate der Obduktion schon.«

Inspektor García wendet seinen Blick wieder von der Fahrbahn ab und schaut ihn fragend an.

»Ich habe Fernandez in der Rechtsmedizin besucht. Einerseits wegen Susanna Fabregat, andererseits wegen Manuel Gisbert«, erklärt Alapont, etwas verlegen.

Nach ein paar unbequemen Sekunden des Schweigens fängt Inspektor Garcias an zu schmunzeln. »Siehst du, ich hatte recht, dem Deutschen deine Telefonnummer zu geben. Wie ich sehe, ermittelst du ja bereits auf eigene Faust. So wie ein echter Schnüffler …«

»… kein Schnüffler! Ich hasse dieses Wort!« Alapont fällt ihm ins Wort.

Aber das weiß sein Kollege ja bestens, schließlich will er seinen Beifahrer nur etwas ärgern. Dann wird er wieder ernst. »Siehst du in dem Bericht irgendwelche Hinweise, die einen Suizid in Frage stellen würden?«

Alapont weiß, dass sein Kumpel recht hat: Bei einem solchen Sturz entstehen Hämatome, Verletzungen und Brüche. Mögliche, zeitnahe Gewalteinwirkung von außen nachweisen zu wollen, ist ein Ding der Unmöglichkeit.

»Ich habe extra nochmals eine Streife ins Hotel *Del Sol* geschickt, um wegen den Überwachungskameras nachzuschauen. Diese Deppen haben tatsächlich nur eine einzige, funktionierende Kamera, unten in der Lobby. Und die ist auf das Empfangspult gerichtet. Die Rezeptionistin sieht man bestens, die Gäste nur von hinten.«

García nervt sich sichtlich über so viel Dummheit. Weshalb eine Kamera installieren, wenn man für diese keinen optimalen Winkel wählt?

»Und was hat euch das Personal gesagt?«

García schüttelt wieder den Kopf. »Nichts, jedenfalls noch nichts. Der Rezeptionist, der in jener Nacht Dienst hatte, ist am nächsten Tag nach Hause in den Urlaub geflogen. Und mit »nach Hause« meine ich Ecuador. Vier Wochen ist er weg, und bisher konnten wir ihn nicht erreichen.«

Mit dem Typen muss ich unbedingt reden, wenn er wieder aus Südamerika zurück ist, denkt sich Alapont. Je weiter sie Valencia hinter sich lassen, umso mehr lichtet sich der Verkehr. Statt Fabrikgebäude und Lagerhallen säumen bald Orangenplantagen und Pinienwälder die Autobahn. »Wie du weißt, bin ich erst vor Kurzem diese Strecke hochgefahren.«

Alapont berichtet seinem Kollegen von der Kontaktaufnahme der Drogenfahndung aus Madrid mit *Capitán* Moliner, vom Verdacht der Zusammenarbeit der Bodega los Monteros mit dem andalusischen Schmugglerring des *el Luismi,* von der Ablenkungsrazzia auf einem anderen Weingut sowie von der Montero-Tochter, die mit der *Guardia Civil* kooperiert.

Inspektor García hört Alapont konzentriert zu und kommentiert das Ganze mit einem murmelnden, wiederholten *»si, si«*. Die Strecke von Valencia hoch ins Weingebiet beträgt 80 Kilometer, die Zeit für diese Fahrt ist mehr oder weniger immer die gleiche. Doch heute, dank angenehmer Begleitung und interessantem Gesprächsthema, verfliegen die 45 Minuten wie im Fluge.

»Vicente, da sind wir schon!« Inspektor García fährt bei der Ausfahrt Nummer 291 ab, und als sie sich der Ortseinfahrt von Requena nähern, erblicken sie das Richtungsschild, das sie gesucht haben: *cementerio* steht darauf. Friedhof.

Der Freitod ist für einen ultrakonservativen Katholiken wie Luis Montero eine Todsünde. Auch wenn Rom in dieser Angelegenheit nachsichtiger geworden ist, so ist das Haupt der Montero-Familie weiterhin der festen Überzeugung, dass Menschen, die Gott die Entscheidung über

Leben und Tod aus der Hand genommen haben, nicht in geweihter Erde beerdigt werden dürfen. Klipp und klar hat er seiner Tochter Amparo zu verstehen gegeben, dass Manuel unter keinen Umständen im Familiengrab der Monteros beigesetzt werden könne. Mag dieser auch der Gatte seiner Tochter gewesen sein, mit dem Begriff des »Schwiegersohnes« hat sich der Alte nie wirklich anfreunden können.

Als Alapont aus dem Wagen steigt, schlagen ihm die 43 Grad mit voller Wucht entgegen. Sogar der leichte Leinenanzug, den er eigens für diese Gelegenheit aus dem Schrank geholt hat, ist bei dieser *Ponentà* zu viel. Zusammen mit Inspektor García, der sein Jackett ausgezogen und über die Schulter geworfen hat, sucht er den Schatten, den die hohen Zypressen spenden. »Diese Bäume erinnern mich immer an die Toskana, dort wachsen sie überall«, kommentiert García und schaut zu den Wipfeln auf. »In Spanien findet man sie nur auf den Friedhöfen. Ich frage mich, warum dies wohl so ist?«

»Vielleicht, weil die Zypressen an Gott glauben?«, zitiert Alapont den Titel des Romans von *José Maria Gironella*, einem der großen Schriftsteller der modernen spanischen Literatur. In diesem Augenblick fährt *Capitán* Moliner mit seinem weiß-grünen Geländewagen auf den Parkplatz des Friedhofs, neben ihm sitzt Ana Vidal, allerdings nicht in Uniform, sondern in Zivilkleidung.

Die Begrüßung im Schatten der Zypressen läuft überaus herzlich und kollegial ab, zumal sich *Capitán* Moliner und Inspektor García schon lange kennen. Spontan, oder vielmehr aus Gewohnheit, kommt es zu einer kurzen Lagebesprechung, ausgerechnet Alapont als einziger Zivilist meldet sich als Erster zu Wort. »Also, García und ich haben uns auf der Fahrt gegenseitig auf den neuesten Stand gebracht. Ich habe ihm von meinem Besuch bei euch erzählt.«

García nimmt den Faden auf: »Die Autopsie von Manuel Gisbert hat nichts ergeben, was die Theorie eines Selbstmordes infrage stellen könnte. Aber ihr wisst ja, wie hartnäckig unser Alapont sein kann. Und deswegen sind wir hier.«

Alle drei nicken schmunzelnd, der Betroffene hingegen findet es gar nicht lustig. Ist er tatsächlich ein Dickkopf, wie die anderen wohl alle denken?

»Ich bleibe beim Wagen, um von hier aus zu beobachten, wer alles kommt, und um Fotos von den Autokennzeichen zu machen«, erklärt *Capitán* Moliner.

»Und ich mische mich unter die Leute. Obwohl mich viele aus der Gegend kennen und wissen, dass ich bei der *Guardia Civil* bin, fand ich die Uniform, sagen wir mal, gesprächshemmend.« Ana Vidal spricht offensichtlich aus Erfahrung.

Inspektor García macht einen Schritt auf seine Dienstkollegin zu. »Ich bleibe ebenfalls zurück und beobachte den Trauerzug von hinten, mit Abstand. Du, Vidal, nimmst Alapont als deinen Begleiter in die Trauergemeinde mit hinein. Dich kennen sie, dir vertrauen sie, und so kannst du ihn der einen oder anderen Person vorstellen. Seid ihr damit einverstanden?« Kopfnicken bei allen.

Langsam fängt sich der Parkplatz an zu füllen. Kleinere und größere Menschengruppen stehen zusammen und unterhalten sich in gedämpftem Ton. Die meisten Männer haben Hüte auf, um sich von der gleißenden Sonne zu schützen, die Frauen wedeln sich mit ihren Fächern etwas frische Luft zu. Als der Leichenwagen, gefolgt von einer dunklen Limousine, vorfährt und vor dem Eingang zum Gemeindefriedhof anhält, verstummen die Gespräche.

Die beiden Bestatter in ihren schwarzen Anzügen ziehen den Sarg aus dem Heck des Leichenwagens und nehmen diesen, zusammen mit vier Helfern, auf ihre Schultern. Langsam setzt sich der Trauerzug in Bewegung. An der Spitze geht, gleich hinter dem Pfarrer in seiner schwarzen Soutane, die Witwe zusammen mit Manuels Eltern. Erst ein gutes Stück dahinter folgen die Monteros, Bruder Roberto, Vater Luis und Onkel José, anschließend eine bunt gemischte Menschengruppe. Die einen sind vermutlich Verwandte und Bekannte von Manuel, die anderen nehmen wohl aus Respekt für die Montero-Familie an dieser Beerdigung teil. Alapont schätzt die Trauergemeinde auf 60,vielleicht 70 Personen. Langsam zieht der Zug über den alten Friedhof, vorbei am Familienmausoleum der Monteros mit seinen zwei Engelsskulpturen aus Granit. Die Anwesenden unterhalten sich mit gedämpften Stimmen. Gleich vor ihnen geht ein junger Mann mit einem auffällig dunklen Teint, dichtem, schwarzem Haar und einem ausgeprägten, andalusischen Akzent, der mit einem kleinen, drahtigen Kerl mit slavischen Gesichtszügen und einer Schlangentätowierung um den Hals spricht. Die drei Männer hinter Ana Vidal und Alapont müssen wohl Winzer aus der Gegend sein, diskutieren sie doch über die Auswirkung der Hitzewellen auf die Reben und die kommende Ernte. Der neue Teil des Friedhofs besteht, wie in Spanien üblich, aus langen Reihen an Grabnischen, vier, fünf Stockwerke hoch. Alapont schaudert es jedes

Mal beim Anblick dieser Begräbnisstätten. »Ana, kennst du die Bilder der Plattenbauten der ehemaligen DDR? Sieht doch genauso aus.«

»Grässlich! Wenn es mal so weit ist, dann soll meine Asche in unserem Weinberg verstreut werden.« Sargento Vidal hat offensichtlich klare Vorstellungen, wie ihre letzte Reise aussehen soll – trotz ihrer jungen Jahre.

Der Trauerzug hält vor einer jener hydraulischen Hebebühnen auf Rädern, wie sie etwa auf dem Bau oder zur Fensterreinigung verwendet werden. Und auch die beiden Männer darauf sehen eher aus wie Bauarbeiter und nicht wie Friedhofsangestellte, im Gegensatz zu den beiden Bestattern in ihren dunklen Anzügen, welche den Sarg bis hierher mitgetragen haben. Langsam bildet sich ein weiter Halbkreis um die Witwe und Manuels Eltern. Dem Pfarrer folgend, fangen die Menschen an, das Vaterunser zu beten. Einmal auf die Hebeplattform gehievt, steigt der Sarg langsam zu einer zuoberst liegenden Nische hoch. Während alle Blicke nach oben gerichtet sind, behalten Alapont und seine Begleiterin die Anwesenden im Auge. Und tatsächlich, nicht alle scheinen im Gebet vertieft zu sein, denn die beiden Typen, die vorher vor ihnen gegangen sind, stehen jetzt bei den drei Montero-Männern. Das Gespräch scheint, so die ungestümen Gesten, alles andere als freundschaftlich zu sein. Abrupt endet die Unterhaltung, als die zwei jungen Männer kehrtmachen und davongehen. Zurück bleiben die drei Monteros mit ernsten Mienen.

Nachdem die beiden Friedhofsarbeiter die Grabnische zugemauert haben und mit der Hebebühne nach unten gefahren sind, fängt die Trauergemeinschaft langsam an, sich aufzulösen. Die einen stellen sich in eine Reihe, um der Witwe zu kondolieren, andere verlassen direkt die Plattenbausiedlung der Ewigkeit. Auf der Suche nach Schatten stellen sich Alapont und Ana Vidal immer näher zu den Grabnischen und beobachten weiter die Trauergemeinde. Jetzt erst fällt ihnen auf, dass die Montero-Männer plötzlich verschwunden sind, offensichtlich halten sie es nicht für nötig, Manuels Eltern ihr Beileid auszusprechen.

»Komm, jetzt, wo die meisten Leute gegangen sind, stelle ich dir Amparo Montero vor.« Während die Witwe zusammen mit ihren Schwiegereltern dabei ist, ebenfalls langsam in Richtung Friedhofsausgang zu gehen, tritt Ana Vidal an sie heran. »Amparo, mein tiefstes Beileid, wirklich.«

Diese bleibt stehen und schaut die Polizistin in Zivil mit steinerner Miene an, ihr Blick ist sowohl stechend wie auch abwesend zugleich. Was sie dabei denkt, wie es ihr geht, lässt sich kaum erkennen. Mit einer Geste gibt sie ihrer Begleitung zu verstehen, dass sie schon mal vorgehen sollen.

»Amparo, ich möchte dir einen Freund vorstellen, dem du vollkommen vertrauen kannst.«

»*Buenos días.* Ich heiße Vicente Alapont, mein Beileid.«

Amparos Augen verengen sich, als wolle sie den Unbekannten mit ihrem Blick durchbohren. Sagen tut sie dabei nichts.

»Ich komme aus Valencia und möchte mich gerne mit dir unterhalten. Nicht jetzt, sondern in Ruhe, ohne dass jemand etwas mitbekommt.«

»Ach ja? Warum?«, antwortet die Witwe harsch.

»Weil ich nicht daran glaube, dass sich dein Mann umgebracht hat.«

Amparos Gesicht entspannt sich. »Wie kommst du darauf?«

»Ich habe ihn kurz kennengelernt und kann es mir nicht vorstellen. Zudem hat man mich beauftragt, diesem Fall auf den Grund zu gehen.«

Amparo blickt zwischen Alapont und Unteroffizierin Vidal hin und her. »Ana, was sagt dein Freund da?«

»Glaube mir, Alapont ist ein guter Typ.«

Dieser schaut sich um, sie sind allein, weit und breit keine Seele – wenigstens keine lebende. »Man hat mich gebeten herauszufinden, was mit deinem Mann wirklich geschehen ist. Ich habe ihn damals in meinem Taxi ins Hotel gebracht.«

Jetzt versteht Amparo die Welt nicht mehr. Da steht ein Typ vor ihr, der offensichtlich den Auftrag hat, dem Tod ihres Mannes auf den Grund zu gehen. Gleichzeitig behauptet dieser, er hätte ihren Gatten ins Hotel gefahren. Was ist das für einer? Ein Detektiv? Ein Taxifahrer? Ein schlechter Scherz?

»Ich weiß, das klingt alles etwas verwirrend. Aber bitte, wenn du mir nicht glaubst, dann doch deiner Freundin hier.«

»Ana Vidal ist nicht meine Freundin! Sie ist eine *Guardia Civil*!« Amparos Antwort klingt scharf, offensichtlich hat sie ihre Fassung wiedergefunden, die Trauer ist aus ihrem Blick verflogen. Die junge Beamtin lässt sich trotzdem nicht aus der Ruhe bringen.

»Aber wir kennen uns, seit wir Kinder waren. Amparo, ich bitte dich … Nein, ich rate dir wirklich, sprich mal in Ruhe mit Alapont.«

Während die drei unter der prallen Sommersonne über den Friedhof in Richtung Ausgang gehen, schickt Ana Vidal der Witwe Alaponts Kontaktdaten per *WhatsApp*. Dann fasst die Polizistin ihre Bekannte nochmals am Arm, diesmal vielleicht etwas zu fest. »Amparo, trifft dich mit ihm, sobald du kannst!« Ohne ein weiteres Wort wendet sie sich von Amparo Montero und Alapont ab und geht zurück zu den Plattenbauten der Ewigkeit zurück, um den Friedhof durch den Hintereingang zu verlassen. Schließlich kennt hier jeder jeden, und daher ist es vorteilhaft, wenn man die trauernde Witwe nicht zusammen mit einer *Guardia-Civil*-Polizistin sieht, auch wenn diese in Zivil ist.

- 28 -

Bauern statt Seefahrer, Schollen statt Wellen. Zahlreiche Städte der *Comunidad Valenciana* wie etwa *Gandía* im Süden, *Castellón* im Norden oder Valencia selbst als Hauptstadt des Bundeslandes liegen genau genommen nicht am Meer, sondern allesamt etwas im Landesinnern. Im Gegensatz etwa zu Barcelona, Málaga oder Palma de Mallorca lebten die hiesigen Einwohner einst mit dem Rücken zum Meer, zumal ihr Leben von der Landwirtschaft bestimmt wurde. Die Häfen lagen weit außerhalb der Stadtmauern, weshalb damals kleine Siedlungen entstanden, in denen die Fischer und die Hafenarbeiter lebten. Zwischen dem *Grao de Valencia* und der eigentlichen Stadt erstreckten sich weite Orangenplantagen, eine Trambahn fuhr auf holprigen Gleisen vom Zentrum raus an den Strand. Doch das war gestern oder vorgestern, längst ist Valencia bis ans Meer gewachsen und hat die historischen Weiler verschluckt. Trotzdem haben der *Grao,* wo einst die Hafenarbeiter wohnten, sowie der *Cabañal,* die Häuserzeilen, in denen früher die Fischer ihr Zuhause hatten, bis heute ihre Eigenart bewahren können. Besonders zum Ausdruck kommt dies während der Karwoche. In Andalusien etwa finden während der *Semana Santa* riesige Prozessionen statt, und auch in anderen Regionen Spaniens wird mit solchen Festzügen auf diese Weise Ostern gefeiert. In Valencia hingegen finden diese religiösen Umzüge ausschließlich in zwei Stadtvierteln statt, im *Grao* sowie *Cabañal*.

Obwohl, oder gerade, weil Alapont in Valencia aufgewachsen ist, weiß er, dass man besonders in diesen beiden Stadtvierteln nicht einfach so mit den Leuten ins Gespräch kommen kann, erst recht, wenn man etwas über die inneren Strukturen und Gegebenheiten erfahren möchte. Nicht, dass die Einwohner unfreundlich wären, im Gegenteil, aber für sie gibt es einen großen Unterschied zwischen Besuchern, und seien sie aus der gleichen Stadt, und den eigenen Nachbarn. Umso glücklicher ist Alapont, dass er mit einem »Einwohner« wird reden können, der als pensionierter Lokalpolizist zudem ein Berufskollege gewesen ist. Zwar ist mittlerweile die *Ponentà* abgeklungen, die Hitze ist aber immer noch drückend. Also hat er, wie bei den Valencianos gerade im Sommer üblich, nach der Siesta abgemacht. Und da dem Mittagsschlaf in dieser Gegend ausgiebig gefrönt wird, heißt dies, so 20.30 Uhr abends.

Kleine, schmale Holzschubladen, hoch bis zur Decke, in welchen einst wohl Muttern und Schrauben, Nägel und Nieten aufbewahrt wurden, davor ein lang gezogener Ladentisch, der als Bartheke dient. Was einst wohl ein Eisenwarengeschäft gewesen sein muss, ist nun die »Taverne zum Nagel« – *nomen est omen.* Alapont war noch nie in diesem Lokal, doch gleich beim Eintreten fühlt er sich wohl. Nicht nur das riesige Holzregal entlang der einen Wand, auch das alte Piano links vom Eingang, das große Ölgemälde des stürmischen Mittelmeeres und die gerahmten, historischen Fotografien des Hafens geben der *Taverna del Clavo* ein spezielles Ambiente.

Als Alapont sich an der Theke ein kühles Bier bestellt, fällt sein Blick auf die Vitrine mit verschiedenen Tapas-Gerichten, unter anderem etwas, das aussieht wie Kartoffelpüree. »Habt ihr wirklich *ajoarriero?*« Der Kellner stellt ihm das frisch gezapfte Bier hin. »Magst du eine Portion?« Fragt man Winnie the Pooh, ob er Honig will? Oder das Krümelmonster, ob es Kekse möchte? Klar mag er, schließlich hat die spanische Sommerküche kaum etwas Schmackhafteres zu bieten als die kalt servierten Stampfkartoffeln, die mit zerkrümeltem Stockfisch, einem Schuss Olivenöl und viel, viel Knoblauch vermanscht sind.

Gerade als er das erste Stückchen Brot mit etwas *ajoarriero* in den Mund schiebt, tritt ein älterer Herr in die Taverne, schaut sich um und steuert direkt auf ihn zu. Der Mann ist vielleicht einen Kopf kleiner als er selbst und hat graues, dichtes Haar. »Bist du der Freund von Fede?«

»*Si.* Ich heiße Vicente, aber alle nennen mich bei meinem Familiennamen, Alapont.«

»Ich bin Salvador oder kurz Salva. Wollen wir uns an einen Tisch setzen?«

»Klar! Was soll ich dir bestellen?«

Eigentlich hätte es draußen vor der Taverne freie Plätze, doch drinnen sorgen die Klimaanlage und ein großer Deckenventilator für eine angenehme Frische.

»Könnte es sein, dass wir uns schon mal begegnet sind?« Salvador schaut Alapont durch seine etwas zu große Brille an. »Ich war 32 Jahre bei der *Policía Local,* bevor ich letztes Jahr in Rente gegangen bin. Irgendwie habe ich das Gefühl, dass wir uns kennen.«

Die Aufgabenbereiche zwischen den drei Polizeikorps in Spanien sind klar festgelegt, und obwohl es gelegentlich zu kleinen Kompetenzrangeleien kommen kann, spannen die drei Ordnungseinheiten zusammen, erst recht, wenn es wirklich darauf ankommt. Spanien hat eine leidvolle Geschichte in Sachen Terroranschläge: Früher war es die baskische ETA, später der fanatische Islamismus mit seinen Bombenanschlägen auf die Nahverkehrszüge in Madrid im Frühjahr 2004 oder die Todesfahrt über die Ramblas in Barcelona im Sommer 2017. Diese Schreckenstaten haben die *Policía Nacional*, die *Guardia Civil* und die *Policía Local* zusammengeschweißt.

»Einmal Polizist, immer Polizist!« Die beiden stoßen miteinander an, leeren die Gläser und bestellen sich zwei *tintos de verano,* zwei gespritzte Rotweine. Und eine Portion frittierte Calamares.

»Unser gemeinsamer Freund hat gesagt, es gäbe keinen, der den *Grao* und den *Cabañal* besser kennt als du.«

Salvador zeigt auf eines der schwarz-weißen Fotos hinter der Theke, es zeigt die Hafenmole und zwei alte Dampfschiffe. »Mein Urgroßvater hat schon Schiffe beladen und gelöscht und im *Grao* gelebt, meine Urgroßmutter stammte aus einer Fischerfamilie im *Cabañal.* Und ich bin schon als kleiner Knirps bei den Osterprozessionen mitgegangen.«

»Zu welcher *cofradía,* zu welcher Bruderschaft, gehörst denn du?« Auch wenn Alapont nicht gläubig ist, interessiert ihn das Thema der *Semana Santa Marinera* als Teil der kulturellen Identität seiner Heimatstadt. »Ich gehöre zu jener der Heiligen Muttergottes des Meeres, *María del Mar.* In meinem ganzen Leben habe ich noch keine einzige Karwoche verpasst, keine einzige Prozession ausgelassen.«

Salvador scheint sichtlich stolz. Er legt sein Handy vor sich auf den Tisch und öffnet die Fotogalerie. Auf den Bildern sieht man ihn in einer blauen Tunika, an der Hand hält er ein kleines Mädchen, ebenfalls in einem Prozessionsgewand. »Das ist meine Enkelin Maria. Sie ist dieses Jahr zum ersten Mal mitgekommen. Doch ich schweife ab, was wolltest du wissen?«

»Was kannst du mir über die Familie Montero erzählen?«

Salvadors Miene verdunkelt sich schlagartig. »Die Monteros? Warum?«

Obwohl Alapont gleich einen guten Draht zum pensionieren Polizisten gefunden hat, will er doch nicht den wahren Grund für sein Interesse preisgeben. Denn Ermittlungen, egal ob polizeiliche oder private, wie eben diese, sind wie ein Pokerspiel, bei welchem man sich nicht in die Karten schauen lassen und immer ein Ass im Ärmel haben sollte. »Ich habe einen Cousin, der sich in Requena eine kleine Weinparzelle kaufen möchte. Scheinbar gehört dieses Stück Land der Montero-Bodega, die Kommentare über diese Familie sind jedoch alles andere als wohlgesonnen. Als ich Fede davon erzählte, meinte er, du würdest die Monteros gut kennen.«

Alapont ist gespannt, ob sein Gegenüber diese Notlüge schlucken wird. Doch der scheint keine Zweifel daran zu haben, sei es, weil er die Fantasiegeschichte glaubt, sei es, weil er einfach ein gutmütiger Mensch ist. »Und, was willst du wissen?«

»Na, das, was du erzählen kannst. Einfach alles.« Salvador hebt die Augenbrauen. »Alles? Dann lass uns einen kleinen Spaziergang machen.« Keine schlechte Idee.

Die Sonne ist am Untergehen, sodass man sich wieder auf die Straße wagen kann, ohne gleich einen Hitzeschlag zu erleiden. »Wirklich alles, und von Anfang an?«, versichert sich Salvador nochmals, während die beiden die Straße zum alten Hafenbecken runterschlendern.

»Die Monteros gehörten zu den ersten Winzern aus dem valencianischen Hinterland, die ihre Weinfässer von unserem Hafen aus nach Hamburg und London verschifften. Frankreich und Italien haben selbst große Weinanbaugebiete, die Deutschen und Briten hingegen waren dankbare Abnehmer. Böse Zungen behaupten, dass die Montero-Weine schon damals eher mittelmäßig gewesen seien, doch da die meisten Menschen in diesen beiden Ländern nicht wirklich einen guten Tropfen von gewöhnlichem Tischwein unterscheiden können, fanden die Montero-Weine guten Absatz. Nach dem Ersten Weltkrieg schoss die Nachfrage steil nach oben, und die Monteros verdienten sich eine goldene Nase. Sie waren auch die Ersten, die im *Grao* eine eigene Lagerhalle bauten. Und zwar nicht irgendeine Bretterscheune, sondern einen prächtigen Backsteinbau mit hohen Fenstern und einem noch höheren Dachgiebel.«

»Von dieser Pracht ist aber nicht mehr viel übrig«, unterbricht ihn Alapont, und Salvador bejaht. »Die Fenster sind zugemauert, der Verputz bröckelt von den Mauern, trotzdem benehmen sie sich wie die Gutsherren von einst.«

»In den Jahren zwischen den beiden Weltkriegen wurden innert kürzester Zeit aus einfachen Winzern wohlhabende Weinhändler. Damals hatten sie um die 20 Arbeiter allein am Hafen, spendeten viel Geld für die Kirchen im

Viertel und unterstützten mit Stoffballen als Geschenk die Bruderschaften, damit sich diese ihre Gewänder für die Prozessionen nähen konnten.«

Alapont und Salva stehen am alten Hafenbecken und schauen übers Wasser. Wo einst Handelsschiffe ein- und ausliefen, sind heute Luxusjachten vertäut, auf denen man nur selten jemanden sieht.

»Ich kann mich noch erinnern, wie Transatlantikschiffe aus Südamerika anlegten.« Vater Alapont unternahm mit seinen drei Kindern immer wieder Sonntagsausflüge zum Hafen, um die großen Handels- und Marineschiffe zu bewundern.

Salvador reagiert nicht wirklich, zu sehr ist er in der Familiensaga der Monteros vertieft. Ein Hörensagen, das ihm schon seine Großmutter weitergegeben hat.

Die alten Monteros hatten, wie sollte es auch anders sein, bei strengen Katholiken und reichen Unternehmern, beste Beziehungen zum Franco-Regime. Während des Zweiten Weltkrieges lieferten die Monteros ihre Weinfässer vor allem nach Nazideutschland, und auch danach exportierten sie erfolgreich weiter. Nach Francos Tod, vor allem aber als Spanien 1985 den Eintritt in die Europäische Union besiegelte, ging es mit den Monteros langsam bergab. Der Markt verlangte bessere Produkte, und viele Winzer fingen an, anspruchsvollere Weine zu keltern, mit anderen Traubensorten und Verschnitten. Ganz nach dem Motto: Qualität vor Quantität.

Mittlerweile ist es dunkel geworden. Ein Kreuzfahrtschiff, welches an der äußeren Mole auf die letzten Passagiere wartet, leuchtet wie ein Weihnachtsbaum. Alapont findet Salvadors geschichtliche Abhandlung zwar spannend, interessieren tut ihn jedoch das Hier und Jetzt. »Und was ist heute los? Kennst du die beiden Geschwister, Amparo und Roberto Montero?«

»Die Tochter habe ich ein, zwei Mal im Viertel gesehen, die Alten, die Zwillingsbrüder, kommen nur selten nach Valencia runter. Hier schmeißt Roberto den Laden.«

»Und was weißt du von dem? Kennst du ihn?« Alapont formuliert seine Frage so beiläufig und uninteressiert wie nur möglich.

»Wer kennt den nicht, mit seiner aufschneiderischen Art? Zweifelsohne hat er den aufbrausenden Charakter seines Vaters geerbt und verhält sich, als ob die Bodega los Monteros immer noch die Crème de la Crème wäre. Was wir während meiner Jahre bei der *Policía Local* alles an Beschwerden über ihn reinbekommen haben, das kannst du dir nicht vorstellen. Aber wenn es darum ging, ihn wegen einer Zechprellerei oder einer Handgreiflichkeit anzuzeigen, so haben alle immer den Schwanz eingezogen. Niemand legt sich freiwillig mit Roberto Montero an!«

»So wie du erzählst, muss er wirklich ein schwieriger Typ sein. Komisch, dass ich während meiner Zeit bei der *Policía Nacional* nie etwas von ihm gehört habe.«

Salvador nickt nachdenklich. »Ich sag dir doch, wenn ihn schon bei der *Policía Local* niemand anzeigen wollte, so würde man sich erst recht nicht an die *Policía Nacional* wenden.«

»Na, und jetzt?«

Salvador reagiert harsch. »Der macht weiter wie eh und je. Außer, dass man ihn auch bei Versammlungen der ultrarechten VOX-Partei sieht.«

Plötzlich versiegt Salvadors Redeschwall, irgendwie

scheint er etwas erschöpft, und auch Alapont hat für heute genug gehört. Gemeinsam stehen sie an der Hafenmauer und beobachten stumm, wie das riesige Kreuzfahrtschiff ablegt und aufs offene Meer hinaussteuert. Unweigerlich muss Alapont an Manuel Gisbert denken, der übers Meer sein bisheriges Leben hinter sich lassen und auf Mallorca ein neues beginnen wollte.

-29-

In einem Wechselbad der Gefühle, hin und her gerissen zwischen Melancholie und Vorfreude, sitzt Luis-Alberto in der Metro-Linie Nummer 5. Vier Wochen hat er bei seiner Familie in Quito verbracht, sechs Jahre hatte er diese nicht mehr gesehen. Wenn Luis-Alberto, wie viele seiner 430.000 ecuadorianischen Landsleute in Spanien, als billige Arbeitskraft sein Geld verdient, so muss man lange sparen, um sich drei Flugtickets nach Südamerika leisten zu können. Für ihn, für seine Frau und für die kleine Amelia, die ihre Großeltern noch nie gesehen hatte. Schwermütig ist er, weil die vier Wochen viel zu schnell vergangen sind und weil er keinen blassen Schimmer hat, wann sie wieder ihre Angehörigen in der fernen Heimat werden besuchen können.

Gleichzeitig ist er aber auch froh, denn er ist auf dem Weg zur Arbeit, und zwar zu einer, die ihm wirklich gefällt. Im Gegensatz zu den meisten seiner Landsleute, die sich mit Jobs auf dem Bau oder in der Gastronomie über Wasser halten, hat er das Glück gehabt, aufgrund seiner Englischkenntnisse etwas Besseres gefunden zu haben. Mag sein, dass sein Lohn trotzdem bescheiden ist und dass er als Ausländer wohl nie einen festen Arbeitsvertrag erhalten wird, aber immerhin hat er eine Stelle, in welcher er sich einbringen kann: Nachtportier in einem guten Hotel. Bei der *Estación de Ayora* steigt er aus der U-Bahn, fährt mit der Rolltreppe hoch und kommt beim *Jardín de Ayora* raus. Luis-Alberto mag diesen kleinen Stadtpark im Osten Valencias, gerade an warmen Sommerabenden wie diesem ist die Anlage mit ihren Bäumen, Sitzbänken und dem Kinderspielplatz voller Menschen, voller Leben. Leichten Schrittes macht er sich auf den kurzen Weg zur *Avenida del Puerto,* denn er möchte frühzeitig im Hotel *Del Sol* zur Arbeit erscheinen. Schließlich treibt ihn an diesem Abend auch die Neugierde an, denn irgendwas muss während seiner Abwesenheit geschehen sein. Der Direktor hatte versucht, ihn während seiner Ferien zu erreichen. Da aber seine Eltern im ärmeren Süden von Quito leben und kein Internet haben, hat er sich nur einmal in einem Internetcafé im Zentrum der Hauptstadt einloggen und sein Hotmail-Konto checken können. Der Chef schrieb ihm, dass die Polizei mit ihm reden wolle, worüber oder warum hat er jedoch nicht erwähnt. Außer, dass es nicht die Fremdenpolizei sei, die mit ihm sprechen möchte.

Es ist beinahe 1 Uhr, als Alapont mit seinem Taxi vor dem Hotel *Del Sol* vorfährt. Die letzten drei Stunden hat er damit verbracht, zusammen mit zwei Freunden ein neues Restaurant auszuprobieren, das ihm Isabel beim gemeinsamen Sonntagsspaziergang empfohlen hat. Nicht nur der Wirt hat sich als überaus sympathischer Gastgeber erwiesen, auch die Tapas waren ausgezeichnet. Um es einfach zu machen, haben sich die drei in chronologischer Reihenfolge durch die Tapaskarte gekostet, entsprechend schwerfällig steigt er aus seinem Wagen und stapft die Treppe zum Hoteleingang hoch. In diesem Moment kommt ein Mann in Anzug und Krawatte durch die Drehtür, Luis-Alberto steht auf dessen Namensschild. Er ist dabei, sich eine Zigarette anzuzünden, als er den Taxifahrer auf sich zukommen sieht. »Musst du jemanden abholen?«

Alapont schüttelt den Kopf und erzählt dem Reiserückkehrer von seinem Fahrgast, den man tot im Lichtschacht gefunden hat, und dass er nicht an die Theorie eines Selbstmordes glauben würde. »Die Polizei wird dich hierzu befragen wollen, ich möchte jedoch keine Zeit verlieren, und deshalb wäre ich für deine Hilfe dankbar. Jetzt, wenn es dir nichts ausmacht?«

»Du sagst, das sei in meiner letzten Schicht vor den Ferien geschehen? Daher hat mir der Chef eine E-Mail geschrieben?« Der Nachtconcierge nimmt einen langen Zug, als würde ihm die Zigarette helfen, sich besser an jene Arbeitsnacht zu erinnern.

»Genau, und da die Überwachungskamera nichts ergeben hat, wollte ich dich persönlich fragen, ob dir vielleicht etwas aufgefallen ist.«

Gemeinsam gehen die beiden Männer durch die Drehtüre rein, Luis-Alberto tritt hinter die Rezeption, wo er sich das schnurlose Telefon greift und auf die Sessel in der Lobby zeigt. »Ich muss nur rasch meine Kontrollrunde machen und bin in fünf Minuten wieder da. Hier hast du einen Chip für den Getränkeautomaten, lass dir doch einen Kaffee raus.«

Jetzt erst merkt Alapont, wie müde er ist, also holt er sich einen Espresso aus der Maschine und lässt sich in eines der Sofas im Eingangsbereich des Hotels fallen. Die braune Brühe schmeckt schrecklich, doch er hofft auf die

Wirkung des Koffeins. Es vergehen keine zehn Minuten, und der Nachtportier setzt sich, ebenfalls mit einem Kaffee in der Hand, zu ihm. »Viel war in jener Nacht nicht los. Ich habe wie immer um 23 Uhr angefangen und bin nach Schichtende um 7 Uhr rasch nach Hause. Unser Flieger ging ja bereits um 12 Uhr mittags.«

»Kannst du dich an die Gäste an jenem Abend erinnern?« Alapont möchte es unbedingt vermeiden, in seinen, von einst gewohnten, Verhörmodus zu verfallen, und wählt daher bewusst einen kollegialen Plauderton. Obwohl, wirklich nötig ist dies nicht, scheint doch dieser Luis-Alberto ein netter Kerl zu sein. Und gewillt, ihm Auskunft zu geben.

»In jener Nacht hatten wir zwei späte Check-Ins. Knapp nach meinem Arbeitsantritt ein Geschäftsmann, der aus Madrid respektive vom Flughafen gekommen ist, und ein belgisches Ehepaar irgendwann nach 1 Uhr, die scheinbar die Strecke am Stück durchgefahren sind. Daran kann ich mich gut erinnern, haben diese, so wie sie gesagt haben, 18 Stunden dafür gebraucht. Das sind sieben Stunden mehr als von Madrid nach Quito!«

Alapont zeigt auf die Videoüberwachung, welche die Rezeption im Visier hat. »Gibt es weitere Kameras im Haus?«

Luis-Alberto schüttelt den Kopf. »Es wurde immer wieder davon gesprochen, gemacht wurde jedoch nichts. Und diese Kamera da dient wohl vor allem dazu, uns im Auge zu behalten.« Er mag durchaus recht haben, ansonsten wäre doch ein anderer, weiterer Winkel eingestellt. »Du bist ja nicht die ganze Zeit an der Rezeption, oder?«

»Nein. Ich muss zu jeder vollen Stunde eine kleine

Runde drehen, wie eben. Fünf, maximal zehn Minuten, nicht mehr.«

»Und was ist mit der Drehtüre?«

»Die schließen wir meistens erst um 2 oder 3 Uhr in der Früh.« Alapont ist sofort klar, dass man nachts durchaus ungesehen ins Hotel *Del Sol* rein- und wieder rausschleichen kann.

»Dann hast du in jener Nacht außer den besagten Gästen niemanden gesehen?«

»Doch, natürlich, es sind bis etwa 2 Uhr noch Gäste gekommen, die in der Stadt unterwegs gewesen sind. Aber die haben vor meiner Schicht eingecheckt und lediglich um ihre Zimmerschlüssel gebeten.«

»Heute haben doch alle Hotels Chipkarten anstatt echter Schlüssel.«

Der Ecuadorianer verdreht die Augen. »Klar. Aber die Türen umzurüsten, kostet ebenfalls Geld. Keine Kameras, keine Chipkarten, keine neuen Sofas.« Erst jetzt fällt Alapont auf, dass die Sitzgruppe, in welcher die beiden ihr Gespräch führen, ziemlich durchgescheuert ist. Er bohrt weiter, seine Ermittlervergangenheit lässt sich nicht leugnen. »War Manuel Gisbert auch bei denen, die noch reingekommen sind?«

»Ich kenne die Namen der Gäste nicht. Sie kommen, bitten um einen bestimmten Zimmerschlüssel, und ich händige diesen aus.«

»Es war das Zimmer 913.«

Luis-Alberto schaut sein Gegenüber etwas missmutig an. »Wie soll ich mich an irgendwelche Zimmernummern erinnern? An Gesichter ja, dafür habe ich ein gutes Gedächtnis. Aber an Zahlen, das ist nicht dein Ernst.«

Stimmt, das war eine dumme Frage. Dafür sucht Alapont auf seinem Handy die Aufnahmen von Manuel, die ihm Paul Neumeyer zugeschickt hatte. »Schau, das ist der Mann. Kannst du dich an ihn erinnern?«

Der Hotelangestellte nimmt das Mobiltelefon in die Hand und schaut sich die Fotos an, konzentriert scrollt er von einem Bild zum nächsten und zurück.

»Doch, ich glaube schon, dass ich mich an diesen Gast erinnere, weil … Er schien mir extrem nervös.«

Alapont spitzt die Ohren. »Nervös? Bist du sicher?«

»Ja, er schien irgendwie beunruhigt, drehte sich laufend zum Eingang um, als warte er auf jemanden. Er hatte mich gebeten, ihn sofort im Zimmer anzurufen, sollte jemand nach ihm fragen.«

Der Nachtportier zieht sein Zigarettenpäckchen hervor und weist auf den Ausgang. »Komm, lass uns rausgehen. Willst du eine?«

Alapont lehnt dankend ab, dieses Laster ist an ihm vorbeigegangen. Obwohl es mittlerweile nach 1.30 Uhr ist, ist es draußen immer noch schwül-warm.

»Du kommst öfters raus, um eine zu rauchen. Oder täusche ich mich?« Kaum ausgesprochen, bereut Alapont diese Frage, klingt sie doch tadelnd. Luis-Alberto wollte sich gerade eine neue Zigarette anstecken, als er innehält und sein Gegenüber kritisch anschaut. Ist der Typ etwa dabei, ihn zu verhören?

Alapont muss reagieren, das bisher so lockere Gespräch darf nicht abbrechen. Also springt er über seinen eigenen Schatten und bittet den Hotelangestellten um eine Zigarette. Nach zwei, drei Zügen, eher paffen als wirklich rauchen, scheint die Situation gerettet. »Und, hier draußen ist dir nichts aufgefallen? Und scheint es noch so belanglos?«

Luis-Alberto überlegt. »Irgendwann mal ist ein Opa in kurzen Pyjamahosen mit seinem Hund vorbeigekommen. Ich erinnere mich daran, weil der Köter vor dem Eingang sein Geschäft erledigen wollte. Also habe ich beide weggescheucht.«

»Und sonst? Erinnerst du dich noch an etwas?«

»Ich glaube nicht. Einmal habe ich paar Schritte gemacht, da links bis zur Straßenecke. Dort habe ich mir einen Porsche Cayenne angeschaut, der ziemlich neu schien.«

Alapont wird plötzlich hellhörig. »Bist du sicher, dass es ein Porsche gewesen ist?«

»Klar, auch wenn ich mir nie im Leben einen solchen Wagen werde leisten können, aber ich finde deutsche Autos einfach cool.«

»Erinnerst du dich, welche Farbe der Wagen hatte?«

Luis-Alberto muss nicht lange überlegen. »Rot. Wie in unserer Fahne.«

»Die spanische Flagge?«

»Auch. Ich meine jedoch jene von Ecuador. Gelb, blau und, wie gesagt, rot.«

-30-

Einst fanden hier die Mittel- und Obdachlosen der Stadt Unterschlupf, inzwischen sind im Gebäudekomplex der einstigen Wohlfahrt Valencias das Ethnologie-Museum und jenes für Prähistorie untergebracht. Da beide Sammlungen nicht wirklich Publikumsmagnete sind, ist es in der *La Beneficencia* ziemlich ruhig, erst recht unter der Woche. Der zentrale Innenhof mit seiner kleinen, jedoch üppig grünen Gartenanlage und den hohen Ficus-Bäumen, die weit über das dreistöckige Gebäude hinausragen, ist für Alapont eine außergewöhnliche Oase der Ruhe im ansonsten lauten und hektischen Valencia. Trotzdem sucht er diesen Ort viel zu selten auf, obwohl dieser gerade mal zwei Straßenzüge von seinem Zuhause entfernt ist. Doch an diesem Vormittag ist er endlich wieder mal auf dem Weg dorthin.

Nachdem er sich in der kleinen Bar des Kulturzentrums einen Kaffee und ein Croissant bestellt hat, ist er dabei, sich auf einer Papierserviette ein paar Stichworte zu notieren. Auch wenn es sich beim bevorstehenden Treffen um alles andere als ein Verhör handelt, bereitet er sich trotzdem gerne vor. Also: Welche Fakten möchte er bestätigt haben? Welche fehlenden Informationen herausfinden? Und welche Fragen sind eher nebensächlich und haben nur den Zweck, das Gespräch am Laufen zu halten? Bei all diesen Fragen muss er darauf achten, dass in keinem Augenblick auch nur der Hauch einer Befragung entstehen darf, vielmehr muss er es schaffen, das Vertrauen seiner Gesprächspartnerin zu gewinnen und so, behutsam und taktvoll, an die gewünschten Informationen ranzukommen.

Als Amparo Montero in den Innenhof tritt und nach Alapont umschaut, scheint sie Jahre jünger als bei ihrer letzten Begegnung auf dem Friedhof in Requena. Mit ihrer Sommerbluse und den hellen Jeans macht die Montero-Tochter einen eher unscheinbaren Eindruck, doch als sie näherkommt, erkennt Alapont ihre Accessoires, die alles andere als bescheiden sind: die Handtasche von Louis Vuitton, die Sonnenbrille von Gucci und eine Armbanduhr, die wohl das Vielfache eines normalen Monatslohnes gekostet hat.

»Ich habe nochmals mit Ana Vidal gesprochen. Die Sargento hat gesagt, du seist lange Inspektor gewesen, und dass du nicht an den Selbstmord von Manuel glauben würdest.« Ohne ein Wort der Begrüßung setzt sich die junge Frau hin und schaut ihn fragend, aber auch fordernd an.

Am besten ist es, offen und ehrlich die Unterhaltung zu beginnen. Also: »Dein Mann ist damals am Nordbahnhof bei mir ins Taxi gestiegen und hat mich nach einem Hotel gefragt. Ich habe ihn daraufhin ins *Del Sol* gefahren und ihm später das Handy vorbeigebracht, dass er in meinem Wagen vergessen hatte. Er hat unbedingt darauf bestanden, mich als Dank zu einem kurzen Feierabenddrink auf der Dachterrasse einzuladen, und dort haben wir vereinbart, dass ich ihn zwei Tage später abholen würde.« Das mit dem Hafen und der Überfahrt nach Mallorca lässt Alapont unerwähnt – noch jedenfalls. Auch wenn dies bedeutet, doch nicht ganz so ehrlich zu sein wie eigentlich gewollt.

»Du hast meinen Mann ins Hotel gefahren? Hat er dir gesagt, was er in Valencia wollte?«

Alapont muss auf der Hut sein, hat er schließlich keine Ahnung, wie das Verhältnis zwischen den beiden gewesen ist, ob und wie viel sie von der Affäre ihres Gatten mit Paul Neumeyer weiß. Er möchte dieses heikle Thema lieber noch aufschieben, weshalb er versucht, das Gespräch in eine andere Richtung zu lenken. Angriff ist die beste Verteidigung, denkt er sich, als er die Unterhaltung weiterführt.

»Die Freunde von der *Guardia Civil* haben mich in die Ermittlungen gegen eure Weinkellerei eingeweiht, und daher weiß ich, dass du mit den Behörden zusammenarbeitest.«

Amparo scheint abzuwägen, was sie antworten soll. Da ihr Gegenüber diese Bedenken erkennt, versucht er, ihr entgegenzukommen, schließlich soll sie sich ja nicht wie eine Denunziantin vorkommen.

»Offensichtlich stehen dein Vater und dein Bruder im Zentrum der Ermittlungen, du und dein Onkel seid wohl eher mitgegangen und mitgehangen.«

Lange schaut sie auf das Glas Mineralwasser, das sie sich bestellt, bisher jedoch nicht angefasst hat, und beobachtet, wie die Kohlensäurebläschen nach oben steigen, um dann zu zerplatzen. Zu nichts, gleich wie ihre Träume platzen könnten, wenn sie nicht auf der Hut ist.

»Mein Bruder und mein Vater haben vor ein paar Jahren Kontakt bekommen zu dieser Organisation in Andalusien. Sie haben eine Chance gesehen, den schwindenden Umsatz unserer Firma wettzumachen. Irgendwann ist Roberto runter in den Süden, und nach seiner Rückkehr haben er und mein Vater meinen Onkel und mich darüber informiert.«

Alapont nickt bedächtig, um ihr zu zeigen, dass er nicht einfach nur zuhört, sondern sie und ihre Situation auch voll und ganz verstehen kann.

»Einmal mehr haben mich die beiden vor vollendete Tatsachen gestellt. Du kannst dir nicht vorstellen, wie oft ich auf meinen Vater eingeredet habe, dass die Bodega mit der Zeit gehen und sich erneuern müsse.«

Jetzt greift sie zum Glas Wasser und trinkt. Warum hat Alapont den Eindruck, wenn auch nur für einen Sekundenbruchteil, ihre Hand würde zittern?

»Doch der Alte hat mich nie ernst genommen, immer abgewunken. Er wisse, wie das Geschäft laufe, dazu sei er schon zu lange dabei. Und wenn es was zu erledigen gab, so übergab er es immer meinem Bruder.«

Offensichtlich hat sich in Amparo Montero einiges an Frustration und Bitterkeit aufgestaut.

»Du bist doch älter als dein Bruder, die bist die Erstgeborene«, wirft Alapont ein.

Sie stellt das Glas wieder ab und schaut ihr Gegenüber an: »… was auf dem Land und in einer Familie wie der unseren nicht viel bedeutet. Wir Frauen waren und sind weiterhin gerade gut genug für die Küche.«

»Aber wir leben doch im 21. Jahrhundert, auch in Utiel-Requena.«

»Ja, aber nicht im Weltbild meines Vaters. Und wenn er überhaupt auf jemanden hört, dann eben auf meinen Bruder.«

Es entsteht eine Gesprächspause. Amparo Montero atmet tief durch, als wäre ihr ein Stein vom Herzen gefallen. Sie schaut hoch zu den Ficus-Bäumen. »Schön ist es hier. Ich kannte diesen Ort gar nicht.«

»Das tun die meisten Valencianos auch nicht«, antwortet Alapont in einem lockeren Gesprächston, »deshalb dachte ich, dass wir uns hier ungestört unterhalten können.«

»Und ohne Zeugen!« Amparo hingegen scheint weiter angespannt. »Nachdem *el Luismi* seine Organisation von Marokko aus leitet, hat sich der Ton verschärft, so habe ich es jedenfalls am Rand mitbekommen. Offensichtlich sind einige seiner Mafiaschläger im Lagerhaus in Valencia aufgetaucht.«

»Und was wollten die?«, unterbricht Alapont. Sein Gegenüber zuckt mit den Schultern. »Ich weiß es nicht, ehrlich, mein Vater und mein Bruder haben mich nie eingeweiht. Bis …«

Sie gerät ins Stocken, offensichtlich kommen Erinnerungen in ihr hoch.

»Roberto hat uns berichtet, er habe in Valencia Besuch von zwei Männern bekommen und dass der Big Boss direkt mit ihm telefoniert habe. Offensichtlich sind es die gleichen Leute gewesen, die meinen Mann aus dem Fenster gestoßen haben. Mein Bruder hat jedenfalls mehrmals wiederholt, dass Manuels Tod eine Warnung an unsere Familie sei, ohne jedoch einem echten Montero etwas anzutun. Noch nicht …«

Eine kleine, einsame Träne rinnt ihr über die Wange. Alapont reicht ihr ein Taschentuch, sagt aber nichts, möchte er doch die Frau bei ihrer Beichte nicht unterbrechen.

»Noch nicht …«, wiederholt sie. »Ich hätte viel früher auf das Angebot der *Guardia Civil* eingehen sollen. Aber du musst verstehen, es ist keine einfache Entscheidung, sich gegen die eigene Familie zu stellen.«

»Das kann ich mir vorstellen, aber du hast dich zweifelsohne richtig entschieden. Und eines musst du mir glauben: Mit dem, was du mir soeben erzählt hast, trägst du am Tod von Manuel keine Schuld.«

Nach einer kleinen Kunstpause wählt Alapont bewusst und routiniert eine ernstere Stimmlage. »Es sind dein Vater und dein Bruder gewesen, welche die Bodega an den Abgrund geführt haben, deine Zusammenarbeit mit den Behörden ist die einzige Möglichkeit für dich, heil aus diesem Schlamassel rauszukommen.«

Amparo Montero scheint ihre Fassung offensichtlich wiedergefunden zu haben, denn sie blickt ihm entschlossen in die Augen. »Und warum sitzt du eigentlich hier und willst das alles wissen? Weißt du, warum Manuel in Valencia in einem Hotel abgestiegen ist? Du hast ihn ja hingefahren, hat er dir nichts erzählt?«

In wenigen Augenblick hat sich das Gespräch gewendet, jetzt ist es Alapont, der Stellung beziehen muss – irgendwie. »Keine Ahnung, er hat mich gebeten, ihn in ein Hotel in der Nähe des Hafens zu fahren, und das habe ich getan.«

Mist! Das mit dem Hafen hätte er nicht erwähnen dürfen. Bevor die Witwe nachfragen kann, spricht er rasch weiter. »Ich nehme doch an, dass er mit deinem Bruder Dinge zu erledigen hatte. Euer Lager befindet sich in der Nähe des Hafens.«

Uff, noch mal Schwein gehabt. Alapont, du musst deine Worte vorsichtiger wählen, sagt der ehemalige Inspektor zu sich selbst – im Stillen natürlich.

»Das ist richtig, aber normalerweise fährt er am gleichen Tag hin und zurück. Mit dem Auto, und nicht mit der Bahn. Das ist schon seltsam.«

»Ich weiß nicht, aber vielleicht hatte er vor, mit Freunden in Valencia auf den Putz zu hauen, ohne dass seine Frau davon erfährt? Männer haben manchmal Geheimnisse, auch gegenüber ihren Ehefrauen.«

»Du meinst, er suchte ein Abenteuer?«

Alapont legt ein verlegenes, entschuldigendes Lächeln auf, vielleicht etwas zu übertrieben. »Das habe ich nicht gesagt, wie soll ich das wissen?« Dies ist zwar eine glatte Lüge, aber es ist eine Notlüge mit dem Ziel, die Frau, die ihm gegenübersitzt, nicht zusätzlich zu belasten. Diese hat ihn weiterhin fest im Blick, ihre Augen verengen sich.

»Gut, wir haben jung geheiratet, respektive heiraten müssen. Und ja, wir haben uns seit dem Beginn dieser leidigen Drogengeschichte auseinandergelebt. Er hat mich immer vor diesen illegalen Machenschaften gewarnt, ich habe aber lange nicht auf ihn gehört. Aber eine Affäre? Das hätte ich doch bemerkt, dafür haben wir Frauen einen sechsten Sinn.«

Alapont denkt sich das seine. Nämlich, dass die junge Frau ihren Gatten nicht so gut kannte, wie sie wohl meint. Doch warum sie vor den Kopf stoßen und von Paul Neumeyer und den gemeinsamen Plänen erzählen? Sie hat mit ihren eigenen Verwandten und dem Chaos mit den andalusischen Drogenschmugglern genügend am Hals. »Es ist schon so, dass solche Verbrecherorganisationen alles andere als zimperlich sind. Dein Bruder kann also durchaus recht haben, wenn er meint, die Drogenmafia hätte deinen Gatten auf dem Gewissen. Und wenn ich mich nicht täusche, sind die ehemaligen Kollegen bei der *Policía Nacional* ebenfalls dieser Auffassung.«

Dies entspricht zwar nicht ganz den Tatsachen, aber Alapont möchte seine Karten nicht offen auf den Tisch legen, zumal ihm noch nicht klar ist, was er von der bevormundeten Tochter und trauernden Witwe halten soll.

-31-

»*¡Mierda!* Scheiße!« Seit Stunden schon sitzt Toni Salama in einer fensterlosen Zelle in der Zentrale der *Policía Nacional* in Sevilla. Als er heute Morgen bei sich zu Hause in sein Auto steigen wollte, standen plötzlich drei grimmig dreinschauende Typen um ihn herum. Nicht etwa irgendwelche Bandenmitglieder der Konkurrenz, sondern Polizeibeamte in Zivil. Im ersten Moment, ganz instinktiv, wollte er davonrennen, doch die drei hatten ihn umstellt und sofort Handschellen angelegt. Die Bullen verfrachteten ihn in einen Wagen und fuhren mit ihm direkt in die andalusische Hauptstadt. Zurück blieben seine Eltern, der Vater die Polizei als Schweinehunde beschimpfend, die Mutter in Tränen aufgelöst. Und da die halbe Nachbarschaft zugeschaut hat, wird seine Verhaftung mittlerweile Tagesthema in Tarifa sein.

Es ist nicht das erste Mal, dass er von der Polizei zum Verhör aufs Revier mitgenommen wurde, doch das war immer nur bei sich zu Hause, und nach ein paar Stunden war er wieder draußen. Wirklich eingesperrt hat man ihn hingegen nie. Jetzt liegt Toni auf der Pritsche, hat tierisch Bock auf eine Zigarette und zermartert sich den Kopf: Warum wohl haben sie ihn hoppgenommen? Was hat die

Polizei gegen ihn in der Hand? Gut, er ist sicher kein Unschuldsengel, hat einiges auf dem Kerbholz. Aber was wirklich Schlimmes hat er nie ausgefressen, denn sein Ding sind Laufbotendienste und andere Kleinigkeiten. Auch könnte er nicht viel über die Organisation erzählen, auch wenn er wollte, denn diese ist streng hierarchisch organisiert. Er, Toni, hat immer nur mit *el Rubio,* seinem direkten Vorgesetzten zu tun gehabt, miteinander gesprochen haben sie über marokkanische Mobiltelefone und gelegentlich auf dem Parkplatz mit Blick über die Meerenge von Gibraltar. Und sollte ihn die Polizei nach *el Luismi* fragen, so kann er ihnen beim besten Willen nichts sagen, auch wenn er wollte. Wie soll ein kleiner Soldat wie er mehr über den Big Boss wissen als all die Legenden, die sich um diesen ranken. Ein Wechselbad der Gefühle durchflutet ihn, wie er da in der kleinen, stickigen Zelle sitzt – Missmut und Groll, Unsicherheit und Hoffnung, bald zu wissen, was los ist.

Nach einer gefühlten Ewigkeit, seine Armbanduhr wurde ihm, zusammen mit seiner Brieftasche und seinem Handy, abgenommen, erscheint ein Uniformierter und führt ihn in einen Verhörraum. Dort sitzen zwei Männer, vor ihnen Akten auf dem Tisch.

»Ich bin *Capitán* Moliner von der *Guardia Civil*, das ist mein Kollege, Inspektor García, von der *Policía Nacional.* Danke, dass du auf uns gewartet hast.«

Da auch die UDYCO-Spezialeinheit in Madrid chronisch unterbesetzt ist, war es den Drogenfahndern in der Hauptstadt gerade recht, dass die beiden Kollegen aus Valencia den Verhafteten persönlich verhören wollten.

»Ich? Gewartet? Soll das ein Witz sein?«

Toni reagiert aufbrausend, sein südländisches Blut ist am Kochen. Schließlich wurde er überrumpelt, hierher verfrachtet und während Stunden ohne Begründung festgehalten. Inspektor García lässt sich allerdings von seinem Gegenüber weder beeindrucken noch aus der Ruhe bringen. »Tut uns leid, wir sind so schnell wie möglich aus Valencia runtergekommen. Du kennst ja die Strecke und weißt, wie lange man dafür braucht.«

»Aus Valencia? Und warum soll ich wissen, wie lange man da fährt?«

Capitán Moliner antwortet mit einer Gegenfrage: »Was hast du auf der Beerdigung von Manuel Gisbert in Requena gemacht?«

»Was für eine Beerdigung? Ich weiß nicht, wovon ihr redet.«

Moliner legt ein Foto auf den Tisch, auf welchem ein grauer Renault Megane zu sehen ist, im Hintergrund die typischen Zypressen. »Das ist doch dein Auto? Das ist doch dein Kennzeichen?«

Toni starrt auf das Foto, was soll er sagen? Am besten gar nichts, oder sich einfach dumm stellen. Inspektor García meldet sich zu Wort.

»Und was hast du Roberto Montero auf dem Friedhof gesagt?«

»Wer soll das sein? Roberto wer?«

»Du weißt genau, wen ich meine. Ich habe zwei Augenzeugen, die beobachtet haben, wie du mit ihm und seinem Vater gesprochen hast.«

Capitán Moliner legt sein Mobiltelefon auf den Tisch und startet ein Video. Die Bildqualität ist zwar nicht die beste, trotzdem erkennt sich Toni wieder, wie er einen

Benzinkanister aus seinem Kofferraum holt und das Holztor des Montero-Lagerhauses in Brand setzt.

»Und das, das bist auch nicht du? Möchtest du uns für dumm verkaufen?«

Antonio kommt sich vor, als hätte ihn soeben ein tonnenschwerer Lastwagen mit voller Wucht erwischt. Er könnte sich die Haare raufen, den Tisch vor sich in Kleinholz zertrümmern. Wo zum Teufel gab es eine Überwachungskamera? Und noch schlimmer, warum, um Himmels willen, hat er diese nicht gesehen? Trotzdem, nichts sagen ist wohl das Beste. Toni atmet tief durch. Mal schauen, was noch kommt … Inspektor García steht auf und fängt an, hinter seinem Kollegen auf und ab zu gehen.

»Seit der Flucht von *Luismi* nach Marokko beobachten wir Personen, die mit dem Flüchtigen in Kontakt stehen könnten. So folgt eine unserer Spezialeinheiten dem Statthalter der Organisation im Süden von Andalusien auf Schritt und Tritt …«

García blättert in den Akten, die auf dem Tisch liegen, und sucht nach dem Namen. »… hier, Jesús Bennasar, den ihr alle nur *el Rubio* nennt. Auch den Parkplatz mit Blick rüber nach Marokko haben die Kollegen unter Beobachtung, daher wissen wir, dass du dich mit ihm getroffen hast, und zwar mehr als einmal.«

Nachdem der Ermittler sich wieder hingesetzt hat, schiebt er Toni ein paar weitere Fotos hin, die ihn, mit seinem grauen Renault Megane im Hintergrund, im Gespräch mit seinem Chef zeigen. Im Hintergrund ist die Meerenge von Gibraltar zu erkennen.

Bernardo Moliner, der dieses Mal seine *Guardia-Civil*-Uniform zu Hause gelassen hat und ebenfalls in Zivil ist, tippt auf die Bilder. »Dein Wagen, deine Kfz-Nummer, und immer wieder du! Das ist doch kein Zufall!«

Moliner und García funktionieren wie ein bestens eingespieltes Team, hatten sie doch während der Fahrt runter nach Sevilla Zeit genug, um eine gemeinsame Verhörstrategie abzusprechen.

»Antonio, lassen wir die Spielchen. Wir wissen, dass du für *el Luismi* arbeitest. Wir wissen aber auch, dass du ein kleiner Fisch bist, die Brandstiftung da können wir als Vandalismus abschreiben. Aber Mord ist etwas anderes!«

Toni ist angesichts der Fotografien, die vor ihm auf dem Tisch liegen, doch etwas nervös geworden, doch der letzte Satz des Polizeibeamten ist völlig unerwartet gekommen. Bumm! Gleich ein zweiter Lkw, der ihn mit voller Wucht erfasst. Die Überraschung ist ihm ins Gesicht geschrieben, die beiden Polizisten nehmen dies sofort wahr.

»Was sagt ihr da? Mord? Was für ein Mord?«

»Jener an Manuel Gisbert.«

»An wem? Ich kenne keinen Manuel! Wer soll das sein?«

»Ich spreche vom Schwiegersohn von Luis Montero, dem Schwager von Roberto. Offensichtlich war das Feuer, das du gelegt hast, nicht die einzige Warnung, die ihr übermitteln wolltet. Warum nicht auch jemandem Nahestehenden etwas antun? Aber gleich umbringen, Toni?«

Der Beschuldigte springt von seinem Stuhl auf, doch der uniformierte Beamte, der bis jetzt still hinter ihm in einer Ecke des Raumes gestanden hat, packt ihn an der Schulter und setzt ihn wieder hin. *Capitán* Moliner von der *Guardia Civil* übernimmt das Wort.

»Du bist nach Valencia hochgefahren, um der Familie Montero eine unmissverständliche Botschaft deines Big

Bosses zu übermitteln. Als Schwiegersohn und Schwager war Manuel Gisbert kein Montero im eigentlichen Sinne und daher das ideale Opfer, um ein Exempel zu statuieren. Dass *el Luismi* und ihr da nicht zimperlich seid, das wissen wir ja alle. Und wir haben die Aussage einer Zeugin, die behauptet, dass deine Organisation Manuel auf dem Gewissen hat.«

Langsam wird sich Toni seiner fatalen Situation bewusst: Die Bullen wollen ihm doch tatsächlich einen Mord anhängen. Einen Mord, so würde er auf die Ehre seiner Mutter schwören, von dem er keine Ahnung hat. Nichts, niente, nada! Mit dem Kopf in beide Hände gestützt, schaut er auf die Tischplatte. Als wäre dort die Antwort, die Lösung für diesen Schlamassel zu finden.

»Ich schwöre, ich habe niemanden umgebracht. Mein Ding sind kleine Sachen: Toni bring, Toni hol. Leuten drohen – ja, Feuer legen wie in Valencia – ja, aber jemanden umbringen?«

Capitán Moliner und Inspektor García stehen beide auf, sammeln ohne einen weiteren Kommentar ihre Fotos und Akten zusammen und geben dem Wachbeamten die Order, den Mordverdächtigen in seine Zelle zurückzubringen. Mal schauen, ob eine Nacht im Gefängnis dem Jungen hilft, sich seiner Lage wirklich bewusst zu werden. Gleichzeitig ist die Nacht im Kittchen auch ein Bluff, denn wirklich etwas Schwerwiegendes gegen den Mafia-Soldaten aus Tarifa haben die beiden Polizisten nicht.

-32-

Es gibt Tage, an denen man am besten im Bett bleiben sollte. Angefangen hat es damit, dass Alapont beim Rausfahren aus seiner Parkgarage einen Eckpfeiler gestreift und die Beifahrertür zerkratzt hat. Es ist zwar nur eine kleine, kaum sichtbare Schramme, aber trotzdem ärgerlich. Dann hat ein Fahrgast beim Aussteigen seinen halb vollen Starbucks-Kaffeebecher über die Fußmatte verschüttet, sodass er anhalten und an einer Tankstelle den ganzen Mist reinigen durfte. Und zu guter Letzt ist er mehrere Male die innere Ringstraße, also die *Calle Colón* und die *Calle Guillem de Castro,* erfolglos abgefahren, bis ihn endlich zwei ältere Damen per Handzeichen angehalten haben. Würde er sinnlos Runden drehen wollen, so würde er es auf der Formel-1-Rennstrecke draußen vor den Toren der Stadt machen und nicht mitten in dieser drin. Somit mies gelaunt, sitzt er hinter dem Lenkrad seines Taxis und fährt lustlos durch die Gegend.

»Vicente, du hast recht gehabt. Manuel Gisbert hat sich nicht umgebracht!«

Alapont fährt das Volumen der Freisprechanlage etwas runter. Immer wenn Inspektor García aufgeregt ist, spricht er nicht ins Telefon, sondern schreit in den Hörer.

»Erinnerst du dich an die beiden Männer, die du zusammen mit Ana Vidal auf der Beerdigung in Requena gesehen hast? Vor allem an den einen, der mit Vater und Sohn Montero offenbar eine Auseinandersetzung hatte?«

Alapont nickt, obwohl das der Anrufer nicht sehen kann.

»Bei der Halterfeststellung der Autos, die an jenem Vormittag auf dem Parkplatz des Friedhofes standen, hat man herausgefunden, dass einer der Pkw-Besitzer bereits unter Beobachtung steht, und zwar als Mitglied eines andalusischen Drogenschmugglerringes.«

Mittlerweile hat Alapont am Straßenrand angehalten und die Warnblinklichter angestellt, um sich so besser auf das Telefongespräch konzentrieren zu können. Würde er das Gleiche mit einem privaten Pkw machen, so würden die anderen Verkehrsteilnehmer erbost hupen. Da es sich jedoch um ein Taxi handelt, regt sich niemand auf.

»Der Halter des Renault Megane war zwar nur ein Soldat, aber er hat gestanden, die Monteros bedroht zu haben.«

García berichtet von der Verhaftung von Antonio »Toni« Salama, von seiner Blitzreise zusammen mit *Capitán* Moliner runter nach Sevilla und dem Verhör des jungen Mannes in der Polizeizentrale der andalusischen Hauptstadt.

»Und, Vicente, weißt du was? Nach einer Nacht in Untersuchungshaft wurde er freigelassen, keine zwölf Stunden später hat ihn die *Policía Local* in Tarifa mit durchgeschnittenem Hals in seinem Wagen gefunden.«

Alapont weiß nicht, was er vom Redeschwall seines Freundes halten soll. »Und wie kommt ihr zum Schluss, dass dieser Kerl Manuel Gisbert auf dem Gewissen hat?«

García scheint voll überzeugt zu sein. »Einerseits hatten die Kollegen der *Unidad de Droga y de Crimen Organizado* diesen Salama im Visier, andererseits haben wir Beweise, dass er sich mehrere Tage in Valencia aufgehalten hat. Videoaufnahmen ...«

»Was für Videoaufnahmen?«

»Eine Überwachungskamera hat ihn aufgenommen, wie er einen Brandanschlag auf die Lagerhalle der Monteros durchgeführt hat.«

»Du meinst das kleine Feuer am Eingangstor?« Alapont ist weiterhin skeptisch. »Aber wie kommt ihr von einem Brandanschlag auf einen Auftragsmord? Ich weiß nicht ... Hat er denn den Mord an Manuel während eurer Vernehmung zugegeben?«

»Dass ihn die Organisation selbst liquidiert hat, ist für uns Beweis genug. Abgesehen von den Aussagen der Montero-Geschwister.«

»Aber du weißt schon, dass dies nur Hörensagen ist, weitererzählt von einer Frau, die dabei ist, ihre eigene Familie zu verraten?«

»Für den *Comisario Principal* ist das Tötungsdelikt im Hotel *Del Sol* jedenfalls erledigt. Du weißt ja selbst, wie rasch und wie gerne er Ermittlungen einstellt und Akten schließt.« Ja, das weiß Alapont nur allzu gut. Mit der Begründung des chronischen Personalmangels galt es nicht nur, Überstunden zu leisten, sondern auch manchen Fall eher schlecht als recht abzuschließen.

Der Telefonanruf aus der Polizeizentrale hat seine ohnehin miese Laune noch verschlechtert. Alapont kann und will nicht glauben, was ihm da sein Kollege erzählt hat. Jedenfalls ist er genügend durch die Straßen von Valencia gekurvt, also macht er sich auf den Weg nach Hause. Dort angekommen, stellt er sich als Erstes unter die Dusche, schön kühl und erfrischend, in der Hoffnung, das Wasser könne den schlechten Tag von ihm abwaschen. Und irgendwie funktioniert es auch: Mit neuer Energie zieht er ein sauberes Hemd über, steigt in eine leichte Sommerhose und schlüpft in seine etwas ausgelatschten Lieblingsmokassins. Frisch in den Tag rein, und zwar schon zum zweiten Mal …

Um den doofen Vormittag wettzumachen, entscheidet er sich dafür, sich selbst etwas Gutes zu gönnen und lecker Mittagessen zu gehen. Und zwar irgendwo in der Altstadt, um welche er zwar tagtäglich mit dem Taxi rumfährt, aber durch welche er schon lange nicht mehr gegangen ist. Noch hat er keinen Hunger, also spaziert er los. Ohne groß darüber nachzudenken, wohin, tragen ihn seine Füße am Stadttor der *Torres de Quart* vorbei hinein in das *El Carmen*-Viertel. Er liebt die historischen Gebäude seiner Heimatstadt, die schmalen Gassen, die versteckten Plätze und die unzähligen Tapas-Lokale. Immer, wenn er mit dem Leben hadert oder seinen Kopf lüften muss, geht er draußen am Strand schwimmen oder als Alternative: Er unternimmt einen Spaziergang, um den Puls der Mittelmeermetropole in sich aufzunehmen.

Alapont ist zwar katholisch erzogen worden, doch all die Dinge, die er während seiner Jahre bei der *Policía Nacional* gesehen hat, haben seinen Glauben an ein höheres Wesen langsam, aber sicher untergraben. Trotzdem setzt er sich gelegentlich in die Basilika der *Virgen de los Desamparados*, schaut zur kunstvoll bemalten Kuppel hoch, schnuppert den Weihrauch und beobachtet die

Gläubigen, die zur Muttergottes beten. Auch für nicht gläubige Valencianos ist die »Jungfrau der Schutzlosen« etwas Besonderes. Nicht nur, weil die Mariengestalt eine Identifikationsfigur ihrer Heimatstadt ist, sondern auch deshalb, weil sich wohl jeder Mensch irgendwann mal in seinem Leben ausgeliefert vorgekommen ist. So schutzlos wie Manuel Gisbert, der seinem autoritären Schwiegervater und dem fiesen Schwager hat entfliehen wollen und dem man auf dem Weg in sein neues Leben genau dieses geraubt hat. Einerseits ist Alapont zufrieden, dass seine Vermutung, es handle sich nicht um einen Selbstmord, bestätigt worden ist. Doch andererseits ist er trotzdem nicht wirklich glücklich darüber: Sein Bauchgefühl, seine Intuition – oder ist es einfach seine langjährige Berufserfahrung? – sagen ihm, dass irgendwas nicht stimmt. Ach, könnte er doch die kleine Marienfigur vorne über dem Altar um himmlischen Rat bitten …

Die ärgsten Hitzetage sind vorbei, trotzdem hat man die riesigen, blau-weißen Sonnensegel quer über den Platz vor der Basilika gespannt. Der große Springbrunnen plätschert fröhlich vor sich hin und sorgt so zusätzlich für ein Gefühl der Frische. Kaum ist Alapont aus der Kirche getreten, werden hinter ihm die großen Türen zugestoßen. Aha, 14 Uhr, Zeit für die Mittagspause und eine kleine Siesta, offensichtlich auch für die Geistlichen sowie für die Schutzpatronin Valencias, geht es doch erst um 17 Uhr mit einer Nachmittagsmesse weiter. Und langsam meldet sich auch bei Alapont der Hunger. Welches Restaurant kennt er in der Nähe, auf welche Kneipe hat er Lust? Nach kurzem Überlegen kommt ihm ein Lokal an der *Plaza del Carmen* in den Sinn, das nur fünf Minuten entfernt ist und abseits der Touristenströme liegt.

Auf dem Weg dorthin kommt er an der halb verfallenen Fassade an der *Plaza del Árbol* vorbei, hinter welcher die Leiche der jungen Susanna Fabregat gefunden wurde. Alle Tische der *Taberna del Olivo* sind besetzt, es wird gegessen und getrunken, geplaudert und gelacht. Leben und Tod sind manchmal so nahe beieinander, ohne dass man eine Ahnung davon hat. Ist es Zufall oder Vorsehung, dass er ausgerechnet hier vorbeigegangen ist? Alapont weiß es nicht. Was er hingegen genau weiß, ist, dass er diesen Fall, der ihn bis heute verfolgt, unbedingt abschließen muss. Wie? Vielleicht, in dem er sich der Verantwortung gegenüber der Mutter der Getöteten stellt. Schließlich hat er sein Versprechen, die junge Frau unversehrt nach Hause zu bringen, nicht einhalten können. Es ist eine Last, die er immer wieder vor sich hergeschoben hat, eine Schuld, die er nicht hinauszögern darf. Auch im eigenen Interesse, für das eigene Seelenheil … Doch was bedeutet das konkret? Dass er Susannas Mutter gegenübertreten muss, von Angesicht zu Angesicht, als ehemaliger Ermittler, als Vater, als Mensch.

Angespornt vom Willen, endlich über den eigenen Schatten zu springen, gelangt er an sein Ziel. Und so schlecht der Tag angefangen hat, umso mehr hat er jetzt Glück, denn er findet im *Restaurante Susos* einen freien Tisch.

»Heute zähle ich keine Kalorien!« Mit diesem Vorsatz blättert er die Speisekarte durch und entscheidet sich schlussendlich fürs Mittagsmenü. So wählt er den *salmorejo* als ersten Gang und die *fideua de fideo fino* als zweiten Gang, dazu bestellt er sich Wasser und ein Glas kühlen, leichten Albariño-Weißwein. Alapont mag es zwar nicht, allein in einem Restaurant zu speisen, doch er möchte schließlich diesem Tag doch noch etwas Angenehmes abgewinnen. Allerdings ist er nicht genügend gesprächsfreudig, um in der Eckkneipe gleich bei sich zu Hause zu essen. Oder in Pablos Taverne gegenüber der Polizeizentrale. Als die Kellnerin den ersten Gang bringt, streut er genussvoll kleine Stücke von hart gekochten Eiern, Serranoschinken und Zwiebeln auf die kalte, dickflüssige Tomatensuppe.

Dass die Drogenmafia Menschen umbringt, um ihr Territorium zu sichern oder ihre Partner einzuschüchtern, ist ja keine Seltenheit. Manuels Tod in diesem Kontext zu verstehen, liegt somit auf der Hand. Trotzdem, was ist mit den Monteros? Wie er mittlerweile selbst erfahren hat, sind der Patriarch und sein Sohn alles andere als Gutmenschen: Sie schmuggeln Drogen, der Vater ist ein Tyrann, der Sohn ein eingebildetes, rechtsextremes Arschloch. Wie weit muss eine Familie zerrüttet sein, dass eine Tochter bereit ist, ihre engsten Angehörigen zu verraten und ins Gefängnis zu schicken? Mit einem großen Schluck Weißwein aus Galizien spült Alapont diese trüben Gedanken runter.

Und es stellt sich eine weitere Frage: Was soll er eigentlich Paul Neumeyer auf Mallorca berichten? Dass er Ermittlungen durchgeführt, mit verschiedenen Personen gesprochen und sich mit der Polizei ausgetauscht hat? Alles nur mit dem Resultat, dass die Behörden den Tod seines Freundes nicht mehr als Suizid, sondern als Tötungsdelikt katalogisieren? Katalogisieren, was für ein schrecklicher Begriff! Und dass der Mordverdächtige zwar gefunden wurde, jedoch selbst umgebracht worden ist. Fall geklärt, Akte geschlossen! Doch Alapont möchte den Tod von Manuel Gisbert nicht einfach so als erledigt abtun, schließlich ist es sein erster Auftrag, und zwar nicht als Schnüffler, sondern als privater Ermittler. Und da ist immer noch sein Bauchgefühl, das ihm keine Ruhe lässt.

»Ich muss diesem Roberto ernsthaft auf den Zahn fühlen!« Eigentlich ein Gedanke, doch dieser platzt ungewollt laut aus ihm heraus. Mist, führt er schon Selbstgespräche? Doch von den anderen Mittagsgästen scheint ihn niemand gehört zu haben – zum Glück! Er ist sich sicher, mit einer Unterhaltung mit dem Montero-Sohn nicht nur dem eigenen Gutdünken nachzukommen, sondern auch dem Vertrauen seines deutschen Klienten etwas mehr gerecht zu werden.

Als hätte der Kellner bemerkt, dass Alapont soeben mit sich selbst wieder im Reinen ist, kommt er mit dem zweiten Gang an den Tisch und bringt die *fideua de fideo fino.* Eine Paella, welche anstatt mit Reis mit feinen Nudeln sowie mit kleinen Stücken von Kabeljau, Garnelen und Miesmuscheln zubereitet wird. Mag sein, dass die *paella valenciana* das bekannteste und populärste Reisgericht ist, trotzdem gibt es für ihn nichts Schmackhafteres als eine *fideua*, die mit einem richtig guten Fischfond zubereitet worden ist. Und hierfür ist dieses Restaurant bekannt. Und gleichwie es eine absolute Todsünde ist, Zitrone über eine Paella zu träufeln, lässt er auch die Knoblauchmayonnaise, die meistens mitserviert wird, unangetastet.

-33-

Durch das fingerdicke Sicherheitsglas seines Wachhäuschens mustert der uniformierte Mann Alapont mit einem kritischen Blick. Man könnte meinen, er würde Zugang zum Königspalast in Madrid erbitten, in Wirklichkeit steht er nur vor dem *Club de Tenis de Valencia.* Doch was heißt »nur«? Schließlich handelt es sich nicht um irgendeinen Wald- und Wiesenverein, sondern um den wohl exklusivsten Sportklub der ganzen Stadt. Als vor über 100 Jahren angefangen wurde, Tennis zu spielen, lagen die Plätze weit außerhalb, heute befindet sich die weitläufige Anlage mit ihren zwölf Courts, dem Gartenbad und dem Klubhaus mitten in Valencia. Dem Tennisklub beitreten kann man nur, wenn man die Mitgliedschaft quasi vererbt bekommt wie einen Adelstitel, oder wenn sich gleich mehrere Klubvertreter für einen Anwärter verbürgen. Es ist zwar nicht das erste Mal, dass Alapont diese Sportanlage betritt, doch den Freipass hierzu, den Dienstausweis, hat er nach seinem Ausscheiden aus der Polizei abgeben müssen.

»Aber nur, weil meine Schwester so hartnäckig darauf bestanden hat!« Roberto Montero klang alles andere als begeistert, als sich Alapont mit ihm verabredete. Den Ort des Treffens hat er bewusst Montero überlassen, denn bei bestimmten Befragungen ist es durchaus vorteilhaft, wenn der Gesprächspartner seine Komfortzone nicht verlassen muss. Die meisten Menschen sind dann entspannt und haben das Gefühl, sie würden die Situation unter Kontrolle haben. Aus Jahren der Ermittlungstätigkeit weiß der ehemalige Polizeiinspektor, dass sich die meisten dann etwas zu sehr relaxen und unvorsichtig werden mit dem, was sie erzählen. Wenn Roberto Montero also einen solch exklusiven Ort wie diesen Sportklub als Treffpunkt vorgeschlagen hat, so ist es ihm mehr als recht.

Alapont nimmt unter einem der großen, gelben Sonnenschirme Platz und bestellt sich eine Schweppes Tonic mit Eis und Zitrone. Wie üblich ist er eine Viertelstunde, 20 Minuten zu früh, um sich auch dieses Mal auf die bevorstehende Unterhaltung vorzubereiten. Zumal das Gespräch heute ziemlich kompliziert werden wird: Absolut kein Wort davon, dass die *Guardia Civil* die Bodega los Monteros im Visier hat, und noch weniger, dass seine Schwester eine Informantin ist. Ebenfalls nicht erwähnen möchte Alapont, dass der mutmaßliche Mörder von Manuel Gisbert zur Drogenmafia gehört, die mit den Monteros zusammenarbeitet.

Alapont hat ein ziemlich gutes Gespür für Menschen. Die kurze Begegnung in der Lagerhalle, die Kommentare von Salvador in der *Taberna el Clavo* und der Klub als Treffpunkt bekräftigen seine Einschätzung, dass der Montero-Spross sich für etwas Besseres hält: Einer, der es nicht nötig hat, irgendjemandem Rechenschaft abzulegen, einer, der davon überzeugt ist, machen zu können, was er will. Für Alapont sind solche Menschen nichts Neues, immer wieder hat er mit solchen Männern und Frauen zu tun gehabt. In diesen Fällen besteht seine Taktik darin, sich so klein und unscheinbar wie möglich zu machen, nicht dümmlich, aber das Gefühl vermittelnd, von der Gesellschaftsklasse nicht im gleichen Rang zu stehen. Durch dieses Tiefstapeln hofft er, Roberto Montero in seinem Ego zu provozieren und sachte aus der Reserve locken zu können. Alapont schaut auf seine Uhr, 19.10 Uhr. Eigentlich hatten sie um 19 Uhr abgemacht, aber jemand wie Roberto Montero hat es ja nicht nötig, pünktlich zu sein. Nochmals zehn Minuten später stolziert seine Verabredung mit dem Tennisschläger in der Hand aus dem Klubhaus. Er sieht aus, als wäre er einem Hochglanz-Modemagazin entsprungen: Die Tennishose, das Poloshirt und die Tennisschuhe sind makellos weiß, nur das grüne Lacoste-Krokodil sorgt für einen Farbtupfer. Die Haare hat er, wie üblich, mit etwas zu viel Gel streng nach hinten gekämmt, die Sonnenbrille ist natürlich eine Ray-Ban.

»Ich treffe mich gleich mit Freunden zu einem Match. Komm zur Sache!« Roberto lässt sich in einen der Stühle fallen und lehnt sich lässig zurück. »Was zum Teufel hast du mit dem Tod meines Schwagers zu tun? Und warum hast du mit meiner Schwester geredet?«

Seine Fragen klingen direkt und bestimmt, sein Blick ist jedoch nicht auf sein Gegenüber gerichtet, sondern schweift scheinbar desinteressiert über die Tennisanlage. Alapont antwortet bewusst unterwürfig.

»Ich habe Ihren Schwager, Señor, damals ins Hotel gefahren und sollte ihn später dort wieder abholen.«

In Spanien ist es üblich, einander direkt und unkompliziert mit Du anzusprechen, egal, ob man sich kennt oder nicht, egal, ob man sich mit einem Handwerker oder einem

Universitätsprofessor unterhält. Doch er wählt bewusst das Sie und das »Señor«. Es soll nach Respekt klingen, auch wenn er für sein Gegenüber alles andere als Hochachtung empfindet. »Ich habe Ihren Schwager nur kurz getroffen, er schien mir ein netter Herr zu sein.«

Ein zynisches Lächeln erscheint in Roberto Monteros braun gebranntem Gesicht. »Nett? Gut gesagt, Manuel war nett. Zu nett!«

»Wie meinen Sie das?«

»Die Konkurrenz ist in den vergangenen Jahren immer stärker geworden, da muss man bei den Geschäften eine feste Hand haben. Aber Manuel, na ja …«

In diesem Moment kommt der Kellner an den Tisch und bringt ein Mineralwasser, mit Eis und Zitrone. Und zwar nicht irgendein Sprudelwasser, sondern ein Perrier. Alapont nutzt die Gesprächspause.

»Aber er war doch als Gatte Ihrer Schwester Teil der Familie, und zwar seit über zehn Jahren.«

Der Schwager des Verstorbenen will gerade einen Schluck nehmen, stellt das Glas jedoch forsch wieder ab, sodass das Mineralwasser auf die Tischoberfläche schwappt.

»Manuel war nie wirklich Teil unserer Familie! Der hat meine Schwester nur geheiratet, um etwas vom Kuchen abzubekommen. Aber mein Vater und ich haben ihn von Anfang an durchschaut und im Auge behalten. Manuel ein Teil der Familie Montero? Dass ich nicht lache!«

Mit diesen wenigen Sätzen hat er sich bereits in Rage geredet, ganz der Charakter seines Vaters. Jetzt ist der Moment gekommen, denkt Alapont, um diese Wut auszunutzen. Nicht mit einer Frage, sondern mit einer Behauptung, direkt und bestimmt.

»Aber Manuel war dabei, Ihre Schwester zu verlassen, Ihnen und Ihrer Familie auf Nimmerwiedersehen zu sagen. Und Sie hatten keine Ahnung davon!«

Montero scheint nicht besonders überrascht, trotzdem doppelt Alapont gleich nach. Manchmal ist ein solches Gespräch wie ein Boxkampf oder, um ein spanisches Beispiel zu verwenden, wie ein Stierkampf: Man tänzelt so lange um seinen Gegner herum, um dann im rechten Augenblick anzugreifen.

»Sie haben echt nicht mitbekommen, dass Manuel schwul gewesen ist? Eine Tunte in der Montero-Familie?«

Jetzt scheint der ansonsten so selbstsichere Montero verwirrt, man sieht ihm an, wie er dabei ist, diese Information zu verarbeiten. Eine Frau zu verlassen, einen Seitensprung zu haben, das kommt in den besten Familien vor, aber einen Homo in der nächsten Verwandtschaft zu haben? Das darf nicht, das kann nicht sein! Seitdem die gleichgeschlechtliche Ehe in Spanien 2005 legalisiert worden ist, ist die LGBT-Bewegung ein Dauerthema gerade bei den Rechtsradikalen der VOX-Partei. Und als guter Katholik, für den sich Roberto Montero hält, ist die Ehe ein heiliger Bund zwischen Mann und Frau.

Alapont ist sich sicher, dass er mit diesem Thema bei seinem Gegenüber einen wunden Punkt getroffen hat, jetzt gilt es, den Druck zu erhöhen. Daher spricht er ihn nicht mehr mit Sie, sondern mit dem ordinären Du an, und er wiederholt sich in einer Wortwahl, die ihm eigentlich zuwider ist. Denn Fäkalsprache und Gassenjargon sind nicht sein Ding, doch er hofft, damit eine Reaktion zu provozieren.

»Dass in der Ehe deiner Schwester etwas nicht stimmt,

das haben dein Vater und du sicherlich mitbekommen. Dass der Grund dafür ist, dass Manuel andere Männer bumst, habt ihr wohl nicht gewusst. Ein gottloser Arschficker auf dem Weingut der Familie Montero, das kann doch nicht sein!«

Roberto sitzt nicht mehr locker und zurückgelehnt da, vielmehr scheint er vor Wut zu kochen. Von einem dahergelaufenen Taxifahrer muss er sich so was nicht sagen lassen. »Dieses Problem hat sich ja mittlerweile von allein erledigt! Und scheinbar hat die Polizei auch die Ermittlungen abgeschlossen.«

Langsam gewinnt Roberto seine Fassung wieder und grüßt lässig zwei Klubmitglieder, die gerade an ihm vorbeigehen. Doch Alapont ist mit dem eitlen Gockel noch nicht fertig, schließlich ist da noch seine Intuition, sein Bauchgefühl.

»Woher hast du gewusst, dass Manuel in jener Nacht im Hotel *Del Sol* gewesen ist?«

Roberto schaut sein Gegenüber überrascht an, was Alapont trotz der dunklen Sonnenbrille erkennen kann. Muss er, Roberto Montero, der Erbe eines der ältesten Weingüter im Land, darauf eine Antwort geben? Nein, das muss er sicher nicht! Aber er kann, wenn er will. Und da die Polizei den Fall zu den Akten gelegt hat, erklärt er sich. Was soll's … Warum nicht?

»Jemand von meinem Personal hat mit Manuel gesprochen, als er ins Hotel rein ist.«

Alapont reibt sich die Hände, allerdings nur im Geiste. Ist der Typ so doof oder ist Roberto Montero so von sich selbst überzeugt, dass er gerade dabei ist, ein Geständnis abzulegen?

»Also bist du ins Hotel gefahren, um mit deinem Schwager zu reden.«

»Hast du Beweise?«

Alapont weiß, dass er keine hat. Trotzdem versucht er, weiter Druck aufzubauen.

»Du hast deinen Wagen gleich in der Nähe abgestellt. Der Rezeptionist erinnert sich an den Porsche Cayenne, der ums Eck geparkt gewesen ist. Und an dessen Farbe: rot.«

Der Beschuldigte zieht die Sonnenbrille ab und schaut ihm direkt in die Augen, stechend und irgendwie provozierend. »Und wenn dem so wäre? Was willst du machen?« Selbst wenn er gestehen würde, seinen Schwager im Streit aus dem Fenster gestoßen zu haben, man könnte ihn nicht belangen. Es gibt keine Beweise, es gibt keine Zeugen, und die Polizei hat den Fall abgeschlossen. Und auch der komische Taxifahrer, der da vor ihm sitzt, wird daran nichts ändern können.

Montero schaut auf seine Rolex, greift nach seinem Tennisschläger und steht auf. »Ich muss, mein Mitspieler wartet auf dem Platz.« Ohne sich zu verabschieden, steht er auf und stolziert in Richtung der Tennisplätze davon. Nach ein paar Schritten dreht er sich um, schaut mit seinem typischen, überheblichen Grinsen zurück zu Alapont und ruft, für alle gut hörbar: »Die Getränke gehen auf meine Rechnung. Sind ja wohl zu teuer für einen wie dich!«

Eigentlich hätte er die Unterhaltung aufnehmen sollen. Doch was hätte das gebracht? Nichts, denn Roberto Montero hat ja nicht offen zugegeben, seinen Schwager umgebracht zu haben, sondern es nur zwischen den Zeilen durchklingen lassen, und zwar in einem Tonfall und einer Selbstgefälligkeit, die Alapont massiv gegen den Strich gehen.

Doch in der Überzeugung, etwas Besseres zu sein und über dem Gesetz zu stehen, steht der Montero-Spross bei Weitem nicht allein da, gerade in Valencia, welches in den vergangenen Jahren als Korruptionshochburg Schlagzeilen gemacht hat. Angefangen bei jenem Politiker, der teure Anzüge geschenkt bekommen und dies als kleine, völlig irrelevante Galanterie von Freunden abgetan hat, bis hin zum Präsidenten der Nachbarprovinz Castellón, der für seine Region unbedingt einen Flughafen haben wollte. Und obwohl die Aufsichtsbehörde in Madrid keine Betriebsbewilligung in Aussicht stellte, ließ er sein Wunschprojekt aus dem Boden stampfen. Mit großem Pomp wurde der Airport schließlich eröffnet, und gleich am nächsten Tag wieder geschlossen und stillgelegt. Geblieben ist ein Tonmitschnitt der Medien anlässlich der Einweihung, bei welchen der Provinzpräsident seine Enkelin fragt: »Und, gefällt dir Opas Flughafen?« Doch mehr, als nur sich aufzuregen und über die Politiker zu wettern, tut in Spanien kaum jemand, gehören doch Vetternwirtschaft und Korruption seit jeher zur Geschichte des Landes.

Wie viele solche Deals und Absprachen sind wohl in diesem elitären Sportklub schon geschlossen worden? Alapont macht sich so seine Gedanken, während er auf der Terrasse des Tennisklubs sitzt. Dabei ist es eine angenehme Oase mitten in der großen Stadt, also entspannt er sich und bestellt sich noch ein kühles Bier. »Schreiben Sie es bitte auf die Rechnung meines Gastgebers, Señor Montero.«

Genau: Wenn schon, denn schon!

-34-

Es gibt Ereignisse und Taten, die einen nicht loslassen und ein Leben lang begleiten. Dinge, die man nicht hätte tun, Sachen, die man nicht hätte sagen sollen. Arbeitet man diese nicht auf, so können sie sich tief in einen hineinfressen und die Seele belasten. Daher möchte Alapont endlich über seinen eigenen Schatten springen und mit der Mutter von Susanna Fabregat sprechen, von Angesicht zu Angesicht.

»Sie haben es mir versprochen!«

Kein »hatten«, in Vergangenheitsform, sondern ein klares Präsens. Ein kurzer Satz, nur fünf Worte, durchdrungen jedoch von Enttäuschung, Leid und Trauer. Alapont wäre es tausendmal lieber gewesen, über glühende Kohlen zu laufen als hierher zu kommen. Doch irgendwann wurde ihm klar, dass er sich den Geistern der Vergangenheit stellen muss, möchte er dieses traurige Kapitel in seinem Leben abschließen.

»Sie haben mir Ihr Wort gegeben, meine Tochter zu finden und nach Hause zu bringen.«

Es ist ziemlich genau zwei Jahre her, dass er dieser Frau zum letzten Mal gegenübergesessen hat. Zwei Jahre, in denen sie stark gealtert ist, zwei Jahre, in denen die Zeit in dieser exklusiven Villa offensichtlich stehen geblieben ist. Trotz des schönen Wetters kommt es Alapont auf der Veranda, auf die ihn eine Hausangestellte geführt hat, irgendwie grau und düster vor.

In *Campo Olivar* befinden sich nicht nur die teuersten Anwesens Valencias, in diesem Villenviertel sind auch die Grünflächen weitläufiger als anderswo. Swimmingpools sind eine Selbstverständlichkeit, eigene Tennisplätze keine Seltenheit. Die über Jahrzehnte weit in die Höhe gewachsenen Schirmkronen der Pinien prägen diese Nobelgegend und sind Beweis dafür, dass hier nicht die Neureichen zu Hause sind, sondern gutes, altes Geld. Mit diesen Nadelbäumen stehen auch ein paar altherrschaftliche Villen aus den 1930er-Jahren, als die Bourgeoisie Valencias hier ihre Residenzen errichtete.

»Sie haben mir Ihr Wort gegeben, meine Tochter wiederzubringen.« Die gebrochene Frau wiederholt Alaponts Versprechen.

»Ich weiß.« Mehr bringt Alapont nicht hervor. Man verspricht nicht, was man nicht halten kann, und überhaupt, nie etwas zu versprechen, gehört zu den goldenen Regeln der Polizeiarbeit. Trotzdem hat er damals Susannas Mutter die Zusicherung gegeben, ihre Tochter zu finden und nach Hause zu bringen. Was war damals wohl in ihn gefahren, dass er seine eigenen Prinzipien missachtete? Von Anfang an hat ihn die verschwundene Teenagerin an seine eigene Tochter erinnert, vermutlich war dies der Grund, warum plötzlich die Empathie als Vater über die Vernunft als Polizeibeamter überhandgenommen hatte.

»Aber immerhin sind Sie zum Begräbnis gekommen! Dafür zolle ich Ihnen Respekt.«

Das stimmt, er hat an der Beerdigung teilgenommen, hat sich jedoch am Rand der Trauergemeinde aufgehalten, gehörte er doch nicht wirklich dazu. Auch wollte er der gebrochenen Mutter nicht vor den Anwesenden sein Beileid aussprechen, empfand er dies für sich persönlich als heuchlerisch. Hinzu kommt, dass der Vater der Toten ihm einen, wenn auch nur kurzen, dafür umso vorwurfsvolleren Blick zugeworfen hatte.

»Ich wollte Sie damals nicht belästigen, bei all den Leuten, und genau aus diesem Grund bin ich hier.« Alapont hat plötzlich einen trockenen Mund, doch der Tisch vor ihm ist leer. Weder die Bedienstete noch die Hausherrin haben ihm etwas zu trinken angeboten. War er vielleicht gar nicht willkommen? Also schluckt er leer. »Lassen Sie mich Ihnen mein Beileid und mein Bedauern aussprechen. Und ich möchte Sie um Verzeihung bitten.«

Zum ersten Mal blickt Susannas Mutter ihn direkt an, ihre Augen scheinen jedoch gleich wie die Veranda, grau und leblos.

»Ich hätte Ihnen damals keine Hoffnung machen dürfen, dafür mache ich mir heute noch Vorwürfe. Noch mehr jedoch bedaure ich, dass wir keine Spuren erfolgreich weiterverfolgt haben. Doch diese Entscheidung lag nicht bei mir, und im Gegensatz zu Ihnen war Ihr Ehemann nicht wirklich auf unserer Seite.«

Jetzt flammt Leben in ihr auf. Alapont erkennt, wie sich ihre Gesichtszüge verhärten. »Mein Ex-Mann! Ich werde ihm nie in meinem Leben verzeihen, was er unserem Mädchen angetan hat!«

Im Laufe ihrer Ermittlungen sind Alapont und sein Partner Fernando García zum Schluss gekommen, dass eine direkte Verbindung zwischen dem Überfall mit Todesfolge auf die Transportfirma des Vaters und dem Verschwinden der Tochter bestehen muss. Wer ein Transportunternehmen mit rund 900 Sattelschleppern, Kühlanhängern und Lkws, einer Belegschaft von knapp 500 Personen und einem Jahresumsatz von etwas über 100 Millionen Euro aufgebaut hat, muss sich – wohl oder übel – den einen oder anderen Feind gemacht haben. Offensichtlich ist auch sie der Meinung, dass ihr einstiger Gatte anlässlich der damaligen Ermittlungen Dinge verschwiegen und die Polizei bei ihrer Arbeit sabotiert hat. Alapont müsste eigentlich erleichtert sein zu erfahren, dass die arme Frau nicht nur ihm allein die Schuld am Tod ihrer Tochter gibt, doch wirklich glücklich darüber ist er trotzdem nicht.

»Ich möchte Ihnen lediglich mein Bedauern ausdrücken, Ihnen ein Versprechen abgegeben zu haben, welches ich nicht habe halten können.«

»Aber das können Sie ja wettmachen.«

Alapont versteht nicht, was die Frau meint.

»Indem Sie als Inspektor den Mörder meiner Tochter finden.«

Auweia, was sagt sie da? Er ist sich sicher, während ihres Telefonates gesagt zu haben, dass er nicht mehr bei der Polizei ist. Doch sie scheint sich nicht daran zu erinnern, oder verdrängt es. Es ist ein Riesenirrtum, welchen er umgehend klarstellen muss, aber sachte, mit Taktgefühl.

»Was ich Ihnen auch sagen wollte, ist, dass ich für mich persönlich Konsequenzen aus Susannas Verschwinden gezogen habe.«

»Was meinen Sie damit?«

Damals, mitten in der Hektik der Polizeiarbeit, war die gute Frau alles andere als wortkarg. Und auch ihre Stimme war damals anders, stark und dominant, daran gewohnt, Befehle zu geben, nicht nur in ihrem Haushalt. Unglaublich, wie die Trauer einen Menschen verändern kann …

»Ich habe mich vom Polizeidienst freistellen lassen.«

»Sie haben was?«

Eigentlich wollte Alapont seinen Abgang ihr gegenüber nicht erwähnen, schließlich hat sie eine weit größere Last zu tragen als er. Trotzdem sieht er sich dazu gezwungen, der trauernden Mutter zu verstehen zu geben, dass sie nicht die Einzige ist, die mit den Konsequenzen aus diesem schrecklichen Ereignis zu kämpfen hat.

»Ich habe meinen Job an den Nagel gehängt.«

»Und was machen Sie jetzt?«

»Ich habe die Lizenz meines Schwagers übernommen und fahre Taxi.«

»Ein Taxi? Das ist nicht Ihr Ernst. Auch wenn Sie nicht Wort gehalten haben, so hatte ich damals doch das Gefühl, dass Sie gar kein so schlechter Polizist sind.«

Obwohl er diese Anerkennung nie im Leben erwartet hätte und sie zweifelsohne dazu beiträgt, die Last von seinen Schultern und vor allem von seiner Seele zu nehmen, ändert es nichts an der Tatsache, dass er den Polizeidienst quittiert hat und dies auch nicht bereut.

Beinahe lautlos erscheint das Dienstmädchen mit einem Wasserglas auf der Veranda und hält es der Hausherrin hin, zusammen mit einer kleinen Pille. »Es ist 12 Uhr, *señora*, Zeit für Ihr Beruhigungsmittel.« Gleichzeitig gibt die Bedienstete Alapont mit einem Blick zu verstehen, dass es Zeit ist zu gehen. Also erhebt er sich, verabschiedet sich mit einem einsilbigen *adiós* und tritt von der Veranda in den Garten. Während er über den Rasen zum Ausgang geht, fällt ihm auf, dass die Nadeln der Pinien einen braunen Teppich über den verlassenen Tennisplatz und den leeren Swimmingpool gelegt haben. Wo einst Susanna Fabregat gespielt und geplanscht hat, hat die Natur einen Schleier der Tristesse ausgebreitet.

-35-

Es ist ein außergewöhnlicher Sonntag, denn der gesamte Alapont-Familienclan kommt zusammen. Und zwar wirklich alle: Lucía ist eigens aus Liverpool eingeflogen, ihr Bruder Santiago mit dem Hochgeschwindigkeitszug aus Madrid angereist. Schließlich gilt es, den Geburtstag ihrer Großmutter zu feiern, und zwar nicht irgendeinen, sondern einen runden: stolze 80 Jahre! Alapont freut sich schon seit Langem darauf, endlich wieder mal seine beiden Kinder zusammenzuhaben, zumal sich das Verhältnis zu deren Mutter Isabel immer mehr verbessert hat und sie, selbstverständlich, auch an diesem Familienfest teilnehmen wird. Doch nicht nur deshalb ist er besonders gut gelaunt aufgestanden, hat er es in den vergangenen Tagen doch geschafft, reinen Tisch zu machen, mit sich selbst, vor allem aber mit den Menschen, in deren Schuld er stand.

Ehrlich gesagt, hatte er große Bedenken, Susanna Fabregats Mutter unter die Augen zu treten, weshalb er diese Aussprache vor sich hergeschoben hat, doch das Treffen ist schlussendlich weit weniger traumatisch abgelaufen, als er befürchtet hatte. Doch er trug eine zweite Last mit sich rum, und die hieß Paul Neumeyer. Was sollte er seinem Klienten sagen? Und welche Informationen musste er dem Deutschen weiterhin verschweigen? Schließlich gab er sich einen Ruck, rief Neumeyer an und berichtete ihm, dass er mit unterschiedlichen Personen gesprochen habe, dass er zweimal nach Utiel-Requena hochgefahren sei und dass er dort, wie auch in Valencia, mit Kollegen von der Polizei zusammengekommen sei. Weiter informierte er darüber, dass die Behörden Manuels Tod als Auftragsmord der andalusischen Drogenmafia zu den Akten gelegt haben, zumal der Mörder selbst umgebracht worden sei.

Paul Neumeyer hörte ihm zu, ohne ihn zu unterbrechen.

»Sage nicht alles, was du weißt, aber wisse immer, was du sagst.« Alapont muss an das Zitat des deutschen Schriftstellers und Dichters Matthias Claudius denken, als er sich überlegt, ob er seinem Auftraggeber von der Unterhaltung mit dem Montero-Sohn im Tennisklub erzählen soll oder nicht. Was nutzt es dem armen Kerl zu wissen, dass Roberto das Tötungsdelikt an seinem Schwager quasi gestanden hat, im Bewusstsein, dass man ihn nicht belangen kann? Also behält Alapont diesen Teil für sich, ebenso wie er kein Wort über die laufenden Ermittlungen der *Guardia Civil* gegen die Bodega los Monteros verliert. Spätestens, wenn die Razzia auf dem Weingut durch ist und die Medien darüber berichten werden, wird er Paul Neumeyer nochmals anrufen und alles erzählen, was er weiß, und zwar bis ins kleinste Detail. Und dieses Gespräch sollte, so hat er mitbekommen, ziemlich bald möglich sein. Entsprechend zufrieden mit sich selbst, ist ihm das morgendliche Schwimmen am Malvarrosa-Strand besonders erfrischend vorgekommen.

Also steht er nun, voller Lebenskraft und bei bester Laune, vor der *Finca Roja* und wartet darauf, dass seine

Mutter runterkommt. Als diese im Portal des roten Hauses erscheint, strahlt auch sie wie ein Honigkuchenpferd. Überschwänglich umarmt sie ihren Sohn und steigt, nachdem ihr Alapont galant die Beifahrertür aufgehalten hat, ins Auto. Dabei fällt ihm der Ohrschmuck auf, den sie passend zur Halskette trägt.

»Mama, was trägst du da für Ohrringe?«

»Warum fragst du? Gefallen sie dir nicht?«

»Doch, doch, aber ich sage es nicht deshalb …«

»… sondern, warum denn?«

»Mutter, du weißt schon, was das für deine Ohren bedeutet, 80 zu werden? Und dann erst noch, wenn die ganze Familie zusammenkommt.«

Verunsichert fasst sie sich an die Ohren, um diese zu betasten. »Daran habe ich nicht gedacht, aber das wird schon gehen.«

In Spanien ist es Tradition, dem Geburtstagskind an den Ohrläppchen zu ziehen, und zwar genau so oft, wie es Jahre feiert. Bei ihr also 80-mal, und wenn man bedenkt, dass jede und jeder der Anwesenden ihr gratulieren wird, dann kann es viel werden. Doch in Wirklichkeit freut sich Eugenia auf dieses Lauscher-Zupfen im Kreise der Familie.

Es ist ein Ding der Unmöglichkeit, alle durchzuzählen, die sich im Haus von Alaponts Bruder Andrés eingefunden haben, denn es herrscht ein ständiges Kommen und Gehen: rein ins Haus, raus auf die Veranda, runter in den Garten, rüber zur Feuerstelle und nach hinten zum Pool. Einkaufstüten und Kühlboxen mit Lebensmitteln werden aus den Autos in die Küche geschleppt, Klapptische und -stühle aus der Garage geholt, Luftballons und farbige Girlanden aufgehängt. Hat Alapont die Gästeliste im Kopf richtig durchgerechnet und niemanden vergessen, so sollten sie 34 Personen sein, mit ihm 35. Mutter Eugenia thront jedenfalls wie Ihre Majestät, die Königin der Alaponts, auf der Veranda und schaut dem quirligen Familientreiben zu. Immer wieder bekommt sie von Jung und Alt Küsse auf die Wangen gedrückt, zum Glück ziehen nicht alle die traditionelle Ohren-Gratulation bis zur vollen Zahl 80 durch.

Mehr als um eine Großfamilie, handelt es sich bei den Anwesenden um eine Sippe, denn diese sind nicht einfach nur miteinander verwandt und verschwägert, sie halten auch zusammen und schauen aufeinander. »Freunde kann man sich aussuchen, die Familie nicht.« So oder so ähnlich lautet ein Sprichwort, dessen Aussage durchaus korrekt sein mag, aber wohl kaum von einem Spanier stammen wird. Denn in diesem Land und in dieser Kultur umgibt man sich gerne mit Menschen, die Zusammengehörigkeit ist nicht nur ein vages Gefühl, sie wird oft und gerne ausgelebt, und wenn es mit den eigenen Verwandten ist, umso besser. Blut ist, um gleich nochmals ein Sprichwort zu bemühen, schließlich dicker als Wein. Alapont genießt das Zusammensein mit den Seinen besonders, haben ihm die Geschehnisse der vergangenen Wochen bitter aufgezeigt, dass es zerrüttete Familienverhältnisse gibt. Wie schief muss der Haussegen hängen, dass ein Schwager den anderen im Streit aus dem Fenster stößt, dass eine Tochter bereit ist, ihren Vater und ihren Bruder hinter Gitter zu bringen? Und wie weit muss das Verhältnis zwischen Vater und Tochter kaputt sein, dass dieser den Tod seines eigenen Kindes in Kauf nimmt, wie bei den Fabregats geschehen?

»Vicente, mach dich nützlich!« Victoria ist zwar die jüngste der drei Alapont-Geschwister, doch sie hat schon als kleines Mädchen den Ton angegeben und ihren Brüdern gesagt, wo es langgeht. »Es ist Zeit für den *aperitivo*!« Also verschwindet Vicente in der Küche und erscheint kurz darauf mit einem übervollen Serviertablett auf der Veranda. Nur mit Mühe kann er dieses auf den Tisch stellen, ohne dass es zu einer Katastrophe kommt.

»¿Quién quiere un vermut?«

»Wer möchte einen Wermut?«, wiederholt er, dieses Mal an alle gerichtet, auch an jene unten im Garten. Auf Antworten muss er nicht lange warten, bildet sich doch gleich um ihn herum eine Menschentraube. Erst als die zweite Flasche beinahe leer ist, kommt er endlich dazu, seinem Sohn und sich selbst zwei Drinks mit Eis und Zitrone zuzubereiten.

»Papa, komm, wir setzen uns dort in den Schatten.«

Gemeinsam gehen sie runter in den Garten, setzen sich auf zwei Plastikstühle und stoßen an. Keiner sagt was, jeder wartet ab, ob der andere das Wort ergreift. Kann es sein, dass Vater und Sohn seit Langem nicht mehr zusammengesessen haben, dass ihre Beziehung sich seit der Scheidung abgekühlt hat? Durchaus möglich, was aber nicht heißt, dass man nicht daran was ändern könnte.

»Ich wusste gar nicht, dass du *vermut* magst. Das haben doch unsere Eltern und Großeltern getrunken.« Alapont versucht mit einem unverfänglichen Thema das Eis zu brechen.

Santiago nippt am Aperitif, den schon die Ägypter und die Griechen aus vergorenem Traubensaft mit verschiedenen Kräutern und Süßstoffen wie Zucker oder Honig hergestellt haben. »Ach was, in Madrid ist dieses Getränk voll hipp! Je mehr *vintage style*, umso besser.«

»Ja, und wie geht's dir in Madrid? Wir haben schließlich lange nicht mehr miteinander gesprochen.«

»Ehrlich gesagt, *papá*, ist Madrid einfach fantastisch. Es ist ein Schmelztiegel, denn dort leben Menschen aus allen spanischen Regionen, und es ist das Tor zu Lateinamerika.« Die Hauptstadt Spaniens ist nicht nur das politische Machtzentrum des Landes, sie ist auch deren Wirtschafts- und Kulturmetropole. So reiht sich entlang der berühmten *Gran Via* ein Theater an das nächste; große Musicals wie »Der König der Löwen« ziehen das Publikum ebenso an wie kleine Bühnen mit Werken klassischer, spanischer Autoren wie Federico García Lorca.

»Aber, Santi, was ich wissen möchte, ist, wie geht es dir?«

»Es ist alles im grünen Bereich, um mich brauchst du dir keine Sorgen zu machen. Mehr noch, man hat mir in der Werbeagentur, in der ich seit bald einem Jahr arbeite, eine feste Stelle angeboten, und zwar als Texter.«

Santiago war schon immer der Frei- und Schöngeist im Vergleich zu seiner Schwester Lucía, und offensichtlich ist diese Lebenseinstellung genau die richtige, um in der Werbung seine Kreativität und seine Wortgewandtheit zu entfalten. Alapont Junior stellt sein leeres Glas auf den Rasen und fasst seinen Vater bei den Händen. Jetzt ist es der Sohn, der von seinem Vater wissen möchte, wie es ihm geht.

»Papa, und wie geht es dir? Mit dem Taxi? Und mit Mama?«

Beflügelt von der Leichtigkeit, die er seit Neuestem verspürt, und angeregt von den 15 Alkoholgraden des Wermuts, fängt er, Santiago über alles zu berichten: vom Treffen mit der Mutter des toten Mädchens, vom vermeintlichen Selbstmord seines Fahrgastes, vom Deutschen aus Mallorca als Klient, von der Bodega los Monteros und von seinem Ermittlergespür, welches wiedererwacht ist.

Längst sind die Eiswürfel in den leeren Gläsern geschmolzen, doch Santiago lässt sich Zeit, denn er spürt, wie es seinem Vater guttut, frei von der Leber weg alles zu erzählen. Animiert von der Redseligkeit seines Vaters hat Santiago noch eine Frage, die ihm am Herzen liegt. Und zwar nicht nur ihm, sondern auch seiner Schwester Lucía, mit welcher er regelmäßig per *WhatsApp* korrespondiert.

»Und wie läuft es mit Mama?«

Lange schaut Alapont seinen Sohn an, ohne ein Wort zu verlieren, dann steht er auf, um diesen zu umarmen, als wäre dieser immer noch ein kleiner Junge. »Ehrlich gesagt, die Scheidung hatte auch etwas Gutes, denn sie hat mir geholfen, meiner Prioritäten im Leben bewusst zu werden. Und das sind du und deine Schwester, die ganze, wilde Familienmeute um uns herum. Und das ist natürlich eure Mutter.«

Gerade rechtzeitig, bevor das Vater-Sohn-Gespräch zu emotional wird und Alapont Gefahr läuft, feuchte Augen zu bekommen, kommt Victoria dazwischen. »Was macht ihr da? Kommt, Familienfoto, alle zusammen.«

Es gibt keinen Selfiestick, der lang genug wäre, um die knapp drei Dutzend Mitglieder der Alapont-Familie auf einer Aufnahme zu verewigen. Also stellt irgendjemand der jüngeren Generation sein Handy auf einen der Gartentische, rückt die Kamera zurecht und drückt auf den Selbstauslöser. Zehn, neun, acht: Onkel Jaime, der seit Ewigkeiten in Barcelona lebt, rückt näher an seine Schwester, die heute ihren 80sten feiert. Sieben, sechs, fünf: Lucía und Santiago albern rum, zu lang haben sich die Geschwister nicht gesehen, um still stehen zu können. Vier, drei, zwei: Wenn in anderen Ländern *»cheese«* gesagt wird, um ein breites Fotolächeln zu erwirken, so sagen die Spanier, warum auch immer, *»patata«*. Kartoffel! Eins, null und klick: Wer die Aufnahme genau betrachtet, wird erkennen, dass Alapont und Isabel nicht nur nahe nebeneinanderstehen, sondern dass sie auch Händchen halten.

-36-

Glänzend polierte Marmorböden, schwere Teppiche überall und ein kleiner, vergoldeter Springbrunnen in der Mitte, Amparo Montero sitzt in einem großen, plüschigen Sofa in der Lobby des Hotels *Mansour Eddahbi*. Das Ambiente erinnert sie an die Erzählungen aus 1001 Nacht, trotzdem ist sie nicht wegen der Exotik von Land und Leuten hier. Etwas nervös rappelt sie sich aus den weichen Kissen heraus, steht auf, macht ein paar Schritte, um sich dann wieder in die riesige Couch fallen zu lassen. Wochenlang sind die Nachrichten hin und her gegangen, über Umwege und Mittelsmänner, vermutlich wäre es einfacher gewesen, beim Papst in Rom eine Privataudienz zu erhalten. Doch dann kam das Okay, und sie nahm gleich am nächsten Tag Flug Nummer AT969 der *Royal Air Maroc* von Valencia nach Casablanca, von wo es gleich in einer kleineren Maschine nach Marrakesch weiterging. Drei Tage hat sie die Zeit in diesem luxuriösen Hotelresort totgeschlagen, ohne sich auch nur einmal aufzumachen, die zahlreichen Sehenswürdigkeiten der marokkanischen Königsstadt zu entdecken. Doch warum soll sie auch? Erstens ist sie aus anderen Gründen hier, als touristische Spaziergänge zu unternehmen, und zweitens ist das viel fotografierte Minarett der Koutoubia-Moschee eine ziemlich genaue Kopie der *Giralda,* des Kirchenturms der Kathedrale von Sevilla, dem bekanntesten Wahrzeichen der andalusischen Hauptstadt. Beide sind aus dem zwölften Jahrhundert, beide von den Mauren errichtet worden. Kennt man eine, so kennt man beide, also was soll's! Dann endlich, gestern Abend, hinterließ jemand an der Rezeption des 5-Sterne-Hotels für sie eine handschriftliche Notiz: *»Demain à 10 heures, soyez prête«.* Amparo spricht zwar kein Französisch, diese Nachricht hat sie aber trotzdem verstanden. Längstens ist 10 Uhr vorbei, doch wenn man davon ausgeht, dass man es in Spanien mit der Pünktlichkeit nicht so genau nimmt, so ist die Zeit in Marokko zweifelsohne noch weiter dehnbar. Gerade, als sich Amparo aus dem Sofa aufrappeln möchte, treten zwei finster dreinblickende Typen in die Hotelhalle und steuern direkt auf sie zu. Die moderne Spiegelbrille des einen steht im harten Kontrast zu dessen traditioneller Djellaba, der andere Mann, kahlköpfig und dafür mit einem dichten Dreitagebart, trägt verwaschene Jeans und eine dunkle Lederjacke. »Señora Montero?«, fragt dieser überaus freundlich und mit einem Lächeln, das man von diesem beim ersten Betrachten nicht erwartet hätte. »Wir kommen Sie abholen. Ich heiße Adib. Mein Kollege wird uns fahren.«

Amparo Montero kommt sich vor wie in einem schlechten Film, denn Adib hat, höflich und doch bestimmt, darauf bestanden, ihr gleich im Wagen die Augen zu verbinden. Somit blind und orientierungslos nimmt sie nur wahr, wie das turbulente Durcheinander der marokkanischen Metropole langsam verklingt und wie die Straßen immer holpriger werden. Mit der Dunkelheit der Augenbinde verliert sie auch das Zeitgefühl, ob sie bereits zehn, 20 oder 30 Minuten unterwegs sind, kann sie nach einer Weile nicht mehr sagen. Dafür steigt ihr das kräftige Moschus-Parfüm von Adib in die Nase, der neben ihr auf der Rückbank Platz genommen hat. Von den Telefongesprächen, die er während der Autofahrt führt, versteht sie kein Wort, außer »shukran«. Danke auf Arabisch, das ist alles, was sie in dieser Sprache kann. Irgendwann verringert der Jeep die Geschwindigkeit, sie vernimmt Stimmen und hört, wie ein Tor quietschend geöffnet wird.

Als ihr die Augenbinde abgenommen wird und sich ihre Augen ans Sonnenlicht gewöhnt haben, findet sie sich mitten im Garten Eden wieder. Denn sie steht in einem schattigen Palmenhain, in einer grünen Oase mit zahlreichen Springbrunnen, unterschiedlichen Kakteen und wunderbar blühenden Bougainvilleas. Hinter sich eine Villa im maurischen Stil erbaut, vor sich das kristallklare Wasser eines runden Swimmingpools und am Horizont die verschneiten Bergspitzen des Hohen Atlas.

»Hier lang bitte, *Señora.*« Adib führt Amparo durch die Gartenanlage zu einem traditionellen Beduinenzelt, welches mit Teppichen, gemütlichen Sitzkissen aus Leder und kleinen, niedrigen Rundtischen aus Holz luxuriös ausgestattet ist.

»Es ist mir eine Ehre, dich kennenzulernen. Willkommen in meinem bescheidenen Zuhause.«

Das ist er also: Luis-Miguel Hidalgo, *el Luismi*, der von den spanischen Behörden meistgesuchte Drogenbaron, der für sein erbarmungsloses Vorgehen gefürchtete Mann. Amparo hat immer Mühe gehabt, sich diesen Mann vorzustellen, haftet ihm doch gleichzeitig die

Aura des Millionärs an, der bei Motorbootrennen mitmacht und mit seinem Geld Kinderheime in Andalusien unterstützt. Der Mann, den sie vor sich hat, macht jedenfalls alles andere als einen gewalttätigen Eindruck. Nicht viel älter als sie, mit dunklem, gewelltem Haar und einem sanften Händedruck, erinnert *el Luismi* sie an einen Yoga- oder Surflehrer mit leichtem Hippie-Touch. Dies liegt wohl an seiner Kleidung: leichte Leinenhosen, ein helles, mit arabischen Ornamenten besticktes Hemd und weiße Ibiza-Sandalen.

»Also, was wolltest du unbedingt mit mir besprechen, unter vier Augen?« *El Luismi* lädt seine Besucherin aus Spanien ein, sich auf den Puffkissen seines Wüstenzelts niederzulassen. Wie in Marokko üblich, gießt er den heißen Minztee in die ebenfalls mit frischen Minzblättern und viel Rohrzucker gefüllten Gläser. Brühend heiß, muss der marokkanische Tee noch ziehen und abkühlen. Also nimmt Amparo Montero ihren ganzen Mut zusammen.

»Meinen Vater und meinen Bruder habe ich den Behörden ausgeliefert, die sitzen für mindestens zehn Jahre im Gefängnis. Und auch um meinen Mann habe ich mich höchstpersönlich gekümmert.«

El Luismi, der dabei ist, den Tee umzurühren, um diesen so etwas abzukühlen, verharrt. »Deinen Mann?«

Amparos Augen blitzen kurz auf. »Er hatte eine Affäre und war dabei zu verschwinden. Also bin ich ihm nach und habe ihn zur Rede gestellt. Er stand am Fenster zum Lichtschacht, um heimlich rauchen zu können, ein Schups hat gereicht, um dieser Farce ein Ende zu bereiten.«

Beim letzten Satz hat sie die Augen geschlossen, als würde sie die Szene erneut vor sich sehen. Als sie diese wieder öffnet, spricht sie weiter, irgendwie belanglos, als würde sie über den Flug hierher oder das Wetter reden. »Ich habe es hinbekommen, dass es zuerst nach einem Selbstmord ausgesehen hat. Doch dann ist die Polizei zum Schluss gekommen, dass einer deiner Leute ihn auf dem Gewissen hat.«

In seinem Leben hat der Drogenbaron schon viele abgebrühte Personen kennengelernt, trotzdem ... Gerade als Andalusier ist für ihn die Familie heilig, aber wie und was die Montero-Tochter über ihre eigenen Verwandten erzählt, da läuft sogar ihm ein kalter Schauer über den Rücken. Amparo hingegen weiß genau, was sie dem Drogenmillionär sagen will, welchen Vorschlag sie ihm unterbreiten möchte.

»Wir müssen alte Geschichten vergessen und gemeinsam nach vorne schauen, du und ich zusammen.«

»Alte Geschichten, sagst du? Es geht um ziemlich viel Geld, das ich mit der Zusammenarbeit mit der Montero-Bodega verloren habe!« *El Luismi* vergisst selten und vergibt nie – nur so kommt man in eine Position wie die seine.

Amparo lässt sich jedoch nicht beeindrucken, sie ist so richtig in Fahrt gekommen. Entweder alles oder nichts! »Ja, ich weiß, aber dieser Verlust ist nichts im Vergleich zu dem, was ich dir vorschlagen werde. Weingüter sind voll im Lifestyle-Trend, und ich spreche nicht nur vom Wein selbst, sondern auch von allem drumherum: Boutique-Hotel, Sterne-Restaurant, Gourmet-Resort. Nimm dir als Beispiel den Schweizer Pharmamulti *Novartis*, der besitzt mit der *Abadía Retuerta* ein solches Luxusweingut im Duero-Tal. Manager-Workshops, Health- und Beauty-Spas. Hast du eine Ahnung, wie einfach und wie viel Geld man da sauberwaschen kann?«

Tatsächlich ist das Geld verdienen mit dem Drogenschmuggel und -verkauf keine so komplizierte Sache, Verluste, wie bei der Razzia in Utiel-Requena gehören dabei einfach zum Geschäftsrisiko. Dies war ja der Grund, weshalb *el Luismi* nach seiner Flucht aus Andalusien auf ein neuen Vertriebskonzept mit mehreren, kleineren Partnern gesetzt hat. Weit komplizierter ist es jedoch, diese unversteuerten Gewinne in sauberes Geld umzuwandeln. Erst recht, seitdem Steueroasen wie die britischen Jersey-Inseln oder die Schweiz ihre Bankenaufsicht verstärkt haben. Doch eine Bodega, die nicht nur überteuerte Weine nach Europa, Russland oder Mexiko verkauft, sondern als Luxusresort zusätzliche, lukrative Einnahmequellen hätte, ist was anders.

Offensichtlich hat Amparo das Interesse ihres Gastgebers gewonnen, ist dieser doch schon dabei, in seinem Kopf mögliche Summen durchzurechnen, die er in schöne, legale Euroscheine umwandeln könnte.

»Die Bodega los Monteros gehört jetzt mir! Ich weiß nicht nur, wie man daraus ein blühendes Lifestyle-Geschäft machen kann, ich habe auch schon erste Businesspläne hierfür erarbeitet. Und das fehlende Geld dafür hast du!«

Amparo ist die ganze Zeit auf- und abgegangen und hat ihren Vorschlag mit einer solchen Selbstsicherheit und Leidenschaft vertreten, die *el Luismi* wirklich beeindruckt haben. Jetzt steht er auf, fasst Amparo Montero an den Händen, freundlich und mit einem Lächeln. »In Marokko nehmen wir uns Zeit für Verhandlungen und trinken Pfefferminztee dazu, ganz gemütlich und entspannt.«

Als es sich die beiden im Beduinenzelt bequem gemacht haben, hebt Luis-Miguel Hidalgo sein Glas zum Gruß. »Nicht schlecht, was du da vorschlägst, Amparo. Dann erzähl mir doch in allen Details, wie du dir eine solche Partnerschaft vorstellst.«

-37-

Es ist schon seltsam: Noch nie haben sich Lucía und ihr Bruder Santiago an den Hochzeitstag ihrer Eltern erinnert, geschweige denn irgendwie gratuliert oder gefeiert. Erst nach ihrer Scheidung kam den Kindern in den Sinn, ihrem Vater und ihrer Mutter etwas zu schenken – und zwar nicht irgendetwas, sondern eine dieser Geschenkboxen mit dem Titel »Romantisches Wochenende für Zwei«. Was haben sich die beiden mit einem solchen Präsent wohl gedacht? Was wollen sie damit wohl sagen? Seit über einem Jahr nun schon liegt diese Wonderbox bei Alapont im Bücherregal herum. Weggeräumt hat er die schmale, rote Plastikschachtel mit dem Klischeebild eines verliebten Pärchens bewusst nicht, dient sie ihm doch als Ansporn: Auch wenn sie offiziell geschieden sind, so heißt das noch lange nicht, dass sie nicht wieder zusammenkommen könnten. Haben sich die beiden Hollywood-Legenden Liz Taylor und Richard Burton in ihrem Leben nicht gleich zweimal das Ja-Wort gegeben? Eben … Und tatsächlich, erst vor Kurzem hat ihn Isabel nach dem Geschenk der Kinder gefragt. »Der Geschenkvoucher hat doch eine Ablauffrist, es wäre wirklich schade, diese verfallen zu lassen.«

Als ob Vicente und Isabel eine Weltreise planen würden, intensivierte sich der *WhatsApp*-Dialog zwischen den beiden. Wohin könnte man für ein gemeinsames Wochenende fahren? Die Küste entlang runter, etwa an die Costa Blanca? Oder auf die *Maestrazgo*-Hochebene in der Nachbarprovinz Castellón? Cuenca und Albarracín, die zu den schönsten Ortschaften Spaniens gehören, sind keine zwei Autostunden entfernt. Irgendwann erinnerte sich Alapont an die Fahrt mit den beiden *Guardia-Civil*-Beamten durch Utiel-Requena und an sein Bedauern, nicht öfters in diese Gegend zu kommen. Über ein Jahr ist das schon her, doch vielleicht wäre jetzt die Gelegenheit für ein romantisches Wochenende inmitten der Weinberge. »Hast du Lust, Roma zu sehen?«, tippt Alapont in sein Handy, wobei er sich sicher ist, dass Isabel den Scherz verstehen wird. Das andere, große Rom kann noch etwas warten, bis sie – so hofft es Alapont jedenfalls – wieder ein richtiges Paar sind, um gemeinsam in die ewige Stadt zu reisen.

Nachdem er Isabel am Freitagmittag von der Arbeit abgeholt hat, setzt Alapont sein Versprechen in die Tat um, tippt »Roma« ins Navigationsgerät und fährt los. Wirklich etwas zu sehen gibt es in diesem kleinen Weiler nicht, also machen sie zum Spaß am Ortsschild ein paar Selfies, bevor sie weiterfahren zu ihrem wirklichen Ziel.

»Rooms & Wines«, steht in geschwungenen, schmiedeeisernen Lettern über der Toreinfahrt zur Finca, in welcher sie für zwei Nächte reserviert haben. Das kleine Weingut, das von seinen neuen Besitzern mit Geschmack und viel Liebe zum Detail renoviert worden ist, liegt inmitten von vier Hektar Weingärten und Pinienhainen. Die drei Zimmer und das kleine Gästehaus bieten Platz für maximal zwölf Gäste, die es sich am Pool im Schatten hoher Pinien gemütlich machen können. Gemütlich und intim, genau das Richtige für zwei, die daran sind, ihre Ehe zu kitten. Einen kurzen Augenblick muss Alapont an Amparo Montero denken, doch diese Gedanken verfliegen wieder, als seine Begleiterin aus dem Wagen steigt und ihn anstrahlt. »Der Letzte, der im Pool ist, muss dem anderen später eine Massage geben!« Kein schlechter Vorschlag, denn was gibt es Schöneres, als auf der faulen Haut zu liegen und sich verwöhnen zu lassen, oder selbst zu verwöhnen. Erst recht, wenn es sich um seine geschiedene Ehefrau handelt, um die Mutter seiner Kinder oder um seine lebenslange Freundin. Hauptsache es ist sie, Isabel!

»Vicente, hast du die Einkaufsliste mit dabei?« Kaum hatten sie Angehörigen und Freunden erzählt, sie würden nach Requena fahren, ist eine Bestellung nach der anderen eingegangen. Schließlich ist die Kleinstadt nicht nur das Herz des gleichnamigen Weinanbaugebietes, sondern in Spanien für ihre Wurstwaren aus Schweinefleisch bekannt. So pilgern alljährlich Zehntausende Besucher zur berühmten Markt- und Degustationswoche, um die kulinarischen Erzeugnisse der Region zu kosten und zu genießen. Somit verwundert es Alapont kaum, als sie nicht die Einzigen sind, die vor der »Carnicería Encarna« anstehen und dies, obwohl die traditionelle Metzgerei mittlerweile ihre Produkte per Internet in die halbe Welt verkauft.

Mit Rotwein zubereitete Schweinswürste für Cousine Inmaculada, mit Zwiebeln vermengte Blutwürste für Alaponts Kumpel García sowie mit scharfen Paprikawürsten für seinen Bruder verlassen Alapont und Isabel mit vollen Einkaufstüten den kleinen Fleischerladen und machen sich auf die Suche nach einem Straßencafé. Sie haben zwar in ihrem Hotel reichlich gefrühstückt, doch mittlerweile ist es 11.30 Uhr und somit durchaus Zeit, um etwas zu trinken und, warum nicht, eine kleine Tapa dazuzubestellen. Nach einem kurzen Bummel landen sie auf der *Plaza del Albornoz* im Herzen der historischen Altstadt von Requena, wo sie im Schatten einer Laube einen freien Tisch finden. Es ist nicht das erste Mal, dass die beiden diesen Ort besuchen, schon vor Jahren, als die Kinder noch klein waren, haben sie mit ihnen einen Ausflug unternommen, um die Höhlen von Requena zu besuchen. Über 20 Kavernen haben die Mauren im 12. und 13. Jahrhundert inmitten der Altstadt in den weichen Untergrund gegraben, um bei immer gleicher Temperatur und Luftfeuchtigkeit den Wein in riesigen Tonkrügen und Amphoren einzulagern. Ein Teil dieser Gänge und Grotten zieht heutzutage als unterirdisches Museum unzählige Besucher an.

Isabel hat Lust auf einen kühlen, leichten Weißwein, Alapont schließt sich an und bestellt ebenfalls ein Glas. Versteckt greift er in eine der Einkaufstüten, die das Paar hergeschleppt hat, und kramt nach den *longanizas de pascua*, um ein Stück abzuzwacken und in den Mund zu stecken. Diese fingerdünnen, luftgetrockneten Bauernwürste haben sie für sich selbst gekauft, sind sie doch ein beliebter Snack für zwischendurch.

»So, hier habe ich einen leichten Montero-Wein für Sie.« Die Kellnerin füllt eines der Gläser ein wenig, sodass Isabel kosten kann.

»Montero haben Sie gesagt? Zeigen Sie mal her!« Etwas zu ungestüm nimmt Alapont der Bedienung die Flasche aus der Hand und schaut diese an. Tatsächlich, *Bodega los Monteros*, doch das Logo scheint neu zu sein, so wie auch das Etikett modern gestaltet ist. »Montero, das habe ich doch gesagt.« Die Kellnerin scheint etwas pikiert, was Alapont nicht entgeht. »Bitte verzeihen Sie mir, aber die Montero-Bodega hatte bisher andere Flaschen.« Mit einem breiten Lächeln bittet er um Entschuldigung, sodass sich die junge Frau wieder entspannt. »Sie haben aber ein gutes Auge, mein Herr.«

Beim Gehen dreht sie sich nochmals um und zeigt mit der halb vollen Flasche über den Platz. »Dort, schauen Sie! Da haben die Bodega los Monteros die Kavernen renoviert und zu einem kleinen Museum ausgebaut. Erst vor Kurzem fand eine große Party zur Eröffnung mit viel Prominenz statt, die Schwester der ›P‹ war Ehrengast.« Jeder in Spanien weiß, wen die Kellnerin damit meint: Mónica Cruz, die aufgrund der Ähnlichkeit mit ihrer älteren Schwester, Hollywoodstar Penélope, selbst zu etwas Popularität gelangt ist. Möchte man für seinen Firmenanlass einen VIP organisieren, hat aber nicht das nötige Kleingeld, um die weltberühmte Filmschauspielerin zu engagieren, so tut es dann eben die Schwester, Mónica. Mit einem abfälligen Tonfall fügt die Servierkraft hinzu: »Es war eine Riesensause, allerdings war aus Requena außer der Bürgermeisterin niemand eingeladen. Die Monteros haben sich schon immer für etwas Besseres gehalten, und das hat sich mit der Tochter als neue Besitzerin nicht geändert.«

Alapont hat auf seinem Handy bereits die Website der Bodega los Monteros aufgerufen, die ein anderes Bild vermittelt, als er aufgrund der Ermittlungen vor einem Jahr hatte. Isabel, die Alapont nicht nur beobachtet, wie er auf der Website rumscrollt, sondern auch weiß, wie er tickt, legt ihm die Hand auf den Unterarm. »Vicente, vergiss es, die Monteros sind Geschichte, der Fall ist abgeschlossen.« Trotzdem gelingt es ihm, seine Begleiterin zu einem kurzen Besuch des Montero-Museums zu überreden. »Urban Wine Cave«, steht gleich neben dem Eingang, der Eintritt kostet acht Euro pro Person, inklusive einer kleinen Weindegustation. Die Keller und Höhlenräume sind mit viel Geschmack restauriert worden, die Beleuchtung gezielt platziert worden, und zwar so, dass sie die historischen, zum Teil mannshohen Tonkrüge spektakulär in Szene setzen. Und auch bei den drei oberen Stockwerken des historischen Stadthauses wurde offensichtlich viel Geld in Renovierung und Inneneinrichtung gesteckt: Vitrinen mit Ausstellungsstücken zur Weinherstellung, audiovisuelle Panels zur Geschichte von Utiel-Requena als Weingebiet, die Bodega los Monteros als Teil dieser Historie und zuoberst ein minimalistisch-durchgestylter Degustationsraum.

»Isabel, kannst du dir vorstellen, was das alles gekostet hat? Die waren doch knapp vor der Pleite.«

»Wer weiß, vielleicht hat sie in der Lotterie gewonnen? Oder sie hat einen Investor für die Bodega, die ihr wohl allein gehört, gefunden?« Unaufgefordert bringt ein Kellner mit Hippster-Bart und einer makellosen, schwarzen Schürze zwei Champagnergläser an den hohen Tisch, an welchem die beiden auf Barhockern Platz genommen haben. »Darf ich Ihnen unseren *cava brut* zur Degustation vorschlagen?«

Isabel bedankt sich mit einem Lächeln, schaut zu Alapont. »Ich finde es jedenfalls bewundernswert, wie sich die Frau aufgerappelt hat und sich in einer Männerbastion wie dem Weinbau ihren Platz erkämpft hat.«

Vielleicht sollte Alapont wirklich nicht immer so skeptisch und misstrauisch sein, und anstatt die Finanzen hinter dem Ganzen zu hinterfragen, einfach die guten Dinge im Leben sehen, so wie es seine Isabel tut. Schließlich liegen seine Dienstjahre bei der *Policía Nacional* mittlerweile ein gutes Stück in der Vergangenheit, und dort dürfen diese auch bleiben.

Weitere Titel finden Sie auf den folgenden Seiten und im Internet:

WWW.GMEINER-VERLAG.DE

DIE NEUEN Lieblings-plätze

ISBN 978-3-8392-0154-1

ISBN 978-3-8392-2730-5

ISBN 978-3-8392-0155-8

ISBN 978-3-8392-0158-9

ISBN 978-3-8392-0160-2

ISBN 978-3-8392-0159-6

ISBN 978-3-8392-0161-9

ISBN 978-3-8392-0163-3

ISBN 978-3-8392-0164-0

ISBN 978-3-8392-2626-1

ISBN 978-3-8392-0156-5

ISBN 978-3-8392-0157-2

ISBN 978-3-8392-0166-4

ISBN 978-3-8392-0166-4

ISBN 978-3-8392-2838-8

ISBN 978-3-8392-0168-8

GMEINER KULTUR

WWW.GMEINER-VERLAG
Mensch, Kultur, Reg